カーシア国三部作◆Ⅰ

偽りの王子

ジェニファー・A・ニールセン

橋本恵 訳

THE ASCENDANCE TRILOGY #1 : THE FALSE PRINCE

Japanese translation rights arranged with
Scholastic Inc., 557 Broadway, New York, NY 10012, USA
through Japan UNI Agency, Inc., Tokyo.
Japanese language edition published by HOLP SHUPPAN, Publishing, Tokyo.
Printed in Japan.

カーシア国 三部作 Ⅰ

偽りの王子

ジェニファー・A・ニールセン
橋本 恵 訳

ほるぷ出版

母さんへ。
母さんから学んだすばらしいことはすべて、
身をもって教えてもらった。

カーシア国と周辺地図
★ムンスク
メンデンワル国
●ハフィンダー
●ストラム
★ピポリン
N
W
E
S
K. LEFAIVER

バイマール国
ジェリン国
半月峠
カーチャー
イゼル
イゼル港
エランボール海
ダイチェル
ゲルビンズ
盗賊団のキャンプ
沼地
入り江
ライベス
ファーゼンウッド
ティシオ
イーバスティン
ドリリエド
ファルスタン湖
ロービング川
カーシア国
スパーリング
ネープンスティル
ベントン
パース
アベニア国

1

もし最初からやり直さなければならないとしたら、こんな人生は選ばないだろう。そもそも、選べるかどうかもわからないが――。

市場で盗《ぬす》んだ肉を脇《わき》にはさんで一目散に逃《に》げながら、おれはそんなことを考えていた。

肉を盗んだのは初めてだが、すでに後悔《こうかい》していた。生肉のかたまりを抱《かか》えて走るのはかなりむずかしい。思ったよりも肉がすべる。肉屋の大包丁にずぶりと刺《さ》され、将来《しょうらい》もろとも切断《せつだん》されるはめにならなければ、次はぜったい肉をなにかに包むとしよう。盗むのはそのあとだ。

肉屋のおやじは太っているくせに意外と足が速く、すぐ背後《はいご》にせまってきた。おれにはわからない言葉で、ぎゃあぎゃあわめいている。はるか西の国から来たらしい。きっとそこは、肉どろぼうの命をうばってもかまわない国だ。

そんなことを考えて、おれはいっそう足を速めた。ある角を曲がった瞬間《しゅんかん》、背後の木の柱にいきなり大包丁がつき刺さった。標的にされたのに、投げたねらいの正確《せいかく》さには思わず感動した。あのタイミングで曲がらなかったら命中していただろう。

ターベルディ夫人が運営《うんえい》する少年孤児院《こじいん》はすぐ目と鼻の先だ。そこに入れば姿《すがた》をくらませられる。

酒場の外に坊主頭《ぼうずあたま》の男がすわっていなければうまくいっただろう。その男はすっと片足《かたあし》をつきだし、おれをつまずかせた。幸いにも肉はなんとか持っていられたが、そのせいで固い土の道にたおれこんでも右肩《みぎかた》をかばえなかった。

肉屋はおれを見おろし、声をあげて笑った。「自業自得だな、小汚《こぎたな》い物乞《ものご》いめ！」

いっておくが、おれは物乞いなどしていない。そんなまねはしない。

直後に背中《せなか》を一発蹴《け》られ、息がつまった。なぐられるのを覚悟《かくご》して体を丸めた。盗《ぬす》みをはたらいたことを一生悔《く》やむくらい、なぐられるのか？　肉屋がまたしてもおれを蹴りつけ、三発目を食らわせようと足を引いたとき、別の男のどなり声がした。「やめろ！」

肉屋がふりむいた。「引っこんでろ！　肉どろぼうだ！」

「ほう、どろぼう？　肉を丸ごと？　いくらだ？」

「三十ガーリンだ」

訓練をつんだおれの耳は、袋《ふくろ》に入った硬貨《こうか》の音をとらえた。つづいて男の声がした。「いますぐその小僧《こぞう》を引きわたしてくれれば、五十ガーリン出そう」

「五十？　ちょっと待ってくれ」肉屋は最後にもう一発おれの脇腹《わきばら》を蹴ってから、こっちへかがみこんだ。「今度おれの店に顔を出したら、肉を切り刻《きざ》んで売り物にしてやる。いいな？」

歯に衣きせぬ脅《おど》し文句《もんく》。おれはうなずいた。

男が肉屋に金をはらい、肉屋は足音も荒《あら》く立ちさった。いったいだれが、さらなる暴行《ぼうこう》から救ってくれたのか？　顔をあげて見たかったが、うずくまっていないと痛《いた》みでうめき声がもれてしまう。

我《わ》が身がふびんだったが、金を持っている男はそうは思わなかったらしい。シャツをつかんで、おれを強引に立たせた。

引きあげられた瞬間《しゅんかん》、男と目があった。瞳《ひとみ》はこげ茶色。こんなに真剣《しんけん》な目つきは見たことがない。男はおれを観察し、かすかににやりとした。きれいに整えられた茶色いひげの下に、うすいくちびるがかろうじて見える。年齢《ねんれい》はおそらく四十代。上流階級特有の上等な服をまとっているが、おれを引っぱりあげた力からすると、腕力《わんりょく》はなみの貴族《きぞく》よりもはるかに強い。

「小僧、話がある。いっしょに孤児院《こじいん》へ来い。いやなら、手下におまえを運ばせる」

右半身はずきずきと痛むが、左半身はなんともない。右半身をかばいながら歩きはじめた。

「背筋《せすじ》をのばせ」

と命令されたが無視《むし》した。たぶん領地《りょうち》で働かせる奉公人《ほうこうにん》を買いにきた、どこかの田舎《いなか》の金持ちだろう。物騒《ぶっそう》なカーチャー町を離《はな》れたいのはやまやまだが、おれの将来《しょうらい》に奴隷《どれい》という文字はないので、いくら体をかたむけて歩いてもかまわない。それに右脚《みぎあし》はじょうだん抜《ぬ》きに痛い。

カーシア国の北端《ほくたん》に住んでいる孤児《こじ》にとって、ターベルディ夫人の少年孤児院はゆいいつの居場所《いばしょ》だ。三歳《さい》から十五歳まで、十九名が暮《く》らしている。おれは、もうすぐ十五歳。いつターベルディ夫人に追いだされてもおかしくないが、まだ離《はな》れたくない。この見ず知らずの男の奴隷《どれい》となるのはいやだ。

すぐ後ろからついてくる男といっしょに事務所《じむしょ》に入ったら、ターベルディ夫人が待っていた。夫人は、孤児《こじ》と同じく飢《う》えていると主張《しゅちょう》するわりには太っていて、文句《もんく》をいう者をかたっぱしからなぐるだけの腕力《わんりょく》もある。ここ数カ月、夫人とはぎりぎりの停戦状態《じょうたい》を保《たも》ってきた。夫人は外での一件《いっけん》を目撃《もくげき》したにちがいない。首をふったのはそのせいだ。「肉のかたまり？　どういうつもりよ？」

「飢えたガキがおおぜいいるからさ。毎日、豆入りのパンばかり食わせておいて、反抗《はんこう》するなってほうがむりだね」

「じゃあ、その肉をよこしなさいよ」と、夫人が肉づきのよい手を両方さしだす。

まずは用件《ようけん》が先だ。おれは肉をさらにきつく抱《だ》きかかえ、男のほうへあごをしゃくった。「だれ？」

男が前に出た。「わたしの名はベビン・コナー。おまえも名乗れ」

答えずにじろじろとながめていたら、ターベルディ夫人にほうきで頭の後ろをひっぱたかれた。「セージです」と夫人が答えた。「さきほどもうしあげたとおり、この子より凶暴《きょうぼう》なアナグマのほうがまだましですよ」

コナーは眉《まゆ》をつりあげ、おもしろそうにおれを見つめた。こっちは楽しませる気などさらさらないので、しゃくにさわる。両目にかかった髪《かみ》をふりはらってから、いってやった。「そのとおり。もう行っていい？」

コナーは顔をしかめ、首をふった。お楽しみの時間は終わりらしい。「小僧《こぞう》、おまえはなにができる？」

「わざわざ名前をきいたんだから、名前で呼《よ》べば」

コナーは、おれの言葉などきこえなかったようにつづけた。これもしゃくにさわる。「どんな教育を受けた？」

「教育なんて、ぜんぜん」と、ターベルディ夫人が答えた。「あなたのような紳士《しんし》の役に立つ教育は、いっさいなにも」

「父親はなにをしていた？」と、コナーがおれにたずねた。

「いちばんまともな仕事は演奏家《えんそうか》。といっても、ひどかったけど。音楽で硬貨《こうか》をかせいだことがあったとしても、おれたち家族は一枚《まい》も見たためしがなかったね」

「どうせ飲んだくれですよ」と、ターベルディ夫人がげんこつでおれの横っつらをひっぱたいた。「この子は、うそと盗《ぬす》みで世の中をわたってきたんです」

「うそとは、どのような？」

おれにたずねてる？　それともターベルディ夫人に？　本人はターベルディ夫人を見ているので、夫人に答えさせてやることにした。

夫人はコナーの腕《うで》をつかみ、部屋の隅《すみ》へ連れていった。おれはすぐそばに立っているので夫人の話がつつ抜《ぬ》けだし、おれの話だから秘密《ひみつ》でもなんでもないので、まったく意味のない行動だ。コナーは素直《すなお》に移動《いどう》したが、夫人がしゃべっている最中もこっちを見ていた。

「初めてあの子がここに来たとき、ぴかぴかの銀貨を一枚わたされましてね。逃《に》げてきたっていうんですよ。じつはアベニア国のいまは亡《な》き公爵《こうしゃく》の息子だけれど、公爵にはなりたくない。もし自分をかくまって優遇《ゆうぐう》してくれたら、毎週銀貨を一枚支払《まいしはら》うって。二週間はそのとおりでしたよ。そのあいだは夕食も毛布《もうふ》も、ほかの子よりちゃっかり多くせしめましてねえ」

コナーがちらっとおれを見る。おれはあきれ顔をしてみせた。夫人の話が終わるころには、おれの印象は悪くなっているだろう。

「そんなある晩《ばん》、あの子が熱を出したんです。夜遅《おそ》くに熱にうかされて、手あたりしだいに人をなぐったり、どなったりしましてねえ。で、すべてを白状《はくじょう》したとき、わたしもその場に居《い》あわせたんですよ。公爵の息子だなんて真っ赤なうそ。銀貨は公爵のものだけど、それを盗《ぬす》んでわたしをだまし、世話をさせただけ。具合がどうなろうと知るかと思って、地下室に放りこんでやりましたよ。次に様子を見に行ったら勝手に治っていて、まあ、だいぶ謙虚《けんきょ》になってましたけど」

コナーがまたしてもおれを見た。「いまは、それほど謙虚には見えんが」

「そいつも勝手に治っちまった」と、おれはいってやった。

「では、なぜまだここにおいているのだ？」

というコナーの質問《しつもん》に、ターベルディ夫人は口ごもった。おれがときどき、夫人のために帽子《ぼうし》用のリボンやケーキ屋のチョコレートなどを盗んでくるからだなんて、ばらしたくないのだ。夫人はおれをきらっているふりをしているが、そこまできらってはいない。いや、やっぱりきらっているかも。なにせ夫人からも盗《ぬす》んでいるし。

　コナーがおれのほうへもどってきた。「つまり、こそ泥《どろ》でうそつきなのだな？　剣《けん》を使えるか？」

「まあね。相手が剣を持っていなければ」

　コナーはにやりとした。「農作業は？」

「ぜんぜん」侮辱《ぶじょく》された気がする。

「狩《か》りは？」

「ぜんぜん」

「字を読めるか？」

　おれは髪《かみ》のすきまからコナーを見あげた。「コナーさん、おれになんの用？」

「わたしのことは、コナーさまかご主人さまと呼《よ》べ」

「いったいなんのご用ですか、コナーご主人さま？」

「その話はまた今度だ。荷物をまとめてこい。ここで待っておる」

　おれは首をふった。「悪いけど、ターベルディ夫人の快適《かいてき》な施設《しせつ》を出るときは、おれひとりで行かせてもらうよ」

「いっしょに行きなさい」と、ターベルディ夫人。「あんたはコナーさまに買われたのよ。やっかいばらいできて、せいせいするわ」

コナーがつけくわえた。「わたしの用事をなんでも引きうけ、うまくこなしたら、いずれ自由を勝ちとれるぞ。だが満足に仕えられなければ一生奴隷《どれい》のままだ」

「自由になるまで一時間だって、だれかに仕える気はないね」

コナーが両手をつきだして一歩近づいたので、抱《かか》えていた生肉のかたまりを投げつけてやったら、よけようとして下がった。そのすきにおれはターベルディ夫人をおしのけ、外に飛びだした。

このときコナーがドアのすぐ外に見張《みは》りをふたりおいていたと知っていたら、どれだけよかったか。ひとりに両腕《りょううで》をつかまれ、もうひとりに背後《はいご》から頭を棒《ぼう》でなぐられて、おれは口汚《くちぎたな》くののしった直後、地面にくずれおちて気絶した。

2

気がついたら両手を後ろでしばられ、馬車の床《ゆか》に転がっていた。頭が割《わ》れるように痛《いた》み、馬車が大きくゆれるたびにずきずきする。コナーのやつ、せめてやわらかい物の上に寝《ね》かしてくれたらよかったのに。

状況《じょうきょう》がはっきりするまで、目をつぶっていることにした。両手首をしばっているのは、馬を引くのに使うロープだ。まにあわせで用意したものかも。おれを力ずくで連れだすことになるとは思っていなかったのだろう。コナーはもっと準備《じゅんび》をしてくるべきだった。この太いロープは、おれには都合がいい。結び目をほどきやすいのだ。

近くでだれかがせきをした。コナーの声じゃない。ならず者の見張りのどちらかの声か。できるかぎりゆっくりと片目《かため》をあけた。すずしい春の日ざしはすでに少し曇《くも》っていたが、雨が降《ふ》る気配はない。残念だ。風呂《ふろ》がわりに浴びられたのに。

見張りのひとりが、馬車の後部で景色をながめていた。コナーともうひとりの見張りは、前方の座席《ざせき》にすわっているのだろう。

またせきがきこえた。左側からだ。馬車が大きくゆれたはずみに頭を動かし、声の出所をさぐった。

ふたりの少年がすわっていた。せきをしたのは、おれに近いほうの背《せ》の低い少年だ。ふたりとも年齢《ねんれい》はおれと同じくらい。せきをしている少年は病弱そうで顔色が悪い。もうひとりは体が大きく、日焼けしている。髪《かみ》の色はふたりとも明るい茶色。せきの少年の髪は金髪《きんぱつ》に近く、体つきも丸い。どこから来たか知らないが、働くより病気で寝《ね》ていた時間のほうが長かったのかも。もうひとりの少年とは対照的だ。

おれはふたりの中間で、これといった特徴《とくちょう》はない。身長は高くも低くもない。父親をいろいろと落胆《らくたん》させてきたが、身長もそのひとつだ。父親は、ごくふつうの身長は成功のさまたげになると考えていた（おれはそうは思わないが。背《せ》が高いと、かくれるのに苦労する）。髪はもつれてからまり、一刻《いっこく》も早く散髪《さんぱつ》したほうがいい。色は濃《こ》い金髪だが、成長するにつれてだんだんうすくなってきている。顔は他人の記憶《きおく》に残らない。これもおれには好都合だ。

少年がまたせきをした。病気か？　それともいいたいことがあって、気をひこうとしてる？　おれは見きわめようと両目をあけた。

と、本人に気づかれてしまった。しっかりと目があったので、寝ているふりはもうむりだ。少なくともせきの少年はごまかせない。おれのことをばらすか？　できれば、ばらさないでほしい。考える時間がほしいし、傷《きず》が癒《い》える時間もほしい。

しかし、時間は味方してくれなかった。

「起きてるぞ！」と、大柄《おおがら》な少年が声をあげ、後部にいる見張《みは》りの気をひいた。

その見張りが近づいてきて、おれのほおを平手打ちした。目はあいていたから、ひっぱたく必要などなかったのに。悪態《あくたい》をついたら強引にすわらされ、うっとひるんだ。

「手かげんしろ」と、コナーが前方の席から声をかけた。「客だからな、クレガン」

クレガンという名の見張りがこっちをにらむ。おれはなにもいわなかった。こいつをどう思っているかは、さっきの悪態でつたわったはずだ。

「クレガンのことは、もう知っているな」コナーはそういい、「御者《ぎょしゃ》はモットだ」とつけくわえた。

モットがちらっとふりかえり、おれに向かって会釈《えしゃく》した。モットとクレガンは、もののみごとに対照的だった。モットは背が高く浅黒い。はげていて、わずかに残った黒髪《くろかみ》もきれいに剃《そ》りあげている。肉屋をふりきろうとしていたおれを酒場のそばでつまずかせたのはこいつだ。いっぽうクレガンは背が低い。おれより少しは高いが、おれのそばにいる日焼けした少年よりも低い。一日の大半を外ですごしていそうな感じがするのに、おどろくほど青白く、ふさふさの金髪をうなじでしばっている。モットは引きしまった筋肉質《きんにくしつ》。クレガンは孤児院《こじいん》でおれを棒《ぼう》でなぐった腕力《わんりょく》のわりに弱そうに見える。

こんなにちがうふたりなのに、どちらもヘドが出るほどきらいになれるなんて、ふしぎなものだ。

コナーが、同乗しているふたりの少年のほうへ手をふった。「ラテマーとローデンだ」

ラテマーはせきをしている少年。ローデンはおれが起きているとばらした少年だ。ふたりともおれにうなずいてあいさつし、ラテマーはおれ同様、なぜここにいるのかさっぱりわからないとでもいいたげに肩《かた》をすくめた。

おれは声をあげた。「腹《はら》がへった。夕食に肉を食べるつもりだったんだ。うまい飯を出してくれ」

コナーは声をあげて笑い、おれのひざにリンゴをひとつ投げてよこしたが、両手を後ろにしばられているのでどうしようもない。

ローデンが手をのばしてリンゴをつかみ、かぶりついた。「おとなしくついてきたことへのごほうびだな。囚人《しゅうじん》のようにしばられてもいないし」

「おれのリンゴだぞ」と文句《もんく》をいったが、

「食べたい者が食べればよい」とコナーにいわれてしまった。

しばらく沈黙《ちんもく》が流れた。ローデンがリンゴを食べる音しかしない。ローデンを冷ややかににらみつけたが、むだなのはわかっていた。こいつも孤児院《こじいん》の出身なら、生き残るルールを知っている。チャンスを逃《の》がさず、一口でも多く食べるのが、もっとも重要なルールだ。

「ふたりとも抵抗《ていこう》しなかったのか？」と、ラテマーとローデンにたずねてみた。

ラテマーは首をふってせきをした。抵抗する力がなかったのだろう。ローデンはリンゴをかじりながら身を乗りだした。「おまえの孤児院を見たが、おれのところより十倍広かったぜ。コナーさんがうちに来て、もし協力するなら大きなほうびをやろうといってくれたんだ。抵抗なんてするかよ」

「手下に頭をなぐらせたりしないで、おれにも親切にそういってくれればよかったのに」と、おれはコナーにいった。「で、ほうびって？」

コナーはふりむかずに答えた。「先に協力したら教えてやる」

ローデンがリンゴの芯《しん》を外に投げ捨《す》てた。芯まで食べる礼儀《れいぎ》すらわきまえていないとは、なげかわしい。

「そろそろほどいてくれよ」すんなりとはいかないだろうが、頼《たの》むだけなら害はない。

コナーが答えた。「おまえは脱走《だっそう》したことがあるとターベルディ夫人に注意された。ほどいたら、どこへ逃げる気だ？」

「教会に決まってるだろ。罪《つみ》を告白するのさ」

ローデンはせせら笑ったが、コナーはローデンのようにおもしろがってはくれなかった。「小僧《こぞう》、二度と神を冒涜《ぼうとく》しなくなるよう、飢《う》えてみるか」

話題を変えようと顔をそらして目をとじたら、おれの話は出なくなった。ローデンが教会に熱心に通っているとかなんとかいっていたが、ききながした。長居《ながい》する気はないので、どうでもいい。

馬車は一時間ほどして小さな町でとまった。ここには一度来たことがある。ゲルビンズという町だが、こんなにちっぽけな町に名前などいるのか。通りに店がいくつかと、家とは名ばかりの建物が十数軒《けん》あるだけで、町というより辺境《へんきょう》の地だ。ふつうカーシア国の家は造《つく》りががんじょうだが、ゲルビンズは土地がかわいた貧《まず》しい町なので、がんじょうな家など夢《ゆめ》のぜいたく。うすい木でできた家いえの大半は、たったひと吹《ふ》きの暴風《ぼうふう》でつぶれてしまいそうだ。馬車がとまったのは、〈ゲルビンズ慈善《じぜん》孤児院〉という小さな看板《かんばん》がかかげられた粗末《そまつ》な建物の前だった。ここは知っている。半年前、ターベルディ夫人に追いだされたとき、身をよせていたことがあるのだ。

コナーはモットを連れて馬車をおり、クレガンを見張《みは》りに残した。コナーがいなくなるとクレガンはすぐに馬車から飛びおり、酒場で軽く引っかけてくるといい、逃《に》げようとしたやつはこの手で殺すと脅《おど》して去った。

「また孤児《こじ》かよ？」とローデン。「きっとコナーは国中の孤児院《こじいん》をまわってるんだな。おれたちを集めて、なにをする気だ？」

「知らないのか？」

というおれの問いに、ラテマーは肩《かた》をすくめ、ローデンが答えた。「ある特定の少年を探《さが》してるんだ。理由はわからないが」

「ぼくは、たぶん候補《こうほ》にならないよ」ラテマーの声はか細くて、馬たちの鼻息にかき消されてしまいそうだ。

「体が弱いから」

「なるかもよ。どんな少年を探しているのか、わからないし」おれは声をかけてやった。

「おれはコナーの望みをかなえてみせる」と、ローデンがいった。「もう、孤児院にはもどらない。その日暮《ぐ》らしのままじゃ、お先真っ暗だ」

「ベビン・コナーってだれなんだ？」おれはふたりにたずねた。「なにか知ってるか？」

「グリッピングスさんと話してるのを立ち聞きしたんだけど……グリッピングスさんっていうのは、ぼくとローデンがいた孤児院の責任者《せきにんしゃ》だけど」と、ラテマーがつぶやいた。「王室と親しいらしいよ」

「王室って、エクバート王の？」おれは首をふった。「うそだね。王に友だちがいないのは有名だろ」

ラテマーは肩をすくめた。「国王の敵《てき》か味方か知らないけど、国王への務《つと》めを果たすために来たんだって説明してたよ」

「それが、おれたちとどう関係してるんだ？」おれはまた質問《しつもん》した。「孤児の少年を集めてどうするんだ？」

「だから、目的はひとりだけだってさっきいっただろ」とローデン。「残りは用済《ようず》みとなったらポイだ。グリッピングスさんには、そういってたぜ」

「じゃあ、条件《じょうけん》を良くしてやるよ」と、おれはローデンにいった。「ロープをほどいてくれたら、おれは消える。競争相手がひとり減《へ》るぞ」

「おことわりだ」と、ローデン。「罰《ばっ》を受けるとわかってるのに、逃がすと思うか？」

「わかった。でも結び目がきついんだ。ゆるめてもらえないかな？」

ローデンは首をふった。「コナーの見張りを怒《おこ》らせたりするからだ。自業自得だろ」

「コナーは、怪我《けが》させたいとまでは思ってないよ」と、ラテマーがゆっくりと近づいてきた。「あっちを向いて」

「両腕《りょううで》が後ろにまわってるから動けないんだ。背中《せなか》に手をのばしてくれよ」

ラテマーがおれの背中へと腕《うで》をのばす。おれはその手をつかんで後ろへひねりあげた。ローデンがぎょっとして片《かた》ひざをつき、おれはあいたほうの手でラテマーの首にロープをかけ、首がしまるぎりぎりまで引っぱった。ローデンが、おれの次の出方を見ようと動きをとめる。

手首のロープをほどくのはかんたんだった。ほどいたロープを結んで輪にするのに少し苦労した。せっかく背中《せなか》で輪を作ったのに、ローデンが感動してくれなかったのは、一度もやったことがないからだろう。でなければ感動したはずだ。あるいは、目の前でラテマーをしめ殺されたくないだけか？

だが、自分の手先の器用さにほれぼれしている場合ではない。おれはローデンに警告《けいこく》した。「少しでも近づいたら、こいつを外に投げ捨《す》てる。首が折れる瞬間《しゅんかん》の音をコナーに説明するんだな」

「や……やめて……」ラテマーがささやく。

ローデンが腰《こし》をおろした。「そいつを殺そうがおまえが逃《に》げようがどうでもいい。逃げたければ逃げろ。コナーの見張《みは》りにつかまらないよう、せいぜい祈《いの》るんだな」

おれは立ちあがり、脅《おど》して悪かったとラテマーに謝《あやま》ってから、ローデンに芝居《しばい》がかったおじぎをした。たぶんこれがよけいだったのだろう。顔をあげかけたら、クレガンに剣《けん》の平たい面で背中を強くたたかれつんのめり、肺《はい》の中の空気がすべておしだされた。

「小僧《こぞう》、逃げられたらおれがどうなるか、わかってるだろうが！」と、クレガンがどなった。

わかってるし、どうなろうと知ったことじゃない。

「逃げようとしたやつは殺すって、さっきいいましたよね」と、ローデン。

「ああ、いったとも」クレガンはふりかえったおれに歯をむきだし、二歩で馬車に飛びのってきた。すでに剣をしまい、ナイフに持ちかえている。おれは逃げようとしたが、シャツをつかまれ、のどにナイフをつきつけられた。「コナーはおまえら全員が必要なわけじゃない。とくにおまえはな」

おれは急にコナーに必要とされたくなり、「わかった」と、低い声でいった。「あんたの勝ちだ。いうことをきくよ」

「うそをつけ」

「うそはつく。でもこれはちがう。これからはいうことをきく」

クレガンはおれをやりこめて気をよくし、にやりとしてナイフを腰の鞘《さや》にしまい、襟《えり》をつかんでおれを引きあげ、奥《おく》につきとばした。「さあ、どうだろうな」

一分後、コナーがモットとひとりの少年をしたがえてもどってきた。おれはその少年を見つめた。見おぼえがある。背《せ》が高く、やせこけ、髪《かみ》はおれやローデンよりも黒い。くせのない直毛はぐしゃぐしゃで、このおれよりも散髪《さんぱつ》が必要だ。

その少年はおとなしく馬車に乗ってきた。コナーはほどけたロープとおれの首筋《くびすじ》をつたうわずかな血を見て、クレガンに目をやった。「なにかあったのか？」

「いえ。とくには」と、クレガン。「ただ、セージは、これからはもっということをきくようになるはずです」

それさえわかればじゅうぶんとばかりに、コナーは笑みをうかべた。「それはなによりだ。この子はトビアス。われらの冒険《ぼうけん》の旅の新たな一員だ」

「冒険《ぼうけん》の旅って？」

とたずねたら、コナーは首をふった。「セージよ、あわてるな。支配者《しはいしゃ》たる者は忍耐力《にんたいりょく》がなければならん」

その言葉が、コナーに連れだされた理由をさぐる最初の手がかりとなった。おれたちは、恐《おそ》ろしい危険《きけん》にさらされようとしていたのだ。

3

トビアスのことは知っていた。といっても〈ゲルビンズ慈善孤児院《じぜんこじいん》〉にはいっときしかいなかったので、向こうはおぼえていないかもしれないが、その短いあいだでもトビアスはだれより目立っていた。ふつうの孤児《こじ》とはちがって幼《おさな》いころに教育を受けていて、手に入る書物をかたっぱしから読んでいたのだ。そこでは人生で成功しそうなめずらしい孤児とみなされ、特別な待遇《たいぐう》を受けていた。

そのトビアスがおれをちらっと見た。「血が出てる」

おれは首の切り傷《きず》をこすった。「もう、とまってる」

それ以上の関心をしめす気はないようだ。「前にどこかで会ったか？」

「半年前におまえの孤児院にいた」

「ああ、そうだった。まる一晩《ばん》、院長を孤児院からしめだしたのは、たしかきみだったね？」

おれはにやりとすることで、そのとおりだとみとめた。「あの晩は全員まともに食えただろ。あの晩だけは」

「笑いごとじゃない」と、トビアスは声を荒《あら》らげた。「ふだんからまともに食べられないのは、全員に行きわたるだけの食料がないからだ。あの晩きみが配ったのは、一週間分の食料だった。おかげできみがいなくなったあとはひもじくて、一週間がものすごく長く感じられた」

おれは笑みを引っこめた。まさか、そんなことになっていたとは。

それから一時間以上、ハリエニシダとイラクサにおおわれた人気《ひとけ》のない平原を馬車で進んだ。トビアスによると、さびれ具合が美しいらしい。さびれているのはわかるが、おれには美しいとは思えない。やがてあたりが暗くなり、モットが野宿する場所を見つけようといいだした。この先のどの町よりもさっきのゲルビンズがいちばん近いので、町に泊《と》まらず野宿するならどこでもかまわないだろうに、モットはわざわざ草木の種類が変わる場所まで馬車を進め、背《せ》の高いヤナギと低木の茂《しげ》みに囲まれたせまい空き地を見つけた。

「おれたちをかくしてるんだ」と、おれは小声でいった。

ローデンがおれに向かって首をふる。「まる見えの場所よりもここのほうが安全だ。守ってくれてるんだろ」

モットが馬車から飛びおり、馬車からなにをどこにおろすか、おれたちひとりひとりに大声で指示《しじ》しはじめた。おろす荷物は毛布《もうふ》ばかりだが、食べ物もふくまれていると思いたい。おれは馬車に残り、荷物をわたす役目をあてがわれた。

「おれが逃《に》げだしそうだから？」と、モットにたずねてみた。

「信頼《しんらい》は勝ちとるものだ。まあ、おまえの場合、ほかの三人よりかなりの努力が必要だが」モットはそういうと、おれの足元にあった布《ぬの》の大袋《おおぶくろ》のほうへあごをしゃくった。「そいつをよこせ」

この集団《しゅうだん》の長はコナーだが、万事とりしきっているのはモットだ。モットは、どこにでもいる役立たずの見張《みは》りではない。いちいちコナーの許可《きょか》をとらずに動けるし、クレガンもモットの命令にしたがっている。

おれたちが働いているあいだ、コナーは地面に転がっていた木の幹《みき》にすわって、ぼろぼろの革表紙《かわびょうし》の本を読んでいた。ときどき顔をあげては、鋭《するど》い目つきでおれたちひとりひとりを観察し、また本に目をもどしている。

火をおこしたあと、コナーから話があるので火のまわりに集まるようにと指示された。

「えっ、話？　食事は？」とたずねたら、

「話がすんでからだ」とコナーが本をとじ、立ちあがった。「さあ、集まってくれ」

おれは馬車から飛びおり、ローデンとトビアスが火のそばに引きずってきた一本の木の端《はし》に強引にわりこんだ。ローデンとトビアスはいい顔をしなかったが、文句《もんく》はいわなかった。ラテマーは地面にしゃがんでいた。まだせきをしているので席をゆずってやろうかと思ったが、どうせすわらないだろうと思ってやめた。

コナーもせきをしたが、注意をひくためのせきばらいだ。すでに全員の注目を集めているというのに。

コナーが切りだした。「おまえたちを集めた理由には、いままでふれないできた。もっともらしい理由から無謀《むぼう》でありえない理由まで、想像《そうぞう》をめぐらしてきたことだろう。わたしの考えは無謀のほうに近い」

トビアスが背筋《せすじ》をのばした。こいつには早くも嫌気《いやけ》がさしている。ローデンと同じくらいきらいになるのに、それほど時間はかからなかった。

「わたしの計画が危険《きけん》なことは否定《ひてい》しない。もし失敗したら、恐《おそ》ろしい結果が待っていよう。しかし成功したら、おまえたちには想像もつかないようなほうびが待っている」

それはどうだろう？　ほうびといわれたら、そうとうでかいものを想像してしまう。

「最終的に選ばれるのは、おまえたちの中のひとりだ。わたしの計画にもっともふさわしいことをしめせる者がほしい。かなり具体的で、大変な努力が必要な計画なのだ」

ここでトビアスが手をあげた。さすが教育を受けてきただけのことはある。おれのいた孤児院《こじいん》では、手をあげるのはだれかをなぐるときと決まっていた。「その計画とはなんでしょうか？」

「トビアスよ、すばらしい質問《しつもん》だ。しかし極秘《ごくひ》の計画でもある。まずは、いますぐ立ちさるチャンスをあたえよう。うしろめたさやふがいなさは、感じなくてよい。危険《きけん》のこともほうびのことも率直《そっちょく》に説明した。もし気が進まないなら、ここで抜《ぬ》けてくれ」

ローデンがこっちを見るので、眉《まゆ》をつりあげてやった。おれに抜けてほしいのだ。おれ自身、なにもなければすぐに立ちあがっていたと思う。だが頭の中で、なにかがおかしいという声がしきりにささやくので、じっとしていた。

ラテマーが手をあげた。そうしつけられていたからではなく、トビアスをまねただけだ。「あの、ぼくはここで抜けようと思います。ほかの三人と勝負になりませんし、正直にいって、大きなほうびをもらえるとしても危険には立ちむかえません」ラテマーの頭の中では、声がささやかなかったらしい。

「もちろん、かまわんとも」コナーは片手《かたて》でていねいに馬車を指した。「では、クレガンにいちばん近い町まで送らせよう」

「今夜のうちにですか？」

「こっちは話のつづきがある。いますぐ行くがよい」

ラテマーはおれたちに向かってもうしわけなさそうにほほえみ、コナーの物わかりのよい態度《たいど》に礼をいった。じゃあな、とおれは会釈《えしゃく》してから、同じ選択《せんたく》をしたほうが利口なのかと考えた。ローデンとトビアスも同じことを考えたにちがいない。最終的に選ばれなかったふたりがどうなるのか、コナーは説明しなかった。どれほど危険な目にあうかの説明もない。

そのとき、さっきから自分の直感がつげようとしていたことに気づいた。モットは前方にいて、ラテマーを馬車のほうへ手まねきしている。では、クレガンは?

おれは立ちあがり、「ラテマー、待て!」とさけんだ。馬車に乗りこもうとしていたラテマーがふりかえり、おれと同じことに気づいて目を見ひらく。その瞬間《しゅんかん》、おれの背後《はいご》から矢が一本、ヒュッと音を立てて飛んできて、ラテマーの胸《むね》につき刺《さ》さった。ラテマーは犬のような悲鳴をあげ、地面にあおむけにたおれた。すでに命はなかった。

おれは怒声《どせい》をあげて、暗闇《くらやみ》にいたクレガンに飛びかかった。地面にたおれたクレガンは腰《こし》のナイフに手をのばしたが、おれが先にうばい、クレガンの体からおりてかまえた。が、背後からモットにつきとばされ、顔から地面につっこんだ。クレガンが深呼吸《しんこきゅう》して体をおこし、おれの手からやすやすとナイフをもぎとった。

「人殺し!」口の中に土が入るのを感じながら、どなった。

コナーがおれの顔の前にかがみこみ、ぞっとするほど静かな声でいった。「セージよ、ラテマーは病気のうえ、良くなる見こみもなかったので、良き教訓になってくれると思ったのだ。さあ、立ちあがって残りふたりと合流するか、それともラテマーとともに馬車に乗るか、自分で決めろ」

おれはあごをつきだし、コナーをにらみつけ、やっとのことで声をしぼりだした。「いまさらラテマーといてもしかたない。ここに残りますよ」

「すばらしい決断《けつだん》だ」コナーは昔なじみにするようにおれの背中《せなか》を軽くたたき、モットに向かってあごをしゃくっておれを解放《かいほう》させた。「ラテマーの死にさぞショックを受けたであろう。しかしおまえたち三人に、ぜひとも事の重大さを理解《りかい》してもらいたかったのだ」

起きあがったら、ラテマーの亡骸《なきがら》を乗せるために馬車へと向かうクレガンの足が乱暴《らんぼう》にぶつかった。いつもなら蹴《け》り返してやるところだが、いまはぼうっとしていて頭が働かない。

「どこかに運んで、深く埋《う》めておけ」と、コナーが声をかける。

トビアスはすわったまま青ざめ、微動《びどう》だにしなかった。ローデンは息が苦しそうだ。そういうおれも息が苦しい。さっきまでモットに背中をひざでおさえつけられていたから、よけいに苦しい。

笑みをうかべたコナーのくちびるは、細い線のように見えた。「セージよ、さきほどなぜ食事の前に話をするのかとたずねたな。これがその理由だ。食料をむだにしないためだな」そしてローデンとトビアスへと視線《しせん》をうつした。「では食事とするか。ほかに立ちさりたい者は?」

4

モットが新鮮《しんせん》な果物と塩漬《しおづ》け肉の大袋《おおぶくろ》をひとつあけたが、モットとコナー以外に手をのばす者はいなかった。

「朝までなにも食べられんぞ。体力をつけておけ」と、コナーがおれたちにすすめた。

しかしローデンは首をふった。その顔は、腹《はら》が一口も受けつけそうにないといっている。トビアスはラテマーが殺されてからほとんど動かず、めったにまばたきもしない。そういうおれも感覚を失っていた。おおげささでもなんでもなく、なにも感じない。

コナーとモットが食事をするあいだ、おれたちはただすわっていたが、少しずつショックがやわらぐにつれて、いわれたとおりにしていれば朝まで生きられることがわかってきた。するとコナーがまた食事をすすめてきた。

「まだ旅は長い。食べなければ、つらくなるだけだ」

最初にローデンが手をのばし、まずおれに、次にトビアスにわたしてくれた。おれがもらった肉はしょっぱすぎたので、やむなく食べたくもないリンゴを食べた。トビアスとローデンも食事を楽しんでいるようには見えなかった。ラテマーがたおれた場所へ目をやるたびに、吐《は》き気がこみあげてくる。

おれたちは孤児院《こじいん》で暴力《ぼうりょく》や残忍《ざんにん》な仕打ちをたっぷりと味わってきた。おれも、自分のマットレスの上に転がってきたという理由だけで幼《おさな》い少年が蹴《け》られているのを見て、五人がかりでようやくとめたことがある。さっきコナーは、ラテマーに抜けてもかまわないといった。ラテマーを見せしめにして、抜けるとどうなるか、おれたちに悟《さと》らせたのだ。ラテマーはそのためだけに連れてこられたという思いが、頭にこびりついて離《はな》れない。

もしあと数秒でも早く見抜《みぬ》けていたら、防《ふせ》げたか？　ここにいるおれたちも、見せしめに連れてこられただけなのか？

「食べおえたので、話のつづきをするとしよう」と、コナーがトビアスのほうへあごをしゃくった。「立て。おまえたちひとりひとりについて、ざっとつかんでおきたい」

トビアスがぎこちなく立ちあがった。ひざがこわばっていて、いまにも吐《は》きそうな顔をしている。

「トビアスよ、敵《てき》と一対一で斬《き》りあいをするとしよう。命がけの対決だが、敵のほうがまちがいなく強い。おまえは死ぬ可能性《かのうせい》が高いとわかっていても戦うか？　それとも戦いを放棄《ほうき》して命乞《いのちご》いをするか？」

「命乞いをします。勝てないとわかっているなら、死んでもなんの得にもなりません。生きのびて、次の戦いにそなえて力をつけます」

コナーはローデンのほうへあごをしゃくった。「おまえは？」

ローデンが立ちあがった。「たとえ死ぬことになろうとも戦います。おれは優秀《ゆうしゅう》な戦士です。臆病者《おくびょうもの》として生きるつもりはありません」

トビアスはひるんだが、なにもいわなかった。ローデンの顔をかすかに笑みがよぎる。いまの答えで優位《ゆうい》に立ったとわかったのだ。

「剣術《けんじゅつ》の稽古《けいこ》の経験《けいけん》は？」と、コナーがたずねた。

ローデンは肩《かた》をすくめた。「孤児院の近くにカーシア人の老いた兵士が住んでいて、腕《うで》をにぶらせないためにと、よく稽古の相手をさせられました」

「これまでに勝ったことは？」

「いえ、ありませんが――」

「ならば、経験者《けいけんしゃ》とはいえん」コナーはそういうと、おれを見た。「セージ、おまえは？」

「命乞いをします」

ローデンが鼻で笑う。

おれはさらにいった。「で、敵が勝利を確信《かくしん》して油断《ゆだん》したすきに勝負をつけます」

コナーが声をあげて笑った。

「剣術のスポーツマン精神《せいしん》に反するじゃないか」と、トビアス。

「スポーツマン精神がなんだよ？」おれは反論《はんろん》した。「殺されかねない勝負ならスポーツじゃない。自分の助かる方法が他人にとってフェアプレーかどうかなんて、調べる気はさらさらないね」

「そんなやり方じゃ勝てない」と、ローデンも声をあげた。「剣《けん》の達人は、剣を手ばなすまで油断《ゆだん》しないぞ」

「敵《てき》が剣の達人なんてだれがいった？　敵のほうがまちがいなく強いってだけだろ。もちろんおれが勝つ」

コナーが近づいてきた。「わたしと話をするときは立て」

おれは、素直《すなお》に立ちあがった。コナーのほうが十数センチ背《せ》が高い。やけに近くに立っているが、おれは下がらなかった。下がるかどうか、ためされている気がしたのだ。

「まっすぐ立っておるのか？　ずいぶん猫背《ねこぜ》だな。背骨《せぼね》が曲がっているのかと思ったぞ。しかも髪《かみ》がそんなに顔にかかって、罪人《ざいにん》のようではないか」

背筋《せすじ》はのばしたが、目にかかった髪ははらわなかった。ちゃんとコナーが見えるから、なんの問題もない。

「おまえの顔はどちら似《に》だ？　母親か？　父親か？」

「さあ、どうですかね。かなり長いこと、自分の姿《すがた》を鏡にうつしてないもので」

「こざかしい口をきき、不遜《ふそん》なことばかり考えおって。ターベルディ夫人にさんざんしつけられたのに直らなかったのが、ふしぎなくらいだ」

「あの人を責《せ》めないでやってくださいよ。さんざんなぐられはしたんですから」

「セージよ、おまえは腹《はら》の読めないペテン師《し》だな。わたしに味方する気はあるのか？　ほかのふたりをさしおいて、おまえを選ぶとしたらどうだ？」

「おれは、自分の味方しかしません。あんたを助けることでおれも助かるんだと、あんたのペテンで納得《なっとく》させせてくれたら考えますよ」

「もし本当におまえを選んだら？　勝負に勝つためにどこまでする？」

「そっちこそ、勝つためにどこまでやるのか、きかせてくださいよ」火を背に立ったコナーの目は影《かげ》になって見えなかったが、おれはしゃべりながらその目をひたと見すえた。「あんたはラテマーを殺した。だから、勝つためには人殺しもいとわないことはわかってます」

「ああ、そのとおりだ」コナーは下がって、ふたたび全員に話しかけた。「うそも、だましも、盗《ぬす》みもいとわない。必要とあらば、わが魂《たましい》を悪魔《あくま》にさしだしてもよい。わが大義《たいぎ》のためには、いかなる罪《つみ》もゆるされると信じておるからだ。これからおまえたちのだれかに、カーシア国では前代未聞の詐欺《さぎ》を働いてもらう。しかもこの詐欺は一生ものだ。逃《に》げだして真実を明かすのは、けっして安全ではない。自分の身だけでなく、国をも滅《ほろ》ぼすことになる。これはカーシア国を救うためにやるのだ」

「カーシア国を救う？」トビアスがたずねた。「どうやってですか？」

「その話はあとだ。まずはモットが火のそばに毛布《もうふ》を敷《し》いたので、今夜は休むとしよう。よく眠《ねむ》っておけ。明日から働いてもらうぞ」

おれはそばの毛布を選んだ。ローデンがおれのとなりに寝《ね》そべり、毛布を体に巻《ま》きつけ、声をかけてきた。

「おれ、老いた兵士と戦って一度も勝たなかったって、さっきいっただろ？」おれの答えを待たずにつづけた。

「それは、おれが勝ったらやめちまうってわかってたからなんだ。おれの剣さばきは、なかなかのものだぜ」

「その腕前《うでまえ》で、おれたちをここから解放《かいほう》してくれよ」おれはつぶやいた。

「ラテマーがどうなったか見ただろ」ローデンはしばらく口をつぐんでから、ひそひそ声でいった。「あっさりと殺しやがった。抜けてもかまわないといっておきながら殺したんだ。人殺しもいとわないなんて、いったいなにをたくらんでるんだ？」

「反乱《はんらん》だろ」おれもひそひそ声で返した。「おれたちのひとりを使って、王国をひっかきまわす気だ」

5

夜、毛布《もうふ》をかぶったまま寝《ね》がえりを打とうとしたら、足首を引っぱられて目がさめた。起きあがったら、となりで眠《ねむ》っているモットと鎖《くさり》で足がつながれていた。小石をひろって顔に投げつけてやったら、目をさましておれをにらみ、体を起こしてどなった。

「なんだ？」

「おれを鎖でつないだのか？　ほかのふたりにはなにもしないのに、おれだけ？」

「あのふたりは逃《に》げない。おまえとはちがう」と、モットは横になった。「寝ろ。さもないと、なぐって気《き》絶《ぜっ》させるぞ」

「行きたいんだよ」

「どこへ？」

「用を足しに。ひとりでさっさとすませたいけど、あんたもついてきたいみたいだから」

モットは毒づいた。「朝までがまんしろ」

「そうしたいところだけど、あいにく母親に似《に》ちゃって、膀胱《ぼうこう》が豆粒《まめつぶ》みたいに小さくて」

モットはまた起きあがり、手探《てさぐ》りで鍵《かぎ》をつかんで自分の鎖をはずすと、剣《けん》をとっておれに立てといい、いっしょに少し離《はな》れた茂《しげ》みへ向かった。

「ここでしろ」

用を足してから、またいっしょにもどると、シャツの襟《えり》をつかまれ、毛布《もうふ》へつきとばされた。

「今夜、もう一度起こしたら、ただじゃおかないからな」

「鎖《くさり》でつながれているかぎり、しょっちゅう起こされることになるだろうね。おれ、寝相《ねぞう》が悪いから」

モットがまた鎖をはめた。さっきよりもきつくしめている。のびとあくびをして、ごろんと横になり、鎖につながれた足をできるかぎり引っぱったら、負けじと引きもどしてきた。夜が明けたら仕返しをされるとわかっていたが、おれはついにやにやしながら、また足を引っぱった。

＊

翌朝《よくあさ》、意外にもモットは夜の件《けん》を持ちださなかった。蹴《け》られて起こされたが、それはローデンも同じだ。トビアスは早起きして歩きまわっていたらしく、毛布にくるまったおれとローデンがうめくのを見てにやりとした。

ローデンは昨晩《さくばん》のラテマー殺害のショックから立ちなおったようだ。少なくともふだんの自分をとりもどし、全員でかたづけをしている最中、コナーに選ばれてみせると宣言《せんげん》した。トビアスとちらっと目をあわせたら、トビアスの顔にもはっきりと勝ってみせると書いてあった。ただし、ローデンほど目立たずにやりとげるつもりらしい。

「朝食はパンだ」と、コナーがつげた。「わたしの質問《しつもん》に正しく答えた者に一口ずつわけてやろう」と、パンを少し引きちぎって質問した。「カーシア国の現《げん》国王と王妃《おうひ》の名前は？」

「エクバート王とコリン王妃」おれはすかさず答えた。

するとトビアスが声をあげて笑った。「エクバート王は正しいけれど、王妃はエリンだ」

コナーがトビアスにちぎったパンを投げた。おれのほうが先に半分正解《せいかい》したのに、トビアスが丸ごとせしめるなんて不公平だ。

コナーがパンをさらにちぎって質問した。「エクバート王の宮廷《きゅうてい》には評議員《ひょうぎいん》が何名いる？」

トビアスがあてずっぽうで十名と答えたが、コナーにちがうといわれた。ローデンもおれも答えなかった。

「正解は二十名。金や才能《さいのう》のある貴族《きぞく》が国内にどれだけいようとも、宮廷で席をあたえられる評議員はつねに二十名。国王に忠告《ちゅうこく》するのが仕事だ。まあ、エクバート王はほとんど無視《むし》しておるが」

コナーはパンを口の中に放りこみ、もう一口食べてから質問した。「エクバート王には息子が何人いる？」

「ふたり」おれは答えたが、

「またはずれだ」と、トビアスにいわれてしまった。「答えはひとり。ダリウス皇太子《こうたいし》だ。四年前まではふたりだったが、弟のジャロン王子は航海中に行方不明になったんだ」

コナーがトビアスにパンを投げてから、おれにいった。「アベニアなまりからすると、カーシア国の出身ではないのだな。なぜアベニア国からカーシア国に来た？」

「あの孤児院《こじいん》が、家族からいちばん離《はな》れられる場所だったんで」

「両親はまだ生きておるのか？」

「両親がどうしているか、もう長いこと調べてません。自分では天涯孤独《てんがいこどく》だと思ってます」

「アベニアは暴力的《ぼうりょく》な国だ。病気にやられなくても盗賊《とうぞく》に襲《おそ》われる。あの国では、ほとんどだれも長生きできん」

「おれのことは孤児《こじ》とみなしてください。家族も国も失った孤児だと。カーシア国への忠誠心《ちゅうせいしん》がないとだめなんですか？」

コナーはうなずいた。「ぜったい必要だ。ローデンとトビアスは幼《おさな》いころからこの国のことを知っておるが、おまえはふたりよりも努力して学ばねばならん。学ぶ気はあるか？」

おれは肩《かた》をすくめた。「評議員《ひょうぎいん》について教えてくださいよ」

コナーはほうびとしておれにパンを投げてから、説明した。「わたしもいちおうは二十名いる評議員のひとりだ。父が宮廷《きゅうてい》の有力者だったので、父の死にともなって地位を引きついだ。評議員のうち十三名は世襲《せしゅう》制《せい》、残り七名は国王への貢献《こうけん》がみとめられて地位をあたえられた者だ。女性《じょせい》は三名。老人は二名いて、その息子たちは父親に一刻《いっこく》も早く死んでもらいたいと思っている。評議員が信用を失って交代するのをぜひ見たいと思っている貴族《きぞく》は、評議員ひとりにつき五名はいる。評議員は例外なく国王へ忠誠《ちゅうせい》を誓《ちか》ってはいるが、本気で尽《つ》くしている者はまずいない。自分が王座《おうざ》につきたいという野望をかくしおおせる者などおらん」

「それは、あなたもふくめてってことですか？」というローデンの質問《しつもん》にパンはあたえられなかった。コナーはくちびるを引きむすんでつづけた。「さきほどもいったとおり、宮廷でのわたしの地位は低い。王座をねらってもむだだ。王座にふさわしい権勢《けんせい》を手に入れるまでに、国王は百回以上変わるだろう」

「ローデンは王座につくかどうかたずねたんじゃないですよ。王座をほしいかどうか、たずねたんです」

というおれの言葉に、コナーはにやりとした。「王座に頭を下げながら、そこに自分がすわりたいと願わぬ者などおるか？　セージよ、教えてくれ。孤児院の固い床《ゆか》に寝《ね》そべり、天井《てんじょう》のすきまから星をながめつつ、国王はどんな生活をしているのだろうと考えたことはないのか？」

ないとはいえなかった。ローデンとトビアスもそばでうなずいている。夜、眠《ねむ》りに引きずりこまれる直前、すべての孤児が想像《そうぞう》をめぐらすひとときに、だれもが思いえがく夢《ゆめ》だ。

コナーがカーシア国についての解説《かいせつ》をつづけた。「国王に次ぐ権力者《けんりょくしゃ》は、侍従長《じじゅうちょう》のカーウィン卿《きょう》だ。しかしカーウィン卿は国王の家来なので、国王にはなれない。評議員の中でもっとも影響力《えいきょうりょく》があるのは、サンシアス・ベルダーグラスという名の首席評議員だ。冷酷《れいこく》な野心家で、自分より影響力のある人物をかたっぱしから破滅《はめつ》させることで出世の階段《かいだん》をのぼってきた。ベルダーグラスのせいで死んだり投獄《とうごく》されたりした貴族は、おそらく十数名におよぶであろう。あの男は王冠《おうかん》をねらい、警護隊《けいごたい》を思うままにあやつっている。もし王族の身に万が一のことがあれば、ベルダーグラスはまっさきに王座に手をのばす。ほかの評議員はベルダーグラスの前にひれ伏《ふ》すか、もしくは自分の野望をとげんがためにカーシア国を内戦に追いこむであろう」

「ベルダーグラスのことは知ってます」と、トビアスが声をあげた。「祖母《そぼ》が住んでいた土地の地主でした。ある日、ベルダーグラスの使者がやってきて、家賃《やちん》を二倍にするとつげたんです。祖母は死ぬまでベルダーグラスをうらんでました」

「やつに敵《てき》が多数いるのはまちがいない。だが、権力《けんりょく》を持つ味方も多数いる。やつは民への思いやりに欠けるので、カーシア国が空っぽになるまで財宝《ざいほう》をしぼりとるであろう」

「じゃあ、どちらのほうがよいと？」これもトビアスだ。「ベルダーグラスによる支配《しはい》と内戦とでは、どちらのほうが？」

「どちらもだめだ。だからこそ、おまえたちを集めたのだ」コナーはパンの残りを勝手にわけろとばかりに地面に放りなげると、手をこすりあわせ、モットとクレガンに命令した。「ここにいた痕跡《こんせき》をできるかぎり消せ。一時間以内に出発する」

ローデンとトビアスはパンに飛びついたが、おれは馬車にもどっていくコナーを見つめていた。コナーはまちがいなく、なにか重大な情報《じょうほう》をかくしている。それについて深く考える勇気はないが。

通りすぎようとしたコナーがおれの視線《しせん》をとらえてとまり、値踏《ねぶ》みするように見つめ、ゆっくりとうなずき、また歩きだす。

おれの疑《うたが》いはあたっているらしい。ぞっとして目をとじた。

コナーは、おれたちを謀反《むほん》に利用しようとしている。

6

コナーは道中ほぼずっとカーシア国について解説《かいせつ》しつづけた。馬車の前の席に後ろむきにすわり、カーシア全土のいろいろな町の名前をあげ、その方向を指し、それぞれの特徴《とくちょう》について細かく説明している。モットは御者《ぎょしゃ》、クレガンは馬車の後部で見張《みは》りだ。

「ドリリエドはあちらだ」と、コナーが南を指した。「王室が暮《く》らすカーシアの首都で、壁《かべ》に囲まれた城塞《じょうさい》都市だ。行ったことのある者は？」

トビアスがはきはきと答えた。「幼《おさな》いころ、父に連れられて行ったことがあります。おぼえてはいませんが」

「おれも行ったことがありますよ」と、おれも答えた。「国王のハト小屋からハトを一羽盗《ぬす》もうとしたんだ。うまくいかなかったけど」

全員に声をあげて笑われた。ふざけたつもりはないのに。ちょうど腹《はら》が空いていたときで、なんとか見つからずに逃《に》げられたが、逃げる最中に転んで片足《かたあし》の足首をねんざし、治るのに一週間かかったのだった。

コナーがあげた町の多くは行ったことがあった。ローデンやトビアスよりも旅をしてきたのはまちがいない。ローデンはカーシア南部のどこかで生まれ、ベントンの孤児院《こじいん》の階段《かいだん》におきざりにされていたらしい。両親のことはなにも知らず、コナーが来るまでベントンを一度も離《はな》れたことがないそうだ。

トビアスはゲルビンズのそばの町で生まれたが、母親は出産のときに死亡《しぼう》し、父親も数年後に病死したという。それからは祖母《そぼ》に育てられ、祖母が二年前に死んだあと孤児院《こじいん》に送られたのだった。

「だれに教育を受けたのだ？」と、コナーがトビアスにたずねた。

「祖母です。祖母が仕えていた方は膨大《ぼうだい》な蔵書《ぞうしょ》を持っていて、毎週、ちがう本を貸《か》してくれ、それを祖母がおれに読んでくれました。祖母と同じくらい、書物もなつかしいです」

「字は読めるか？」とコナーがローデンにたずね、ローデンは首をふった。

「昔からずっと読めるようになりたかったんですが。おれ、足が強いんで、警護隊《けいごたい》に入りたいって思ってたんです。昇進《しょうしん》するには字が読めないとまずいですよね」

「ほう、愛国心が強いのだな」と、コナーが感心していった。「では、おまえに読み書きを教えねば。セージ、おまえはどうだ？　字を読めるか？」

おれは肩《かた》をすくめた。「その質問《しつもん》は前にもしましたよね？」

「前にたずねたときはまともに答えず、わたしを侮辱《ぶじょく》した。どうせ、たいした教育は受けておらんと思うが」

「教育を受けても愚《おろ》かな者はいるし、受けなくても賢《かしこ》い者はいると、うちの父親はいってましたよ」

「しがない演奏家《えんそうか》だった父親がか？　愚かで無教養な者のたわごとにしかきこえん。ターベルディ夫人によると、母親は酒場で働いていたそうだな」

おれは、ひざの上においた手を見つめた。「読む価値《かち》のある本をあたえてくれれば、独学《どくがく》で読みますよ」

「おまえたちの中で馬に乗れる者は？　紳士《しんし》らしく乗れるか？」

またしても全員無言だった。馬には何度か乗ったことがあるが、最近は盗《ぬす》んだ馬の持ち主から逃《に》げるために乗ってばかりなので、紳士らしいとはいえないだろう。

「行儀《ぎょうぎ》作法や礼儀《れいぎ》を教わったことのある者など、まあ、いるまいな」

「ぼくは教わってます。少しですが」と、トビアス。

ローデンにいたってはコナーの質問をきいて笑いだしたが、すぐに真顔になった。「コナーさま、おれを紳士にしてください。おれ、勉強します」

「全員、勉強してもらう」と、コナー。「二週間で三人とも紳士に仕立てあげる。国王の前に出ても貴族《きぞく》として通用するくらい、完璧《かんぺき》に学んでもらう」

「えっ、国王に謁見《えっけん》するんですか？」

というおれの問いにコナーは首をふった。「そうはいっておらん。国王の前に出ても貴族だと思ってもらえるようにするというだけのことだ」

ローデンがちらっとおれを見てにやりとしたが、おれはローデンのようにはりきれなかった。

「二週間？　なぜそんなに急ぐんですか？」

と、また質問したら、コナーがおれの目を見つめて答えた。「二週間後、わたしに選ばれた者がためされることになるからだ」

トビアスがせきばらいをしてたずねた。「あのう、残りのふたりはどうなるんですか？　選ばれなかったふたりは？」

コナーはおれたちひとりひとりと目をあわせ、「二週間後だ。選ばれるように祈《いの》るんだな」とだけいって、おれたちに背《せ》を向けた。

そのまま馬車は走りつづけた。

おれとトビアスとローデンは、たがいに顔を見あわせた。クレガンが、おれたちの無言の会話を読みとってクックッと笑う。ローデンはまた少し青くなったようだ。トビアスは石になったかのように、顔からいっさいの表情《ひょうじょう》がはがれ落ちている。コナーがラテマーを平然と死に追いやったうえ、自分の計画には大義《たいぎ》があるといって正当化したことを、全員が思いだしているのはまちがいなかった。

コナーは二週間後にひとりを選ぶ。そのとき、残ったふたりはまちがいなく、ラテマーと同じ運命をたどることになるだろう。

7

午後遅《おそ》く、おれたちの馬車は、ティシオという町から数キロ離《はな》れた場所にある広大な屋敷《やしき》に乗りいれた。木製《もくせい》の表札からコナーの家だとわかった。屋敷はぶあつい褐色《かっしょく》のレンガと切石でできている。それだけでもなかなかのものだ。カーシア国のこのあたりには石切り場などないので、石はどこか遠くから運んできたことになる。建物の中央だけ三階建てでアーチ型にふくらみ、それ以外の二階部分の屋上はほぼ平たく、低い手すりに囲まれている。あそこからだだっ広い敷地《しきち》を一望したら、さぞ感動するだろう。窓《まど》は屋敷の正面だけで約二十カ所。ちなみに、おれがいたカーチャーの孤児院《こじいん》には窓がひとつもなかった。

　コナーが立ちあがり、屋敷のほうへ腕《うで》をふった。「ようこそ、わが家へ。ここはファーゼンウッド屋敷。父の家で、わたしもここで育った。この屋敷の秘密《ひみつ》は知りつくしておるぞ。ドリリエドの宮廷《きゅうてい》から解放《かいほう》されたときは、いつもここに来るのが楽しみでな。これからの二週間は、おまえたちにとってもここが家だ。到着《とうちゃく》に先立って、すべて手配しておいた。ききたいことは山ほどあるだろうが、まずはやるべきことからかたづけよう」

　すでに馬車の前に召使《めしつか》いたちが一列にならんでいた。すぐさま数名が馬の手綱《たづな》を引き、一名が馬車からおりるコナーに手を貸《か》し、まるでコナーが王族であるかのように頭を下げた。

おりろ、とクレガンに身ぶりで指示《しじ》され、三人とも馬車をおりたところ、ひとりにつき一名ずつ召使《めしつか》いをあてがわれた。「それぞれ召使いについていって、あたたかい風呂《ふろ》に入り、清潔《せいけつ》な服に着がえろ」コナーはおれを見てつづけた。「念入りにこすらねばならぬ者もおるので、汚《よご》れが落ちるまで風呂につかれ。身なりを整えたら、いっしょに夕食をとるとしよう。おまえたちのだれひとり食べたことのない、それはりっぱな食事だぞ」

ローデンとトビアスがそれぞれおつきの召使いについて屋敷《やしき》に入っていく。おれもふたりのあとからファーゼンウッド屋敷に入った。玄関《げんかん》ホールは広大で、窓《まど》という窓から日が差しこみ、真上に巨大《きょだい》なシャンデリアがひとつある。しっくいの壁《かべ》は田舎《いなか》の風景をえがいた数かずの美しい壁画《へきが》で飾《かざ》られ、そばの壁にかかっているタペストリーには数十の名前と顔が刺繍《ししゅう》されていた。たぶんコナーの家系図《かけいず》だろう。

「きみ、名前は？」おれは召使いにたずねた。

召使いは、答えていいものかと迷《まよ》うそぶりを見せてからいった。「エロルでございます」子どもっぽい顔立ちで、一生ひげ剃《そ》りとは無縁《むえん》でいられそうな若者《わかもの》だ。薄茶色《うすちゃいろ》の髪《かみ》は少しちぢれている。小妖精《ようせい》の伝説が本当だとしたら、エロルはきっと妖精のひとりだ。

「おれはセージ。旅の連れにきいてもらえば、おれに〝ございます〟なんておかしいって断言《だんげん》するよ。コナーはおれの主《あるじ》らしいから、おれもきみと同じ召使いさ。かたくるしいことはなしにしようぜ」

「お言葉ですが、丁寧語《ていねいご》を使うように命じられているのです。慣《な》れていただかないと」

おれは自分のぼろきれ同然のシャツを強く引っぱった。腰《こし》のそばのやぶれ目にこぶしが丸ごと入ってしまいそうだ。「こんなかっこうをしてるのに？　よく笑わずにしゃべれるねえ」

エロルは横目でおれをちらっとながめ、くちびるをゆがめてにやりとした。「かんたんじゃない……ですよ」

玄関ホールの左側にならぶ部屋は、モットやクレガンのように地位が高いごく一部の使用人が使っているのだと、エロルが教えてくれた。台所と作業場も左側で、右側にならぶ部屋はその他の召使いたちが相部屋で使っている部屋だった。おそらくエロルもその中のどれかを使っているのだろう。玄関ホールの中央からは大階段《かいだん》がのびていた。背《せ》の高い蜜蝋《みつろう》のろうそくが手すりにならび、見るからにりっぱなじゅうたんが敷《し》いてあるので、かがんでさわってみた。あんな汚《きたな》い手でさわられたらそこだけこすって洗《あら》わなきゃいけない、などとローデンと召使いが話す声がきこえたので、腹《はら》いせにしっかり手の跡《あと》をつけてやった。

二階は、長い廊下《ろうか》の両側に部屋がずらりとならんでいた。

「うちの孤児院《こじいん》がいくつも入りそうだな」と、ローデンがいい、

「コナーが金持ちなのはまちがいない」と、トビアスがつけくわえた。

「なぜこんなにたくさん部屋がいるんだ？」

というおれの問いに、エロルはにやりとした。「部屋数が少なかったら、ぼくたち全員に掃除《そうじ》の仕事がまわらなくなってしまいます」

声をあげて笑ったら、ほかのふたりの召使いからにらまれた。エロルが声を落としてつづけた。「コナー

さまは、よくお客さまを招待《しようたい》します。お招《まね》きした方がたに金持ちだと思わせたいんです。たいていうまくいきますよ」

「宮廷《きゆうてい》の評議員《ひようぎいん》だといってたけど、国王がここに来たことは？」

「国王はありませんが、王妃《おうひ》は一度、おつきの方がたと旅行中にいらしたことがあります」

「王妃ってきれいじゃないらしいね」

といったら、エロルは平手打ちを食らったような顔でおれを見た。「だれにきいたか知りませんが、うそですよ」憤慨《ふんがい》しているような口ぶりだ。「エリン王妃は目のさめるような美人です。コナーさまもよくそうおっしゃいます」

「コナーって結婚《けつこん》してるの？」

「いいえ。かつては愛した女性《じよせい》がいたのですが、うまくいきませんでした」

「おれたちがここに連れてこられた理由を知ってる？　コナーは考えがあるっていってたけど」

「たとえ知っていても、もうしあげる立場にはありません」エロルはそわそわとあたりを見まわしながら答えた。

「いいよ、いわなくて」おれは急いでいった。エロルと話がしにくくなるのだけはさけたい。「ちょっと気になっただけだから」

「召使《めしつか》いが耳にしているのは、話の断片《だんぺん》や噂《うわさ》だけなんです。よく知りませんし、あてにもなりません」

「だよな」おれはあいづちを打って、話題を変えた。「コナーに仕えるようになって、どのくらい？」

「ここに来たのは十歳《さい》のとき。五年前のことです」

つまり、おれとたいして年齢《ねんれい》が変わらないわけだ。なのに、おれに丁寧語《ていねいご》を使わなければならないとは。

「借金を返すために働いてるの？」

「家族の借金ですけどね。たぶんあと十年働けば、自由になれると思います」

「ここは好き？」

とたずねたら、エロルはうなずいた。「命令にしたがっていれば、コナーさまは良いご主人さまです」

「命令にしたがわなかったら？」

「コナーさまがあらかじめよこした使者から、あなたのことはきいてますよ」エロルはにやりとして、つけくわえた。「残念ながらその答えは、ご自分で見つけることになるでしょうね」

おれもにやりとした。「コナーがおれに手こずることはもうないよ。逆《さか》らったらどうなるか、だんだんわかってきたから」

「ええ、そうですね」エロルが、あるドアの前で立ちどまった。「寝室《しんしつ》はほかのおふたりと相部屋となりますが、あなたはこの部屋で風呂《ふろ》に入っていただきます」ドアをあけた先には、急場しのぎで風呂の用意をしたように見える、なかなか広い部屋があった。女性を思わせるやさしい感じの飾《かざ》りつけがしてあるが、だれかが使っているようには見えないので、来客用の部屋なのだろう。奥《おく》の壁《かべ》ぎわに寄《よ》せられたベッドで昼寝《ひるね》をしたくなったが、こんなに汚《きたな》いかっこうでは、きっとあとでベッドごと燃《も》やさなければならなくなる。

エロルがシャツを引っぱって脱《ぬ》がそうとしたが、おれは飛びのいた。「いつも風呂《ふろ》はひとりで入るんだ」

エロルがまたにやりとした。「失礼ですが、ぼくが見るかぎり、風呂にはまったく入っていないようですねえ」

おれは声をあげて笑った。「だからって、今日からだれかといっしょに入る気はないね」

「あなたを貴族《きぞく》の息子に負けないくらい清潔《せいけつ》な状態《じょうたい》で夕食の席にお連れするよう、命令されているんです。お望みならば外で待ちますが、部屋から出てきたとき、まだ清潔でなかったら、今度はいっしょに風呂にもどってもらいます。ぼくはコナーさまの命令にしたがうのであって、あなたの望みどおりに動くわけじゃありませんので」ドアをしめたときのエロルは、さすがに笑みをうかべていなかった。

「ゆっくりしてていいよ」と、おれは声をかけた。「しばらくかかるから」

ドアに鍵《かぎ》をかけようとしたが鍵がなかったので、重い椅子《いす》を一脚《きゃく》引きずっていってドアノブの下におしこんだ。

この部屋には、家の裏側《うらがわ》に面したバルコニーがある。忍《しの》び足でバルコニーに出て、あたりを見まわした。下で庭師《にわし》がひとり働いているが、花壇《かだん》にかがみこんでいるので、こっちを見あげる恐《おそ》れはなさそうだ。外は石壁《いしかべ》で、階と階のあいだに細長い出っ張《ぱ》りが横に一本走っている。けっこうな高さだが、落ちないようにする方法はいくらでもある。

バルコニーの手すりに飛びのり、外壁《がいへき》に手をつきバランスをとって、石の角に片足《かたあし》を乗せ、割《わ》れ目に指を食いこませて、壁《かべ》をよじのぼっていった。

8

汗《あせ》だくで疲《つか》れてもどったら、エロルがおれの名前を呼《よ》んでいた。コナー邸《てい》の敷地《しきち》をざっと見わたしてきただけなので、そう長く部屋をあけたわけではないが、いつから名前を呼ばれていたのか気になった。

「眠《ねむ》っちまったみたいだ」手で湯をはねちらしながら答えた。「なにか用？」

「湯が冷めたでしょう。替《か》えましょうか？」

湯はぬるかったが、まったく汚《よご》れていない。なのにおれは、エロルが部屋を出ていったときよりも汚れていた。

「べつにかまわないよ」できるだけ手早く音を立てずに服を脱《ぬ》いだ。「もう長くはかからないから」

「ほかのおふたりは、とうの昔に風呂《ふろ》を出ましたよ」

「だろうね。おれが眠っているあいだに体を洗《あら》ったんだな。少し待ってくれ」

湯に飛びこみ、服から出る部分をくまなくこすった。浴槽《よくそう》の横にエロルが持ってきた新品の服がたたんであった。ちゃんとした紳士服《しんしふく》だ。三人分そろえるのに、コナーは大枚《たいまい》をはたいたにちがいない。おれの服は前をひもでしめるリネンの半袖《はんそで》シャツと、象牙《ぞうげ》のボタンのついたやわらかい革《かわ》のベスト、リネンの長ズボンと、ひざ下までのブーツ。これなら、それほど肌《はだ》が表に出ないですみそうだ。

だが、風呂はこれで終わりとはならなかった。部屋から出たら、エロルが袖《そで》から出ているおれの両腕《りょううで》を念入りに調べ、まだ孤児《こじ》のにおいがすることに気づいたからだ。二度目の風呂は自分が体をこするとエロルはいいはった。

「湯が冷えきっているじゃないですか。冷たい風呂が好みなんですか？」

「冷めただけだろ」おれは無愛想に答えた。「好みだなんて一言もいってない。かまわないといっただけだ」

エロルは物腰《ものごし》がていねいなのに、おれを風呂に入れるときは別人だった。二度目の風呂では、あかが大量にとれておどろいた。ブラシで足をせっせとこすられているあいだに、おれは自分の指のつめをながめた。

「へーえ、こんな色をしていたなんて知らなかった……うわっ、くすぐったい！」と、エロルから足を引っこめた。「まだかよ？　男に風呂に入れてもらうなんて、かんべんしてくれ」

エロルがにやりとした。「では、女性《じょせい》を寄《よ》こしましょうか？」

おれは声をあげて笑い、今後の風呂はだれの助けもいらないとエロルにつげた。「コナーのいう清潔《せいけつ》は、孤児院《こじいん》の清潔とはちがうんだな。全身を洗うとわかったから、これからはちゃんとそうするよ」

服を着るときは、エロルに外に出てもらった。エロルの仕事ぶりは完璧《かんぺき》だ。ここまで清潔になったのは、生まれて初めてかもしれない。

「おれが着ていた服は？」着がえたあとで、エロルにたずねた。

「焼却《しょうきゃく》されると思いますよ。あれじゃあ、もう着られませんし」

「とってきてくれ」おれはきっぱりといって、つけくわえた。「前のままで。そっくりそのままで」

エロルは少し考えてからいった。「とり返せるとは思いますが」

「とり返してくれたら銀貨を一枚《まい》はらうよ」

エロルは首をかしげた。「銀貨なんてどこから持ってくるんです？」

「どうでもいいだろ。きみが心配することじゃない。でも銀貨があれば、コナーへの借金を数カ月分は返せるぞ」おれは両腕《りょううで》をひろげてつづけた。「この服はおれのものじゃないし、おれには似《に》あわない。二週間後には、あの服にもどりたくなる予感がするんだ」

エロルは肩《かた》をすくめた。「なんとかしましょう。さあ、行きますよ。コナーさまが夕食の席でお待ちです」

コナーはすでに風呂《ふろ》を浴びて、ひげを剃《そ》り、すっかりきれいになっていた。いまは、疲《つか》れた旅人ではなく貴族《きぞく》に見える。食堂に入っていったら、ローデンとトビアスはすでに席についていた。こぢんまりとした食堂で、ふだんの食事や私用《しよう》で使われる部屋らしい。コナーの金持ちぶりがよくわかる。磨《みが》きあげられた銀のフォーク。金縁《きんぶち》のゴブレット。壁《かべ》の燭台《しょくだい》から連なって垂《た》れている水晶玉《すいしょうだま》――。ひとつでも盗《ぬす》めたらいくらかせげるだろうと、つい計算してしまった。

「すわってくれ」と、コナーが自分の左の席へ手をふった。トビアスはコナーの右。ローデンはトビアスのとなりで、おれのほうがコナーに近い席なのが明らかにおもしろくなさそうだ。

おれがすわると、すぐに召使《めしつか》いたちが食事を運んできた。まずはバターのようにやわらかいチーズと、よく熟《う》れた果物だ。孤児院《こじいん》では、金持ちの台所から捨《す》てられた物ばかり食べていた。しおれきったか、色が悪くなるかして、食卓《しょくたく》に出せない腐《くさ》りかけの残飯だ。最初にコナーの料理が運ばれたが、コナーはおれたち全員に配られるまで待つ気らしい。おれは二番目に配られたが、同じように待つことにした。手本のコナーを無視《むし》して食べたいという誘惑《ゆうわく》をおさえつけるのは、まさに地獄《じごく》だったが。

目の前の皿や台所からただよってくるかぎりなく芳《こう》ばしい香《かお》りに感覚という感覚が圧倒《あっとう》され、おれは夢心《ゆめごこ》地《ち》でたずねた。「いつもこんな食事なんですか?」

「ああ、いつもだ。このようにぜいたくな人生を送りたいか?」

「さすがにぜいたくすぎますよ」と、おれは答えた。

「国王のごちそうに比《くら》べたら粗末《そまつ》な食事だぞ」

「こんなに豪華《ごうか》なものが食べられるのに、国王のごちそうまでほしがるやつがいるんですか?」ローデンがそうたずね、はっとして顔をあげた。しくじったと気づいたのだ。

チャンスと見て、トビアスが口をひらいた。「ぼくは、国王のごちそうを食べたいです」

ひとりの少女がおれの前にスープをおいた。こげ茶色の髪《かみ》をひとつにゆわえ、背中《せなか》に垂らしている。美人じゃないが、強くひかれるものがある。とりわけ少女の目に、おれは心をうばわれた。茶色くて、あたたかみを感じさせるのに、不安げで、おびえたような目。少女はおれの視線《しせん》に気づいて眉《まゆ》をひそめ、次の配膳《はいぜん》にとりかかった。

「ありがとう」おれはそういって、また少女の気をひいた。「これは、なんのスープなのかな？」

答えを待ったが、返事はなかった。コナー邸《てい》では、召使《めしつか》いは食卓《しょくたく》で口をきいてはいけないのかも。少女に迷惑《めいわく》をかけていないといいのだがと思いつつ、すばやく前を向いた。

コナーは、夕食のメニューについてえんえんとしゃべりつづけた。焼きたてでまだ湯気が立っている、かりかりのパン。スプーンでも切れるくらいやわらかい、照りのある鴨《かも》のあぶり肉。地下の冷却器《れいきゃくき》で冷やしたフルーツプディング――。おれは耳をかたむけつつ、ひとりひとりに水を足してまわる少女を目で追った。少女がトビアスのゴブレットに水を入れようとかがんだとき、男の召使いに肩《かた》をぶつけられ、トビアスのひざに水を少しこぼしてしまった。コナーがいらついて少女をにらみつける。おれは少女をかばおうと口をひらきかけたが、少女がトビアスにナプキンをわたし、あわてて出ていってしまったので、なにもいえなかった。

オードブルとスープがそろうと、コナーはスプーンを持ちあげた。「これがスープ用のスプーンだ。これでスープを飲む。スープ以外には使わない」

指示《しじ》されたとおりにスプーンをつかみ、飲みはじめたら、「左手で食べるのか？」とコナーにたずねられた。

「それはだめだ。右手で食べられるか？」

「そっちこそ、左手で食べられるんですか？」

と反撃《はんげき》したら、コナーはむっとしたようだ。「いや」

「なのに、おれには右手に変えろっていうんですか」

「いいから、やれ」

最後にスープを飲んだときは、皿を両手で持って飲んだっけ。右手だとやりにくいので、コナーが目を離《はな》したすきにスプーンを左手に持ちかえた。コナーは気づいたが、なにもいわなかった。

コナーはローデンのスプーンの持ち方も注意した。「金槌《かなづち》ではないのだぞ」トビアスにはスープ皿に身を乗りだすなと注意した。「食べ物を口に運べ。口を食べ物に運ぶんじゃない」しかしおれには、マナーについてさらに注意はしなかった。あきらめたのかもしれない。

スープのあとはパンとチーズだ。コナーは、チーズスライサーとパン切りナイフの使い方を実際《じっさい》にやってみせた。どちらもわかるのでおれはききながしたが、ローデンとトビアスは夢中《むちゅう》できいている。

召使いたちがメイン料理を運んでくるあいだに、さっきの少女がスープ皿とパンとチーズを下げにもどってきて、またしてもおれに眉《まゆ》をひそめた。こんなに怒《おこ》らせることをしたおぼえはないのに。

「もう、お腹《なか》がいっぱいです」とトビアスがいった。

「その発言は失礼だぞ。もてなす側は、客にすべてのメニューを出すつもりでいる。メニューの残り半分はよけいだ、というようなものだ」

トビアスは謝《あやま》り、良いにおいですねといったところ、またしてもコナーに少し失礼だと思われたようだ。

おれはトビアスがそんなつもりで発言したとは思わない。ただ、ときどき高飛車にきこえるだけだ。

おれは最初の二皿を食べてもなお、かなり腹《はら》がすいていた。まともな物を食べたのはほぼ二日前。腹いっぱいだと感じたのは何カ月前だろう。

おれたち孤児《こじ》は食べるものに飢《う》えているので、自分のことだけを考え、がつがつと食べるようになる。だからこそ、きのう生肉のかたまりを盗《ぬす》んだおれにターベルディ夫人が腹《はら》を立てた理由がわからない。みんなで食べようと思って盗んできたのに。

カーシア国の孤児院《こじいん》ではろくな食事がでない。どの孤児院も資金源《しきんげん》は孤児に残された遺産《いさん》だけなので、借金を返したあとは、当然ながら身につけているものしか残らない。金が入るとしたら、たまに罪《つみ》を金であがなおうとする金持ちが落としていく寄付《きふ》か、あるいはおれたち三人のように金持ちが孤児を買っていくかしかない。そして買われた孤児は、その金を返しおわるまで召使《めしつか》いとして働かされる。

コース料理の最後はデザートだった。シナモンと砂糖《さとう》をふりかけたチェリータルトだ。さっきの少女がまたもどってきたが、今回は見ないようにした。たとえ少女がこの屋敷《やしき》で苦労しているとしても、おれだって自分の心配で手いっぱいだ。いまはコナーに集中しなければ。コナーは、まだ最悪の手の内を明かしていないのだから。

「出ていってくれ」コナーがすべての召使いに命令した。「食事が終わるまで用はない」

最後のひとりが外に出てドアをしめると、コナーはナイフとフォークをおき、手を握《にぎ》りしめた。

「ようやく、このときがきた」と、おれたちひとりひとりをじっくりと見る。「では、わが計画を説明しよう」

9

コナーが話をつづけるまでに一時間も間《ま》があいたような気がした。ようやく口をひらいたときは、召使いたちがドアに耳をおしつけてきいているとでもいいたげに声をひそめていた。

「すでにわたしの計画に察しをつけた者もおるだろう。しかし、これは断《だん》じて謀反《むほん》ではない。それどころか、エクバート王の宮廷《きゅうてい》における謀反を間接《かんせつ》的に防《ふせ》ぐことになるかもしれん。目下カーシア国は内戦の危機《きき》にひんしているのだが、気づいている民はほとんどおらん。この国は大きく変化しようとしているのだ」

「変化ってなんですか？」とトビアスがたずねた。おれもローデンも同じ疑問《ぎもん》を抱《いだ》いていたが、コナーににらまれたところからすると、話をさえぎられたのがしゃくにさわったらしい。

「その話はすぐにする。おまえたち、わたしがベルダーグラスについて話したことをおぼえておるか？　やつはこの日のために前まえから準備《じゅんび》をし、いまも自分に忠実《ちゅうじつ》な者を集め、われらが王冠《おうかん》をさしだすようにしむける気なのだ。しかしほかの評議員《ひょうぎいん》たちも王冠をねらっていて、それぞれ水面下で支持票《しじひょう》を集めている。二週間後、カーシア国では内戦が勃発《ぼっぱつ》するだろう。そうしたら忠誠心《ちゅうせいしん》や同盟《どうめい》関係にもとづいて国が分裂《ぶんれつ》し、家族同士、友人同士、町同士が対立し、かならずや千人単位の死者が出るであろう。セージよ、おまえの祖国《そこく》のアベニア国は、カーシア国に攻《せ》め入る機会を虎視眈々《こしたんたん》とねらっている。わが国の豊《ゆた》かな農地と山の鉱物《こうぶつ》がほしくてたまらないのだ。アベニア国は、わが国がもっとも弱く、もっとも分裂《ぶんれつ》したときに襲《おそ》いかかり、一気に飲みこむであろう。しかしアベニアは、ひいき目に見ても汚物《おぶつ》だめのごとき国。あのような国に飲みこまれたら、一世代の後にはわが国も似《に》たようなありさまになってしまう」コナーはおれのほうへ顔をかたむけた。「セージよ、おどろいたふりをするな。アベニアはわたしがいったとおりの国であろうが」

「そうですね」おれは静かにみとめた。

「つまり、その内戦をとめたいんですよね」と、トビアス。「でも、あなた自身はとても国王にはなれないといってましたよね」

「今朝、エクバート王には息子が何人いるかとたずねたのをおぼえておるか？　セージよ、おまえはなんと答えた？」

「ふたり。でもトビアスが指摘《してき》したとおり不正解《ふせいかい》でした。いまでも生きているのはダリウス皇太子《こうたいし》ただひとり。エクバート王の次男は航海中に行方不明になったままなんですよね」

「次男の名はジャロン。わたしが宮廷《きゅうてい》に上がるようになってから、ジャロン王子の噂《うわさ》はいろいろと耳にしたが、城《しろ》がくずれることなく残っているので、でまかせもまざっていたようだ」

「たしか子どものころ謁見室《えっけんしつ》に放火したんですよね」またトビアスがいった。

「十歳《さい》のとき、メンデンワル国の国王に決闘《けっとう》をもうしこんだんだ」と、ローデンもつけくわえる。「もちろん負けたけど、噂によると大差はなかったらしい」

「どれもこれも噂だろ」おれはぴしゃりといった。「それがなんだっていうんです？」

「まあ、最後まできけ。四年前、十一歳になろうとしていたジャロン王子は、カーシア国と長年友好関係にある北のバイマール国へ送られることになっていた。表向きは海外留学《りゅうがく》だが、本音をいえば国王と王妃《おうひ》にこれ以上恥《はじ》をかかせないためでもあった。しかしジャロン王子の乗った船は、とちゅうで海賊《かいぞく》に襲撃《しゅうげき》された。生存者《せいぞんしゃ》は皆無《かいむ》で、ジャロン王子の亡骸《なきがら》はとうとう見つからなかった」

「その話はきいたことがありますよ」と、おれは口をはさんだ。「あのときはアベニア国が海賊をさしむけたと責《せ》められたんだ。もしエクバート王がなにか証拠《しょうこ》をつかんでいたら、戦争を始めていたでしょうね」

「ほう、他のことはともかく、自分の祖国《そこく》のことはわかっておるのだな。おそらくアベニア国のしわざであろう。海賊を使うとは、いかにも連中のやりそうな手口だ。アベニア国王より海賊のほうが力があるという者もおるからな。しかしエクバート王は、アベニア国の隣国《りんごく》のジェリン国が海賊をやとった可能性《かのうせい》も捨《す》てきれなかった。アベニア国もジェリン国も、ジャロン王子の船が沈《しず》んだ海域《かいいき》には行きやすい」

「その一件《いっけん》はうちの父親も気にしていました」おれは、また口をはさんだ。「どんな犠牲《ぎせい》をはらおうとも、戦争はさけたいと考えてたんで」

「もしぼくの父がまだ生きていたら、カーシア国のために喜んで戦ったと思います」とトビアス。「ぼくは臆病者《おくびょうもの》の息子ではありません」

父親の名誉《めいよ》を守るためにトビアスの顔をなぐりつけたら、さぞすっきりしただろう。でも父親は臆病者ではなかったが、どんなことをしてでも戦争をさけようとしたのは事実だ。父親とはこのことでも最後まで意見が対立した。

「船が出航した港町のイゼルにはすでに三名の評議員《ひょうぎいん》がつかわされ、ジャロン王子が死んだとしめす証拠《しょうこ》を探《さが》しておる。あるいは、生きているという証拠を」

「生きている？」ローデンがすわったまま身を乗りだした。「そんなこと、ありえるんですか？」

「死体はいまなお発見されていないのだぞ。もしジャロン王子が生きていれば、王位継承《けいしょう》の最有力候補《こうほ》だ。ベルダーグラスもほかの貴族《きぞく》も王位を要求できなくなり、カーシア国は内戦をまぬがれるし、アベニア国が攻《せ》めこんでくることもない」

「でも、ジャロン王子が生きていようが死んでいようが関係ないですよね」と、トビアス。「いまはエクバート王とエリン王妃《おうひ》が国を治めていますし、いずれはダリウス皇太子《こうたいし》が即位《そくい》するわけですし」

するとコナーはおれたちのほうへ身を乗りだした。「よいか、ここからは、おまえたちにとって人生最大の秘密《ひみつ》だぞ。じつは王室は三人ともすでに死んでおる。わたしをはじめこの事実を知っているごく一部の者は、国王一家が外務《がいむ》でジェリン国に向かっていることにしておるが、三人の亡骸《なきがら》は城《しろ》の地下深くにひそかに安置してあるのだ」

おれたちはあまりのことに愕然《がくぜん》として、息もできなかった。国王ひとりどころか、三人全員が亡《な》くなっていたなんて――。考えただけで吐《は》き気がしたが、おれはぐっとこらえ、声をしぼりだした。

「どのように死んだんですか？」

「殺害された。夕食になんらかの毒を盛《も》られたのだと思う。三人ともそのまま目をさまさなかった」

「容疑者《ようぎしゃ》は？」

とローデンがたずねたが、コナーは片手《かたて》をふってその質問《しつもん》をはねつけた。

「子どもじみたことをいうな。エクバート王には敵《てき》がおおぜいいたし、はっきりいって国王の味方もそろって信用できん。三人とも故意《こい》に殺害されたのだ。評議員の何者かが晴れて王位につけるようにな」

「犯人《はんにん》は……ベルダーグラス？」おれは、さぐりを入れた。

「やつを疑《うたが》う評議員はおおぜいおるが、証拠がない。王位に名乗りをあげるかを見て判断《はんだん》するつもりだ」

「ジャロン王子を探しだし、貴族たちの王座《おうざ》争いを防《ふせ》ぎたいと考えているわけですね」と、トビアス。

「いや、そうではない。ジャロン王子はとうに死んでおるし、証明《しょうめい》もできる」

「証明？　どうやって？」

というおれの質問に、コナーはにやりとした。「その点は、とりあえず信じてもらうしかない。わたしだけの秘密なのでな。評議員たちはわたしの証拠を知らないので、新たな王が選ばれる前に調査《ちょうさ》しようと、イゼルに行ったのだ。さて、おまえたちの出番はここからだ。カーシア国民の多くは、ジャロン王子が生きているという望みを捨《す》てきれないでいる。ほぼ四年間、ジャロン王子はだれにも目撃《もくげき》されていない。生きていれば十四歳《さい》。おまえたちと同じ年ごろだ。すでにおまえたちは、たがいの体の特徴《とくちょう》が似《に》ていることに気づいていよう」コナーはここでいったん言葉を切り、満面の笑みをうかべた。「おまえたちの外見は、成長したジャロン王子の姿《すがた》にも似《に》ておるのだ。わが計画は単純明快《たんじゅんめいかい》。おまえたちのひとりをジャロン王子として宮廷《きゅうてい》に連れていく」

10

コナーの話のあと、長い沈黙《ちんもく》がつづいた。おれたちが集められたのは邪悪《じゃあく》な理由からだと想像《そうぞう》はしていたが、まさかここまでとは――。おれは途方《とほう》にくれた。コナーの計画はひいき目に見ても暴挙《ぼうきょ》、本人がいくら強く否定《ひてい》しようとも謀反《むほん》だ。孤児《こじ》を二週間で王子に変身させるなんて、正気の沙汰《さた》じゃない。しかもその孤児が長年消息不明の王子であると宮廷を納得《なっとく》させるなんて、考えるのもばからしい。

トビアスも同じ意見をていねいな言葉で口にしたが、コナーにはねつけられ、逆《ぎゃく》に返された。「おまえは、つねにちっぽけなことしか考えられんのか？」

トビアスはつばを飲みこんだ。「いえ、そんなことは」

「大胆《だいたん》すぎると思うか？」

「ぼくは、ただ……」トビアスは、勇気をふりしぼってつづけた。「その望みはかなわないと思います」

「かなわぬことなどあるものか。軽い気持ちや単なる思いつきで考えた計画ではないのだぞ。しかし成功させるためには、できると信じる少年が必要だ」

「おれは信じます」と、ローデンが声をあげる。

おれは鼻先でせせら笑った。と、コナーがおれのほうを見た。「できるとは思わんのか？」

「できるからといって、賢《かしこ》いとはかぎりませんよ」

コナーは眉《まゆ》をつりあげた。「ほう、おまえにはその賢さがあるとでも？」

「おれにはなにもありません」

「それは出発点としてちょうどいい。では、トビアス、立ってくれ」

トビアスは緊張《きんちょう》して立ちあがった。

「おまえの髪《かみ》の色はぴったりだ。顔は王子の身代わりとするには少々《しょうしょう》面長だが、似《に》ているのでなんとかなる。背丈《せたけ》はまあまあ、体格《たいかく》は王妃《おうひ》に似て細い。教養があるのは評価《ひょうか》するが、頭の回転は思ったほど速くない。答えられない質問《しつもん》をされたら口ごもり、計画を台無しにする恐《おそ》れがある」

このコナーの評価に、トビアスはなぐられでもしたようにショックを受けていた。

つづいてコナーはローデンに立つように命じた。「最後に目撃《もくげき》された王子とあまり似てないが、王妃側の一族とよく似ているので、王子だと納得《なっとく》させられるかもしれん。野心と決断力《けつだんりょく》は高く評価できるが、ここぞというときに自信が欠けていることがままある。まったく教育を受けていないのも問題となるやもしれん。しかし体つきがしっかりしているので、剣術《けんじゅつ》と馬術《ばじゅつ》では優位《ゆうい》だな」

コナーはすわってよいといったが、ローデンは立っていた。「あなたのお考えがわかったので、おれはその王子になってみせます」

「すわれ」コナーはローデンの直訴《じきそ》に感動することなくくりかえし、おれに向かってうなずいた。おれは立ちあがった。「おまえの髪の色は王子とはまったくちがうが、それは染料《せんりょう》で染《そ》められよう。右利きはゆずれないのに左手を使いたがるし、エクバート王の息子に仕立てるには背《せ》が低く、力も弱い。三人の中でいちばん年下に見える。まあ、年齢《ねんれい》は、全員うそをつくことになるのだが。おまえ自身は、言葉についてどう思う?」

「カーシアなまりを二週間でおぼえられるかどうかですか?」

「アベニアなまりのまま、カーシア国の王位はねらえん」

「別にいいんじゃないですか。おれは王位なんていらないし。ローデンかトビアスを選んでくださいよ。そうしたら、二度と会わないように消えますから」

コナーの顔が怒《いか》りでゆがんだ。「おまえの希望など知ったことか! おまえがここにいるのは、身体的には不利とはいえ、ジャロン王子によく似た気質《きしつ》だからだ。無礼な態度《たいど》と反抗《はんこう》的な性格《せいかく》さえとりのぞけば、おまえこそジャロン王子だと貴族《きぞく》たちを丸めこめるかもしれん」

「そのふたつをとりのぞいたら、おれは空っぽだ。トビアスのように退屈《たいくつ》か、ローデンのようにわかりやすくなっちまう。身体の特徴《とくちょう》が似てるんだから、いっそのこと、ふたりに性格を植えつけたらいいんじゃないですか?」

本気でいったわけじゃない。性格を植えつけるなんて、できるわけがない。

「ジャロン王子は闘志満々《とうしまんまん》だった」と、コナー。「おまえも、出会ったときからずっと闘志満々だな」

「おれを詐欺《さぎ》に利用する気なら、闘志を燃《も》やしつづけますよ。ほしいのは王子じゃなくて、あやつり人形ですよね。なぜこんな計画をひそかに練ってきたんです？　自分は王座《おうざ》につけないけれど、実権《じっけん》を握《にぎ》りたいから？　じゃあローデンを王にすればいい。ローデンなら喜んでいうことをきき、命じられたとおりにしゃべるでしょうよ。おれとちがって！」

「大声を出すな。実権など考えておらん。もちろん、たった二週間では自力で国を支配《しはい》できるほどの知識《ちしき》などつくはずがない。だからそばで助言し、かばい、われらの秘密《ひみつ》を守ってやる。だがひとりで支配できるようになったら、おまえたちにあてがわれた地位に甘《あま》んじよう」コナーはそういって、おれに片手《かたて》をさしだした。「おまえをカーシア国の太陽にしてやろう。月と星をあわせたよりも明るい太陽に。しかも国を内戦の危機《きき》から救った救世主として王座につけるのだぞ。セージよ、こんなチャンスを逃《のが》すというのか？」

「カーシアはおれの国じゃない」おれは食堂を出ようとドアに向かった。「正直にいうと、アベニア国に滅《ほろ》ぼされちまえばいいと思ってますよ」

11

ドアの向こうには、モットがひとりで立っていた。コナーの話の内容《ないよう》をあらかじめ知っていて、召使《めしつか》いたちを追いはらったにちがいない。

おれはモットを見て足をとめた。頭をなぐられるか、食堂にむりやり追い返されるか、どちらかだと覚悟《かくご》して少しひるんだ。モットは手加減《てかげん》してくれないのだ。

ところがモットは、おれのほうへあごをしゃくっただけだった。「ずいぶんきれいになったな、孤児《こじ》にしては」

「手伝いがいたんで」

「どこへ行く？」

おれは顔をかいて答えた。「とくに考えてないけど。ひとりになれるところかな」

モットは、おれをひとりにするつもりはないようだ。おれの肩《かた》に手をまわし、おしだすようにして歩きはじめた。「来てくれ」

モットといっしょに屋敷《やしき》の裏庭《うらにわ》に出た。一列にならんだたいまつの炎《ほのお》がそよ風にゆれる。塀《へい》に剣《けん》が数本かけてあった。同じ剣は一本もなく、刃《は》が長かったり、うすかったり、ぎざぎざになっていたりとばらばらだ。

柄《つか》もいろいろで、飾《かざ》り気のない金属《きんぞく》のものもあれば、革《かわ》が巻《ま》きつけてあったり、飾りがついていたりする。剣士《けんし》に似《に》あいそうな剣《けん》もあれば、傭兵《ようへい》に似あいそうな剣もある。おそらくこの中の一本は、王子に似あいそうな剣なのだろう。

「どれか選べ」とモットがいった。

「どれがいいかなんて、わかるかよ」

「おまえに呼《よ》びかけてくる剣がそうだ」

刃《は》の全長に溝《みぞ》が入った中くらいの長さの剣に手をのばした。柄にはこげ茶色の革が巻かれ、柄頭には深紅《しんく》のルビーが輪の形にはめこまれている。つかんだとたん、剣は地面に落ちた。

と、その剣を落とすのは罪《つみ》だといわんばかりに、すかさずモットがひろった。

「これは、おまえには重すぎる。別の剣にしろ」

「見た目よりも重いけど、もう平気だよ」おれは剣を両手で持ちあげながらいった。「おれに呼びかけてきたから選んだんだ」

「なぜその剣なのだ？」

おれはにやりとした。「ルビーがついてるだろ。けっこうな額《がく》で売れる」

「そんなまねをしたら、罰《ばつ》としてその剣でつき刺《さ》してやる。剣を持ったことはあるか？」

「あるさ」モンテグリスト大公が泊《と》まっていた部屋にしのびこみ、大公の剣を持ったことが一度ある。夜、大公が眠《ねむ》っているあいだに、どうしてもすばらしい剣をながめたかったのだ。すぐに見つかってしまい、きびしい罰を受けたが、あんなに美しい剣を数分間でも握《にぎ》れただけで、忍《しの》びこんだかいはあった。

「どのような訓練を受けた？」

「あんたとまともに打ちあえるほどの訓練じゃない」

と答えたら、モットがほほえんだ。「食堂でコナーさまがおまえにいった言葉をきいたぞ。いろいろと弱点を指摘《してき》されていたが、おまえにはまちがいなく王子になるチャンスがある。だがそれには勉強し、訓練を受け、できるかぎり優位《ゆうい》に立たないとな。さあ、剣をかまえろ」モットは剣を身体にほぼ平行にまっすぐ立ててから前にかたむけ、手本をしめした。「こういうふうに。これが最初のかまえだ」

おれはモットをまねて、剣を同じようにかまえた。「こんな感じ？」

「持った感触《かんしょく》に慣《な》れろ。前後にゆらしてみろ。意のままに動かし、バランスをとるんだぞ」

いわれたとおりにした。重たいが、感触は気に入った。この剣を持っている自分が好きだ。孤児院《こじいん》で生きるための戦いにあけくれる前の、昔の自分の思い出がよみがえってくる。

モットが最初のかまえのままでいった。「これが基本《きほん》的な攻撃《こうげき》に入るときの体勢《たいせい》だ」

「じゃあ、その体勢はとらないほうがいいね」

モットがかたほうの眉《まゆ》をつりあげた。「ほう、なぜだ？」

「基本的な体勢なら、だれだって最初に習うだろ。ならば、防御《ぼうぎょ》法だってみんな知ってるじゃないか」

モットは首をふった。「そうはいかない。剣術《けんじゅつ》は、敵《てき》と一手ずつ打ちあうチェスとはちがう」

おれはため息をついた。「だよね」

モットが、おれの剣《けん》とほぼ同じ長さの木刀を壁《かべ》からはずした。「ではためしにやってみよう。初心者としてどのていどか見せてもらう」

「おれも木刀にしようか？」

といったら、モットはほほえんだ。「たとえ木刀でも、わたしのほうが真剣《しんけん》のおまえより強い」

次の瞬間《しゅんかん》、モットは木刀をすっとつきだし、おれの剣を通りこしておれの肩《かた》にあてた。

「せめて防《ふせ》ごうとしたらどうだ？」

おれは顔をしかめ、モットに向かって剣をつきだしたが、かわされた。

「うん、悪くない。もっと大胆《だいたん》にやれ。ジャロン王子は大胆なことで知られていたぞ」

「まるで王子が死んだみたいないい方だな。いくら剣術が大胆でも、命までは守りきれなかったのか」

「あれだけの海賊《かいぞく》が相手ではしかたあるまい。あの船で生きのこった者はひとりもいなかった」

「乗組員はたぶん全員、剣を持っていたんだよな」モットが一歩下がったので、おれの剣は虚空《こくう》を切った。

「じゃあ、おれに剣術を教えてもむだだね」

「身体の力を抜《ぬ》け。力みすぎだ」

「なぜおれをここに？」剣を下げてたずねた。「なぜ剣を教えてくれるんだ？」

「おまえを選んで、なにが悪い？」

「トビアスのほうが頭がいいし、ローデンのほうが体力がある。おれは、コナーが想像《そうぞう》した現在《げんざい》のジャロン王子にほんの少し似《に》てるだけだ」

モットも剣を下げた。「トビアスのほうが教養はあるかもしれないが、頭はまちがいなくおまえのほうがいい。ローデンのほうが体力はあるが、体力よりも強い精神《せいしん》のほうがかならず勝つ」と、ほほえんだ。「外見についていては、髪《かみ》を切って背筋《せすじ》をのばせばもっと似るだろう。おまえはしゃべっていても顔がちっとも見えないぞ。さあ、剣を上げろ。木刀をねらうからいけないのだ。わたしをねらえ」

「怪我《けが》するだろ」

「剣で戦うのだぞ。怪我はつきものだ」

おれは剣を上げ、つっこんでいった。モットがこっちへ踏《ふ》みだし、真剣の下に木刀をさしいれ、大きく回転させてぐっと下におす。おれの手から剣が離《はな》れ、地面に落ちて派手《はで》な音をたてた。

「ひろえ」

一瞬《いっしゅん》モットをにらんでからひろった。が、切っ先を下に向け、剣術の稽古《けいこ》は終わりだと合図した。

モットは顔をしかめておれを見た。「見こみちがいだったようだ。もっと闘志《とうし》を燃《も》やすかと思っていたのに」

「なんのために？　エクバート王の一家のように、いずれ殺されるため？　コナーのいうとおりにしたとしても、たぶん一生、王子になった気はしない。ただ王子を演《えん》じるだけ。一生、役者どまりだろ」

「では、いまのおまえはなんなのだ？」と、モットも剣《けん》をおろした。「強がってはいるが、おびえた顔ものぞかせる。他人などどうでもいいふりをしているが、ラテマーがたおれたときの反応《はんのう》をしかと見たぞ。アベニア国にいる家族を見捨《みす》てたふりをしているが、家族の話をするときの口調も耳にした。おまえは、自分でいうほどまわりを憎《にく》んでいない。セージよ、おまえはいまでもじゅうぶん役者ではないか。コナーさまはおまえ自身のためではなく、カーシア国のために演《えん》じてくれと望んでいるだけだ」

モットの言葉は、本人が思う以上に急所をついていた。それだけにいまは、先が見えない不安や、ラテマーのことを考えて動揺《どうよう》したくなかった。もちろん、家族のこともだ。

モットに真剣《しんけん》を返した。「剣術《けんじゅつ》の稽古《けいこ》をつけてくれてありがとう。でも、おれが王子になることはないよ」

「なのに、この剣を選んだとはおもしろい。これは、ジャロン王子がかつて持っていた剣の複製《ふくせい》だぞ。もしコナーさまがおまえを王子にしたがっているなら、おまえも努力するべきだ」

12

屋敷《やしき》にもどるとき、モットもついてきた。おれをひとりきりにしないように命じられているにちがいない。モットはジャロン王子の剣の複製について、本物は船が海賊《かいぞく》に襲撃《しゅうげき》されたときに失われてしまったので、コナーの父親が記憶《きおく》をたよりに描《えが》いた絵から作ったものだとくわしく説明したが、おれにはどうでもいい話なので、きいているふりさえしなかった。

「食堂にもどらなきゃならないんだよな」と、おれはつぶやいた。

「汗《あせ》まみれではないか。紳士《しんし》たるもの、いまのわれわれのように汗くさい体で食堂に入ってはならない」

「じゃあ、どこへ行けばいい？」

「おまえたちの寝室《しんしつ》にもどる。ローデンとトビアスもほどなくもどるだろう」

「寝室じゃやることがないよ」

「眠《ねむ》っておけ。明日から訓練が始まる。くたくたになるぞ」

「また、おれに鎖《くさり》をつなぐつもり？」

とたずねたら、モットはにやりとした。「つなぐものか。だが寝室に見張《みは》りがつく。逃《に》げようとしたら見張りにつかまって、わたしに連絡《れんらく》が入るぞ。二日つづけて眠りをさまたげたら、ただじゃおかないから覚悟《かくご》しろ」

「あのさ、あんたもコナーの召使《めしつか》い？　コナーに買われたの？」

「仕えてはいるが、買われてはいない。父がコナーさまの父上に仕えていたので、わたしもごく自然にコナーさまに仕えることになった。セージよ、わたしはコナーさまを信じている。いずれおまえも信じるようになってほしいものだ」

「ラテマーを殺したんだぞ。抜けてもかまわないといったくせに」

「正確《せいかく》にいえば、ラテマーを殺したのはクレガンだ。といっても、命じたのはコナーさまだが」モットは少し間《ま》をあけてつづけた。「コナーさまは聖職者《せいしょくしゃ》になりたいとも、英雄《えいゆう》として崇拝《すうはい》されたいとも思っていない。だがな、セージよ、コナーさまは国を愛している。カーシア国のために良かれと信じてやっているのだ。そもそもラテマーは候補《こうほ》に選ばれるべきではなかった。これからの二週間で試練に失敗するよりは、あそこで死んだほうがよかったのだ」

「コナーはおれたちにラテマーが殺されるところを見せつけたかったんだろ。この計画が本気だとわからせるために」

「かもしれない。だとしたら目的は達成したわけだ」

おれは少しのあいだ立ちどまり、モットが足をとめてこっちを見ると、小声でいった。「最終的に選ばれなかったふたりは、やっぱりコナーに殺されるのかな？」

モットはおれの肩《かた》に手をおいた。「計画の秘密《ひみつ》は守らねばなるまい。セージよ、選ばれるようにがんばるのだぞ」

寝室《しんしつ》の前にもどったら、召使いのエロルがそばの長椅子《ながいす》にすわって待っていた。モットはエロルに、おれが寝間着《ねまき》に着がえるのを手伝うように命じた。

「手伝いなんていらないよ。ボタンのはめ方の謎《なぞ》は、とうの昔に解《と》けたから」

それでもモットは「手伝え」とくりかえした。

エロルがおれを見て、モットの命令にそむかずにすむよう、頼《たの》むから手伝わせてくれと目でうったえかけてくる。おれはモットにいらだちがつたわるよう、盛大《せいだい》にため息をついてから、エロルに向かってうなずいた。「わかった。さっさとやっちまおう」

モットは寝室の外に残り、エロルはドアをしめ、おれが寝室のあちこちを見てまわるあいだに、おれの衣《い》装《しょう》ダンスの引き出しをかきまわした。これだけの広さがあれば、ターベルディ夫人なら孤児院《こじいん》の子どもを全員おしこめるだろう。ベッドが三つしかないなんて、空間のむだづかいとしか思えない。孤児院とは対照的にマットレスも毛布《もうふ》も厚《あつ》みがある。各ベッドのとなりに小さな衣装ダンスがあり、真ん中のベッドのそばには机《つくえ》がひとつ、その向かいには暖炉《だんろ》がある。もう二度と孤児院のような暮《く》らしをしなくてすむという思いで、頭の中がいっぱいになった。大変な犠牲《ぎせい》さえともなわなければ、いうことがないのに。

「おれのベッドは、どれ？」

とたずねたら、エロルが向こう側のベッドを指さした。「あちらです」

「窓際《まどぎわ》のこれがいいなあ」

「それはローデンさまのベッドです」

「はぁ、ローデン〝さま〟？」

エロルはおれの皮肉に気づかなかった。「はい、そうです」

「じゃあ、ローデンさまにはおれのベッドを使ってもらえばいい。窓際のこのベッドはおれが使う」

「ローデンさまはこれが自分のベッドだと知ってますよ」

おれはベッドカバーを引きはがし、枕《まくら》につばを吐《は》きかけた。「おれがこんなことをしたとローデンにつたえてくれ。それでもこのベッドがいいのなら、おれのつばつき枕で寝《ね》てもらう」

エロルはにやりとした。「はい、わかりました。着がえにとりかかってもいいですか？」

おれは両腕《りょううで》をのばし、エロルに任《まか》せた。エロルはすばやく静かに手を動かしている。

「なあ、エロル、食事の最中に給仕の女の子を見たんだけどさ。おれぐらいの年齢《ねんれい》で、髪《かみ》も目も濃《こ》い色の子」

「イモジェンという娘《むすめ》です。一年前に来た子ですよ」

「どういういきさつで来たのかな？」

「コナーさまがイモジェンの家の家賃《やちん》を引きあげたんです。そのせいでイモジェンの一家はどんどん借金がふくらんで、コナーさまがイモジェンに借金返済《へんさい》のために屋敷《やしき》で働くようにすすめたんです。あの高金利じゃ、一生返せないでしょうけれど」

「なぜイモジェンを？」

「復讐《ふくしゅう》だろうって、みんな思ってますよ。イモジェンの母親は未亡人《みぼうじん》で、何年も前にコナーさまから結婚《けっこん》をもうしこまれたのにことわったんで。イモジェンをここに呼《よ》んだのは、年ごろになったら母親の代わりに結婚したかったからだっていう者もいますよ。コナーさまはあっという間《ま》に興味《きょうみ》を失って、台所係にしちゃいましたけど」

「興味を失ったのはなぜ？」

「口がきけないんですよ。頭がいいわけでもない。仕事はちゃんとこなしますけど、一生、ただの台所係でしょうね。はい、終わりましたよ」

着せられた寝間着《ねまき》を見たとたん、声をあげて笑ってしまった。粗末《そまつ》な服で寝るのに慣《な》れていたせいもあるが、やけにごてごてと飾《かざ》りたててあるのだ。

「なんだ、これ？」と、上着を引っぱりながらたずねた。

「ローブです。まあ、ベッドに入る前には脱《ぬ》ぐんですけれど」

「おれ、ここにいるんだよ。三歩でベッドだよ」

エロルはまたにやりとした。おれといると、しょっちゅう楽しくなるらしい。「ローブをおとりしましょうか？」

「いい。自分で脱《ぬ》ぐ」

「今夜、ほかにご用は？」

「おれがここに来たときに着ていた服は？」

「ちゃんととってありますよ。いま、洗《あら》っているところです」

「洗わなくてもいいのに」

エロルはせきばらいをした。「あれは洗わなくちゃだめですよ。でもそれ以外は、元のままでとっておきます」そして、午後から着ていたおれの服をせっせとたたみはじめた。「元の服を衣装《いしょう》ダンスの引き出しにもどしたら、なにかごほうびをいただけます？」

いますぐほうびをもらえると思っていたのなら、がっかりしただろう。おれは、そっけなくうなずいた。「引き出しにもどした時点でやるよ。さあ、出ていってくれ。おれはたぶん眠《ねむ》ってるから、ほかの連中には静かに入ってくるようにいっといてくれ」

エロルが寝室《しんしつ》のドアをあけた拍子《ひょうし》にモットにのぞきこまれたが、ドアがしまり、ようやくひとりになれた。よじのぼって外に出ようと窓《まど》をあけたが、冷たい夜風に顔をなでられた瞬間《しゅんかん》、立ちどまった。さまざまな感情《かんじょう》が波のように打ちよせてくる。コナーの計画は想像《そうぞう》していたよりも悪質《あくしつ》だった。モットがなんといおうと、立ちむかう自信はない。

夜の闇《やみ》を見つめ、コナー邸《てい》の敷地《しきち》を走り抜《ぬ》けるのにどのくらいかかるだろうと考えた。その先は川なので、たぶん行方をくらませられる。自由になれるアベニア国まで、一晩中《ひとばん》だろうと、もっとかかろうとも、歩いていける――。

でも、それはむりだ。秘密《ひみつ》を知ってしまった以上、コナーはどこまでも追ってくるだろう。もうここから出られない。とるべき道はひとつ。王子になるのだ。さもなければ殺される。

13

翌朝《よくあさ》は召使《めしつか》いに起こされる前に目がさめた。淡《あわ》い色の朝日が窓《まど》から低く差している。早朝だ。なじみのないぬくもりと心地よさに慣《な》れようとしながら、少しのあいだベッドにもぐっていた。が、自分が巻《ま》きこまれた不気味なゲームについて、すぐに思いだした。現実《げんじつ》はきびしく冷酷《れいこく》だ。外をよく見ようと上半身を起こした。

「おまえも起きてるのか？」ローデンの静かな声がした。

「ああ、もう眠《ねむ》れない」

「おれは、ほとんど眠れなかった」少し間《ま》をおいて、ローデンがまた質問《しつもん》してきた。「コナーに選ばれなかったふたりは、どうなると思う？」

〝ふたり〟という便利な言葉で他人事のようにしゃべっている点は、おたがい深く考えないようにした。おれはゆっくりと息を吐《は》きだしてからいった。「答えはわかってるだろ」

ローデンはため息をついた。もっとましな返事でも期待していたのか。「いちばんつらいのは、おれたちが死んでも悲しむ人がいないことだな。家族も友だちも家で待ってる人もいない」

「そのほうがいいだろ。自分が死んでも悲しむ人がいないとわかってるほうが、おれは気楽だ」

「自分のせいで悲しむ人がいないってことは、楽しんでくれる人もいないってことだ」ローデンは頭の後ろで手を組み、しっくいの天井《てんじょう》を見あげた。「なあ、セージ、おれたちはどうでもいい人間なんだな。おれはあの孤児院《こじいん》を数カ月前に出なきゃいけなかったのに、出られなかった。教養も技術《ぎじゅつ》もないから、孤児院を出たら使いものにならない。どうやって食っていけばいいんだ？」

「トビアスなら自活できるよな。商売をしたり、店をひらいたりして。かなり成功しそうだよな」

「おまえはどうするつもりだったんだ？」

おれは肩《かた》をすくめた。「おれは、次の一週間を生きのびるだけでせいいっぱいだった」皮肉ななりゆきに、ふとおかしくなった。「いまは、あと二週間生きのびるだけでいいんだな」

「コナーにはおれを選んでもらわないと困《こま》る。王子になるとかならないとか、そういうことじゃない。どうせコナーが裏《うら》で糸を引くんだろ。でもおれにとっちゃ、たぶん人生で一回きりのチャンスだ。おまえとトビアスにはきつい言葉かもしれないが、おれはそう思っている。おまえ、このあいだ、馬車からもう少しで逃《に》げるところだったよな？」

「うん」

「逃げればよかったのに。これからの二週間で逃げるチャンスがあれば、さっさと逃げろ」

「そりゃどうも」そうかんたんに事が運べば世話がない。

「ふたりとも、屋敷《やしき》中をたたき起こす気か？」と、トビアスがうめきながらいった。

「しーっ。起きてるのがばれたら、人が入ってくる」と、おれは注意した。

トビアスがひじをついて起きあがった。「さっきからローデンとぺちゃくちゃしゃべってるくせに、ぼくには静かにしろっていうのか？」

「しーっ」と、ローデンも注意する。

トビアスはまた横になった。「今日はコナーになにをさせられるのかな」

「二週間でジャロン王子と同じ知識《ちしき》を身につけなきゃならないんだ。静かな時間は、これが最後かもしれないな」と、ローデン。

「そう悪い計画じゃない。コナーのいうことは正しい。カーシア国を救うには、これしかないんじゃないか」

というトビアスの意見に、おれは反論《はんろん》した。

「本物の王子に対して失礼だ。いつかばれるに決まってるだろ。そのときは、ただの反逆行為《はんぎゃくこうい》じゃすまされない。どこの馬の骨《ほね》とも知れない孤児《こじ》が王子のふりをする？　はっ、なにさまのつもりだ？」

「まあ、落ちつけって」と、トビアスがいった。「いつかばれるなんて、だれがいった？　なにがあろうとコナーがそばで助けてくれる。コナーはそうせざるをえないんだ。ぼくたちの正体がばれたら、コナーも縛《しば》り首だからね」

「この中に、王子になれるやつはいない」おれは、さらにいった。「いまさらだけど、コナーの助けがあってもなくても、二週間で王子と同じ知識を身につけるなんて無茶だ。おれたち三人が力をあわせれば、さすがのコナーもむり強いできない」

「でも、ぼくはやりたいんだ！」トビアスが上半身を起こし、ベッドから両脚《りょうあし》を出した。「なんなら、きみたちはさぼればいい。でもぼくは、できるだけ早く、必要な知識を学んでみせる！」

トビアスの声に廊下《ろうか》にいた召使《めしつか》いたちはぎょうてんして入ってきて、おれたちが起きるのをずっと待っていたといいはった。眠《ねむ》そうな目を見れば、そうじゃないのは明らかだ。エロルはあくびをこらえながら、おれの衣装《いしょう》ダンスの引き出しに手をつっこんだ。

「なんなら二度寝《にどね》してきていいぞ。ここはだいじょうぶだから」と声をかけたら、

「命令を下すのは、あなたではありません。コナーさまです」と、注意された。「今日は午後に運動をするので、ふだん着です」

しぶしぶベッドから起きだし、エロルを立たせておいて、ひとりで着がえた。エロルは着がえ終わったら点検《てんけん》するといいはり、留《と》め金に手こずるおれに声をかけた。「いやみをいうつもりはないんですが、そういう服を一度も着たことがないんですよねえ」

おれはにやりとした。「こんなもの、着たいとも思わないね」

寝室《しんしつ》を出たら、モットが待ちかまえていて、トビアスには図書室で家庭教師《きょうし》と勉強するように、おれとローデンには読み書きの基本《きほん》を習うようにいった。おれとローデンには、昔は子ども部屋だった上階の部屋があてがわれた。召使いに案内されながら、トビアスはおれたちをせせら笑った。教養があるので一歩先んじた気でいるのだろう。まあ、そのとおりだとは思うが。トビアスと勉強なんてごめんだぜと、ローデンがささ

やいた。おれも同感だ。

おれとローデンの家庭教師《きょうし》は男で、グレーブス先生と呼《よ》ぶようにと命じた。教師というより墓《はか》を掘《ほ》っているほうが似《に》あいそうなので、〝墓〟という意味の名前はぴったりだ。背《せ》が高く、スコップのようにやせていて、肌《はだ》は青白く、張《は》りのない黒髪《くろかみ》を実際《じっさい》より多く見えるように工夫している。おれは一目できらいになったが、ローデンはこいつが墓から出てきたゾンビだとは思いたくないらしい。少なくともその可能性《かのうせい》についてささやいたときは笑いをこらえ、すぐにおれをだまらせた。

グレーブス先生はおれたちに、明らかに幼児《ようじ》用とわかる椅子《いす》にすわって黒板のほうを向くように指示《しじ》し、アルファベットを書きはじめてから、おれにいった。「すわれといったはずだ。授業《じゅぎょう》を始めるぞ」

顔をあげたローデンは、すでにひざを胸《むね》におしつけるようにしてすわっていた。

おれはどうどうと腕《うで》を組んでいってやった。「五歳《さい》児《じ》用の椅子になんてすわれませんよ。まともな椅子をください」

グレーブス先生はつんとあごをそらし、おれのことをさげすんだ目で見た。「きみがセージだな。話はきいている。いいかね、わたしはコナーの召使《めしつか》いとはわけがちがう。紳士《しんし》であり学者なのだ。敬意《けいい》をはらってもらうぞ。さあ、椅子にすわりなさい」

おれが脱走《だっそう》しないよう、モットがまだ近くにいるはずだ。来てくれと大声で呼びかけ、部屋をのぞきこんだモットにつげた。「グレーブス先生はコナーの召使いとはわけがちがうんだってさ。でも、あんたは召使いだよね。椅子をひとつ持ってきてくれよ」

「椅子ならあるではないか」と、モットはローデンのとなりの席をあごでしゃくった。

「小さすぎる。こんな椅子じゃ勉強できない」

「それは、あいにくだったな。すわれ」

「いいけどさ、おれとローデンがアルファベットをおぼえなかったら、コナーにちゃんと理由を説明してくれよな」

モットはため息をついて部屋を離《はな》れ、数分後に大きめの椅子を二脚《きゃく》運んできた。グレーブス先生は激怒《げきど》し、授業を中断《ちゅうだん》した罰《ばつ》として、その日に習う文字をローデンの十倍書けとおれに命令した。

「へーえ、じゃあ、十倍よけいに学べるわけですね。素直《すなお》にしたがうローデンより、おれのほうがしっかり学べるような罰をあたえてくれるなんて、ふしぎだなあ」

アルファベットの発音を教えはじめたグレーブス先生は怒《いか》りのあまり手に力が入りすぎ、指関節がチョークと同じくらい白くなっていた。

意外にもローデンは興味《きょうみ》をしめし、授業についていこうと真剣《しんけん》になったが、おれはMを習うあたりで眠《ねむ》ってしまい、モットにゆり起こされたとき、グレーブス先生はとうにいなくなっていた。「セージよ、おまえは手に負えないといっていたぞ。まったく、おまえってやつは、そんなに失敗したいのか？」

「少しは読めるっていっただろ。今朝の授業は時間のむだだ」

「おれにはすばらしい授業《じゅぎょう》だったぜ」ローデンは、いつになくうれしそうな声でいった。「文字が読めるようになるなんて夢《ゆめ》にも思わなかった。明日はおれに子ども用の本を用意してくれるってさ」

「そりゃあよかった。偽《にせ》の王子について、その本になんて書いてあるか、教えてくれよ」

今日は勉強しながら食べられるようにと、朝早くに召使《めしつか》いたちが、固ゆでたまごに牛乳《ぎゅうにゅう》という少々《しょうしょう》さびしい朝食を運んできていた。最初からくだらない授業だったので、当然ながらおれもローデンもすでに腹《はら》がへっていた。ところが「次の食事は授業のあとだ」と、モットにいわれてしまった。

「なんの授業?」おれはモットにたずねた。

「カーシア国の歴史を習う。昼食はそのあとだ。つづいて馬術《ばじゅつ》、剣術《けんじゅつ》、コナーさまとの夕食で行儀《ぎょうぎ》作法を習い、夜は明日の予習だ」

ローデンがおれの肩《かた》をたたいた。「おれたち、紳士《しんし》にしてもらえるぞ!」

おれはうなずいたが、なにもいわなかった。コナーがおれたちをなにに仕立てる気かと思うと、喜ぶどころではなかった。

14

　午後の歴史の授業は三人そろって受けたのだが、すべての質問《しつもん》に答えられるトビアスには時間のむだだった。しかもさっさと答えてしまうので、おれとローデンは答えを知っていたとしても声をあげる間《ま》がなかった。

　歴史の家庭教師《きょうし》はハバラという名の女性《じょせい》だった。丸顔で、黒い巻《ま》き毛がよくはねる。トビアスは午前中、この先生にほかの勉強を教わったそうだ。ハバラ先生はコナーがおれたちをここへ連れてきた本当の理由を明らかに知っているのに、その話題を必死にさけている。見るからに緊張《きんちょう》しているが、笑顔がおだやかで性格《せいかく》もやさしい。この屋敷《やしき》にいるほかの連中がこぞってかたくるしいだけに、ほっとする。二週間が終わったとき、この人はどうなるのだろう？

　ハバラ先生が水を一杯《いっぱい》もらいに出ていったとき、トビアスとローデンにこの不安を打ちあけたら、トビアスに軽くあしらわれた。「だいじょうぶだろ。ぼくたちを教えたことは口外しないよう、コナーに頼《たの》まれたっていってたよ」

「頼まれたんじゃなくて、脅《おど》されたんだろ」

　とつぶやいたら、トビアスが身がまえて顔をそらした。「本人が口外しなければ、コナーがなにをしようと関係ないさ」

「いや、どんな場合でも関係あるね」おれは、同意してほしくてローデンを見た。だがローデンは文字を指でなぞって勉強し、目の前の本に顔をうずめていた。

ハバラ先生がもどってきたとたん、おれたちは口をつぐんだ。トビアスは夢《ゆめ》でも見ているようにうっとりとし、先生の次の質問《しつもん》におれとローデンが答えられないと、すぐにはきはきと答えた。

ハバラ先生は有能《ゆうのう》な教師《きょうし》で、全員、授業《じゅぎょう》が終わるころには、カーシア国の主な都市の名前をすべてあげられ、各都市の国への貢献度《こうけんど》を説明できるようになっていた。カーシア国には大きな都市がほとんどなく、楽におぼえられたのは幸運だったが、各都市の国への貢献度がどれもぱっとしないのは、カーシア国にとって不幸だった。新しい王子は、国内の天然資源《しげん》の産出量をふやすために、おおいに努力しなければならないだろう。案の定トビアスはその難題《なんだい》にこたえてみせると宣言《せんげん》したが、ハバラ先生は眉《まゆ》をつりあげただけでなにもいわなかった。

ドアをノックする音がし、二名の召使《めしつか》いが盆《ぼん》を運んできた。おれたちの昼食だ。最初に入ってきた少女は知らなかったが、次に入ってきたのはイモジェンだった。イモジェンはおれを見て、またもや顔をしかめ、目をふせた。召使いたちは盆をおいて出ていった。

ハバラ先生は教科書を机《つくえ》にふせ、おれたちひとりひとりにしっかりした生地のミートパイを配った。おれはそれを四口で食べ、まだ半分しか食べていないトビアスのほうを向いた。「残ったパイをもらってもいい？」

トビアスは声をあげて笑ったが、おれがじょうだんをいっているのでないとわかると、ハバラ先生の授業をよそに、だまって残りのパイを食べた。

歴史の授業のあとはモットがもどってきて、おれたちを馬小屋へと連れていった。そこではクレガンが待っていた。クレガンは、にこりともせずにいった。「おれが乗馬の先生だ」そしてモットが立ちさってから、フェンスの上にバランスをとっておかれた鞍《くら》を指さした。「まずは、これからだ。馬に乗るときは、この上にすわる」

「じょうだんだろ」と、おれは声をあげた。「あんた、本気でおれたちを初心者あつかいする気？　馬くらい全員乗れるさ」

「おまえたちの実力が――」

「おれの実力はあんたより上だよ。目をつぶっていても勝てる。トビアスとローデンだって勝てるさ」

クレガンが怒《いか》りのあまり目を細めた。「おれより上だと？　おれはただの馬乗りじゃない。調教師《ちょうきょうし》でもあるんだぞ。野生の馬だって飼《か》いならせるんだ。おまえのことも飼いならしてやる」

おれはクレガンの最後の言葉を無視《むし》してつづけた。「あんたが乗れる馬なら、おれだって乗れるさ」

クレガンが冷笑した。「小僧《こぞう》、だれがその手に乗るか」

「いいじゃないですか」と、トビアス。「乗れるっていうのなら、こいつの実力をためしたらどうです？」

クレガンはトビアスを見つめ、おれへと視線《しせん》をうつし、「いいだろう。ここで待ってろ」と、馬小屋へともどっていった。

「ありがとうよ」

とトビアスに声をかけたら、横目でちらっと視線《しせん》を送ってきた。「べつにきみの味方をしたわけじゃない。これで懲《こ》りてくれたら万々歳《ばんばんざい》だ」

馬小屋の中で派手《はで》な衝突音《しょうとつおん》がした。おれはゆっくりと首をふり、トビアスに向かってつぶやいた。「調教されていない馬なんて、まさかいないよな？」

「いるみたいだな」と、トビアスがいい、

「おまえ、馬に乗れるのかよ？」と、ローデンがおれにたずねた。

「乗ったことならあるけど。それって乗れるってこと？」

「いや」トビアスは、にべもなかった。「おれは乗れるよ。でも、野生の馬でクレガンに挑戦《ちょうせん》するほど身のほど知らずじゃない」

「素直《すなお》に謝《あやま》って、授業《じゅぎょう》を受けさせてくれってクレガンにいえよ」と、ローデン。「そうしたら、ほら見たことかって周り中からいわれるだろ？　馬に乗って一、二周してくるよ。それくらいできるだろ」

馬小屋から一頭の馬を連れだしたクレガンは、高笑いしていた。馬は早くも後ろ脚《あし》を蹴《け》りあげ、手綱《たづな》を握《にぎ》っているだけでも大変そうだ。クレガンが底意地の悪い笑みをうかべた。「おれに勝てるんだよな？」

おれは二歩下がった。すぐにいい返す悪い癖《くせ》のことは、昔から父親に数えきれないほど注意されてきたのだが、ぜんぜん直らない。もっときつく注意してくれればよかったのに。「勝ち負けは関係ないよ。ここでは、あんたが教師《きょうし》だ」

このおれの発言がクレガンの気にさわったらしく、一段《いちだん》と声が高くなった。「じゃあ、教師として命令する。この馬に乗れ！」

おれは首をふった。「その馬には乗らない。もっとおとなしい馬にしてくれたら乗るよ。正々堂々《せいせいどうどう》と勝負したらおれに負けるって、わかってるんだろ」

クレガンが、息づかいまでわかるくらいそばに寄《よ》ってきた。「こわいのか、えっ？」

「うん」こわい。気性《きしょう》の荒《あら》い馬だ。

「ならば、謙虚《けんきょ》さをたたきこむ絶好《ぜっこう》のチャンスだ。さっさと責任《せきにん》をとって馬に乗れ」

「もう、いいじゃないですか。セージはほらを吹《ふ》いただけだし」

と、とりなそうとしたローデンに、クレガンは指をつきつけた。「セージはおまえを助けちゃくれないんだぞ。おまえも助けるな！」そして、おれへと視線をうつした。「もしいまこの馬に乗らないのなら、今後二週間、二度と馬に乗せない。乗馬は落第だとコナーに報告《ほうこく》する」

かなり間《ま》をおいてから、おれは手綱《たづな》に手をのばした。「わかったよ。でも、助けてもらわないと馬に乗れないんだけど」

クレガンが声をあげて笑う。「ひとりで馬にまたがることもできないのか？」

「乗馬の競争だろ。馬にまたがる競争じゃない。で、あんたの馬は？」

クレガンはいっそう高い声で笑った。「どうせすぐに落馬する。おれが鞍《くら》に乗るひますらないだろうよ」

クレガンが馬をしずめているあいだに、おれは馬にまたがった。

馬が後ろ脚《あし》を蹴《け》りあげたので、落ちないよう、必死につかまった。「おれ、こいつにきらわれてる」

「せいぜい、慣《な》れるんだな。この馬はな、ウィンドストームという名の牝馬《ひんば》だ」クレガンは笑いながら馬の尻《しり》をひっぱたいた。

ウィンドストームは激怒《げきど》して足を踏《ふ》みならし、おれはカーブした鞍へとつんのめった。後ろ脚を二度蹴りあげられてもなんとか持ちこたえられたのは、この展開《てんかい》を楽しむ悪魔《あくま》のさしがねでしかない。背後《はいご》ではクレガンがばか笑いしていた。ローデンとトビアスも大笑いしているのか。視界《しかい》がはげしくぶれているので、よくわからない。ウィンドストームがクレガンの手綱《たづな》をふりきり、全速力で飛びだした瞬間《しゅんかん》、おれは悲鳴をあげてしがみついた。

ウィンドストームは一本の木に向かって突進《とっしん》した。低い枝《えだ》でおれをはじき飛ばせるとわかっているのか。おれはぎりぎりのタイミングで頭を下げ、枝にはぶつからずにすんだが、小枝《こえだ》の下をくぐった瞬間、枝に肩《かた》を引っかかれた。

背後でクレガンがもどってこいと声をはりあげた。けれどウィンドストームは解放《かいほう》されて全速力でかけていく。残されたクレガンは、いまから追跡《ついせき》する馬を連れてきてもとうてい追いつけない、という現実《げんじつ》をつきつけられていた。

いっぽう馬に乗ったおれは、あまりのスピードに、もし落馬したら重度の骨折《こっせつ》をまぬがれない事態《じたい》に直面していた。いや、骨折どころではすまないかも。

15

暗くなろうとしているころに、おれを呼《よ》ぶ声を耳にした。最初の呼びかけには応《おう》じなかった。さけんでも声がとどく距離《きょり》ではなかったので、わずかな余力《よりょく》を残しておきたかったのだ。

ようやく、すぐそばを通ったモットの姿《すがた》が木立のすきまから見えた。馬に乗り、ランプを持っている。

「まったく、セージ、返事をしろ！　どこだ？」

「ここだよ」モットが見つけてくれればいいとずっと思っていた。もしクレガンだったら、罰《ばっ》としてなぐられ、最後の体力を使いはたしてしまうだろう。だがモットにはそこまでの敵意《てきい》を感じないので、なぐられずにすむかもしれない。

モットは、脚《あし》が半分水につかった状態《じょうたい》で川岸に寝《ね》そべっていたおれを見つけた。水は冷たく、脚はとうに感覚を失っていたが、その前に感じていた痛《いた》みに比《くら》べれば麻痺《まひ》したほうがましだ。

モットは馬を軽く走らせて近づき、馬からすべりおりた。「こんなところにいたのか」怒《おこ》っているというより、ほっとしているようだ。「こんなに遠くまでどうやって来た？」

馬に乗っていたときの記憶《きおく》はあいまいだったので、あえて答えなかった。

モットがそばにしゃがんだ。「おまえを王子にするのは愚《ぐ》の骨頂《こっちょう》だと、コナーさまにいっておいた」

「王子さまは馬車に乗るもんだ。馬になんか乗らないだろ」

「あいにくと、王子はよく馬に乗るのだ」

「あんな馬には乗らないだろ」

といったら、モットはにやりとした。「ああ、あんな馬にはな。ところで馬はどこだ？」

「とっくにいなくなったよ。どっちの方向に行ったのかもわからない」

「きっとコナーさまは激怒《げきど》するぞ。あと少しで飼《か》いならせるところだったからな。おまえ、怪我《けが》は？」

「いちばんひどいのは打ち身だな。馬が水を飲もうととまったときに落っこちた」

モットはクックックッと笑った。「走っている最中は落ちなかったのに、とまったときに落ちただと？　クレガンがきいたら、一晩《ひとばん》中、大笑いだな」

身体をひねって両脚《りょうあし》を水から出し、身体に引きつけた。「走っている最中は落ちなかったってことだけ、いっといて。でないと明日もひどい目にあうから」

「あいにくだが、セージ、おまえもいつかは、相手かまわず好き勝手にものをいうのはゆるされないことを学ばないと。毒舌《どくぜつ》を吐《は》いたら、ただではすまないのだぞ。今回もそうだ。今日の一件《いっけん》が貴重《きちょう》な教訓となってくれるといいのだが」

貴重な教訓とは、要するに身から出た錆《さび》の痛みだ。それなら、もう一生分の教訓を得た。「寒いよ。もどろう」

「ほおが切れている」

ほおを指で軽くこすってみたが、森の中は暗いし、手も汚《よご》れているので、血がついているかどうかわからない。ぬれている感じはしなかった。「血はとまってるんじゃないかな」

「コナーさまはいやがるかもしれない。切り傷《きず》とあざだらけの者を宮廷《きゅうてい》に王子として披露《ひろう》したくはあるまい」

「それまでには治るさ」モットが馬にまたがり、おれを引きあげようと手をのばした。おれは少しのあいだ地面を見つめてから、モットを見あげた。「助けてくれよ、モット。おれ、このままじゃ、コナーにきっと選ばれない」

モットはおれの手をつかんで、馬の背中《せなか》へと引きあげた。「いまのおまえではむりだな」

「剣術《けんじゅつ》の稽古《けいこ》は、おれ抜《ぬ》きでやっちゃった？」

「おまえを探《さが》すために今日はとりやめた」

「夕食は？」

「ちょうどいま食事中だ」

「ローデンとトビアスがコナーにおれのことをどういうか、想像《そうぞう》がつくよ」できるだけ早くおれを絞首刑《こうしゅけい》にするよう説得しなかったら、それこそ奇跡《きせき》だ。

モットが馬をあやつって、馬小屋へと引き返しはじめた。春の夜はすでに冷え、おれは服がぬれていたので身ぶるいした。モットはあわれに思ってくれたのだろう。もどる道すがら、野生の馬の操縦法《そうじゅうほう》をえんえんと教えてくれた。けれどおれはほかのことに気をとられていたので、ほとんど耳に入らなかった。切れ切れにきこえた話はけっこうおもしろかっただけに残念だ。

そのとき、モットに質問《しつもん》された。「イモジェンのなにがそんなに気になるのだ？」

おれは肩《かた》をすくめた。「べつに。なんで？」

「自分を見るのをやめるようにいってもらえないかと、さっき本人からメモをわたされてな。もう一度きく。なにが気になるのだ？」

「だから、なんでもないって。ただ、いつも不安そうな顔をしているなと思って。あの子、危《あぶ》ない目にあってるんじゃないのか？」

モットは少しためらってから答えた。「召使《めしつか》いというものは、仲間のだれかが目立ったり、気に入られていたりすると、ねたむものなのだ。それは危険《きけん》につながりかねない」

おれはモットの言葉をじっくりと考えた。「つまり、おれがイモジェンを見ると、そのせいでイモジェンの立場が悪くなるってこと？」

「まあ、その可能性《かのうせい》はある」

最悪の気分だ。なにをそんなに恐《おそ》れているのか知りたくて見ただけなのに、おれに見られるのが原因《げんいん》だったとは。

数分後、馬小屋に近づいたとき、モットがいった。「じつはおまえが本当は馬に乗れるのではないかと、議論《ぎろん》になってな」

「コナーさまは乗れるという意見だった。馬で逃《に》げるために、わざとクレガンをあおって馬を手に入れたのではないかと。もうおまえを見ることはないのではないかと、全員思っていたぞ」

「えっ?」

おれは小声で笑った。「なるほど、そうすればよかった」

「では乗れるのか? それとも正真正銘《しょうめい》の愚《おろ》か者で、あのような暴《あば》れ馬に乗るはめになったのか?」

おれは笑いがとまらなくなり、胸《むね》をおさえた。「ううっ、笑うと痛《いた》い。ろっ骨《こつ》を打ったんだな。おれにそこまで愚か者だといわせたいのなら、いくらでもいうよ。動かぬ証拠《しょうこ》だってあるし」

モットは首をふった。「セージよ、いわなくていい。だが自分を律《りっ》しなければだめだぞ。二週間などあっという間《ま》だ。しかもおまえは、ほかのふたりにかなり遅《おく》れをとっている」

16

モットといっしょに裏口《うらぐち》からファーゼンウッド屋敷《やしき》に入った瞬間《しゅんかん》、香辛料《こうしんりょう》で味付けした肉と焼きたてのパンの香《かお》りがただよってきた。台所はここからそう遠くないのだ。

「おれ、夕食、もらえるんだよね？」

「寝室《しんしつ》に運ばれてくるだろう。風呂《ふろ》のあとにな」

「なあ、モット、金持ちは貧乏人《びんぼうにん》よりくさいのか？」

モットが眉《まゆ》をつりあげた。「なぜそんなことを？」

「ここに来てから、しょっちゅう風呂に入らされるんで。おかげでノミがほとんど逃げちまった」

「それはありがたい」モットはクスクス笑いながらそういうと、おれをエロルに引きわたし、風呂で全身をこすって洗《あら》うように命じた。

おれの風呂は短すぎて完全にきれいになるはずがない、とエロルは手伝いたがったが、どうせ明日汚《よご》れるだけだからかまわない、といっておいた。つべこべいうなといったら、それ以上は追及《ついきゅう》されなかった。

「おれの夕飯は？」エロルに無愛想にたずねた。「今日はコナーにまともに食わせてもらってないんだけど」

「すぐにだれかが運んで来るはずです。さあ、早く寝間着《ねまき》を」

「じゃあ、外で様子を見ててくれ。食事が運ばれてきたらノックしろ」

エロルはうなずき、おれがぎこちなく服をいじっているうちに出ていった。衣装《いしょう》ダンスの引き出しをあけたところ、ここに来たときの服はまだもどってなかった。明日になってもまだだったら、エロルにいおう。

ドアをノックする音がしたので、ローブをはおりながら、どうぞ、と声をはりあげた。

鼻をすする音がしたのでふりかえったら、イモジェンが夕食をのせた盆《ぼん》を持って立っていた。食事を運ぶ役目が自分でなければよかったのにと思っているのが、はっきりとつたわってくる。それはおたがいさまだ。

「いやその、エロルかと思ったんで」と声をかけた。それでなにかが変わるわけでもないのに。

イモジェンは、エロルはまだ廊下《ろうか》にいるとでもいいたげにドアのほうをちらっと見ると、盆を持ちあげ、肩《かた》をすくめた。

「あっ、じゃあ、そこに」と、トビアスのベッドのそばの机《つくえ》を指さした。トビアスはなにかをびっしりと書きとめた紙を数枚《すうまい》そこにおいていた。おれやローデンが二週間ではとても追いつけないような内容《ないよう》を学んでいる。

イモジェンが盆をおき、出ていこうとしたが、おれは引きとめた。「待ってくれ！」

かける言葉を考えていたわけじゃないし、イモジェンの反応《はんのう》も頭になかったのだが、とにかくぼそぼそとつげた。「ごめんな。おれのせいで困《こま》ってるんだとしたら、ごめん」

イモジェンはうなずいた。ゆるしてくれたのだと思いたい。ほほえみともとれる表情《ひょうじょう》までうかべている。

「おれはセージ」ようやく名乗れた。「変な名前だよな。でも、名前は選べないだろ？」

イモジェンが自分自身を指さしたので、おれはいった。「いいよ、知ってるから。イモジェンだろ」

また立ちさろうとしたイモジェンに、さらにいった。「ちょっと助けてもらえないかな？　針《はり》と糸がほしいんだ。今日の乗馬でシャツをやぶっちゃって。縫《ぬ》わなきゃならないんだ」

それならあたしがとばかりに、イモジェンが両手をさしだしたが、おれは首をふった。「できれば自分でやりたいんだ。コナーに新品のシャツをやぶったことがばれたらまずいし。針をとってきてくれないかな？」

イモジェンはうなずき、おれのほおの傷《きず》を指さした。

「だいじょうぶ。怪我《けが》はしょっちゅうだから。慣《な》れてるよ」

イモジェンは眉間《みけん》に細かいしわを寄《よ》せ、いいたいことでもあるのか、口をあけかけたが、結局とじてうつむいた。

そのとき、トビアスの召使《めしつか》いが寝室《しんしつ》にずかずかと入ってきた。「なれなれしいぞ、イモジェン」と、ドアのそばの書棚《しょだな》から本を一冊《さつ》引きぬき、イモジェンの背中《せなか》に投げつけた。「食事を運んだら、さっさと失せろ！」

おれはとっさにイモジェンを背中にかばい、枕《まくら》の下に忍《しの》ばせておいたナイフをとりだし、召使いにつきつけた。「よくも、そんなまねを！」怒《いか》りのあまり、つばを飛ばしながらどなった。

「た……ただの……台所女中なのに」召使いはおれの反応にぎょっとし、明らかにとまどって、体をこわばらせた。

おれはナイフをふりまわし、悲鳴をあげて逃《に》げ場を探《さが》す召使《めしつか》いを容赦《ようしゃ》なく追いつめた。

さわぎをききつけて、モットがかけこんできた。「セージ、ナイフをおろせ」その目が見ひらかれ、「わたしのナイフだ！」と、ズボンの裾《すそ》をたぐりあげる。足首の鞘《さや》にナイフをしまっておいたのだ。「いったい、いつ……そうか、馬に乗ってもどったときだな」

「肉を切るのに必要なんで。ナイフがなくちゃ切れないだろ」

モットがじりじりと近づき、片手《かたて》をのばした。「セージ、よこせ。さあ、早く」

ナイフの刃《は》を自分に向けて、柄《え》をモットにさしだした。「そいつがこの子にしたことを見たか？」

モットはイモジェンの肩《かた》にそっと手をおいた。「行っていい」

イモジェンはおれを見ずに出ていった。おれもイモジェンを見ず、トビアスの召使いをずっとにらんでいた。

「今後、こいつはこの部屋に立ち入り禁止《きんし》だ」おれはモットにつげた。「乱暴《らんぼう》な召使いなんて、追いだしちまえ」

「おまえも行っていい」というモットの言葉に、その召使いは足をもつれさせながら、あわてて出ていった。

モットは自分のナイフをしばらく見つめ、おれに汚《けが》されたとでもいいたげに刃をシャツでぬぐった。「おまえの母親は、たしか台所女中だったな」

「酒場の女給だよ」

「似《に》たようなものだ。だからイモジェンに同情《どうじょう》するのか」

「そんなことは関係ない。あの子はなにもしていないのに、思いきり本をぶつけられたんだ！」

「それで助けたつもりか？　あの娘《むすめ》の立場がよくなるとでも？」

おれは床《ゆか》を蹴《け》りつけた。自分に腹《はら》が立つし、やつあたりなのはわかっているが、モットにも腹が立つ。モットのいう通りなのもくやしい。

モットがつづけた。「あの娘はこの屋敷《やしき》で良い待遇《たいぐう》を受けている。トビアスの召使いはこらしめておこう。だが、この一件《いっけん》はコナーさまに報告《ほうこく》しないでおく。その点は、おおいに感謝《かんしゃ》しろ。わたしとしては、おまえがわたしのナイフを盗《ぬす》んだわけを知りたい」

「だから、さっきいっただろ。ナイフがないと肉を切れないって」

「この屋敷で身の危険《きけん》を感じるのか？」

「ローデンとトビアスに対してってこと？」おれは首をふった。「いや、それはない」

「では、わたしに対してはどうだ？　コナーさまに対しては？」

「あんたはコナーの手下だ。もしコナーに少しでも危険を感じるのなら、あんたにも感じることになるね」

モットは否定《ひてい》しなかった。否定できなかったのだ。モットは足首の鞘にナイフをしまってから、夕食の盆《ぼん》を指さした。「全部平らげて、ぐっすり眠《ねむ》っておけ。明日は今日よりもいそがしくなるぞ」

「ここにいたら、トビアスの本の山を見つめるくらいしかやることがないよ」

「じゃあ、ためしに読んでみろ。損《そん》はあるまい」

「ほかのふたりと合流したい。ローデンとトビアスがコナーにいいところを見せているのに、おれだけここにとじこめられているのは不公平だ」

「コナーさまは大切な牝馬《ひんば》を失ったせいで、おまえにひどく腹《はら》を立てている。悪いことはいわないから、今《こん》晩《ばん》はここにいろ」

「コナーがおれを王子に選ぶとしたら、奇跡《きせき》だな」まぎれもない真実なのに、おれはつい苦笑した。

「そうだな」モットもうなずいて、つけくわえた。「だがいまとなっては、たとえ奇跡が起きても、おまえは選ばれそうにない」

17

トビアスとローデンがもどってきたとき、おれはベッドで寝《ね》ていたが、ふたりともかまわず話しかけてきた。

「おまえ、モットのナイフを盗《ぬす》んだんだってな」と、ローデン。「コナーがおまえをムチで打つといったんだが、モットがすでに打ったっていってたぞ」

「ぼくの着がえ担当《たんとう》の召使《めしつか》いはだれになったんだ？」と、トビアス。

「ひとりで着がえろよ」と、おれはつぶやいた。「いままでずっとひとりで着がえてきたんだろ」

「コナーはぼくたちを紳士《しんし》に仕立てるんだぞ。紳士が自分で着がえたりするもんか」

「コナーにタキシードを着せられても、すぐに紳士になるわけじゃない」と、おれはいい返した。「トビアス、おまえは衣装《いしょう》をまとった孤児《こじ》だ。それ以外の何者でもない」

ローデンの召使いは部屋にいて、寝間着《ねまき》をそろえていた。トビアスはそいつを見て命じた。「火をおこしてくれ」

これにはおれもローデンもうめき声をあげた。「寒くないだろ」と、ローデンがいった。「おれたちをベッドごと煮《に》る気かよ？」

トビアスは、自分のベッドのそばの机《つくえ》においた紙を集めはじめた。「こいつを焼きたいんだ」

「焼くって、なぜ？」おれはひじをついて体を起こした。「なにが書いてあるんだ？」

「王子になるための勉強中にいろいろと。おまえたちに盗《ぬす》み読みされて、成果を横どりされるのはごめんだ」

「おれもこいつも読めねえよ」と、ローデン。「おれには、ニワトリが引っかいた足跡《あしあと》と変わらない」

「セージは少しは読めるだろ」トビアスがなおもいう。

おれはあくびをした。「まあな。でも、おまえはただのまぬけだ。学びたいことがあるとしても、おまえに教わろうとは思わないね」

トビアスは本をいきおいよくとじた。「ずーっとその調子でいてくれよ。そうすればコナーの人選がぐんと楽になる」

「コナーの腹《はら》は決まってるさ」

「えっ？　だれに？」

「おまえにだよ、トビアス」おれは完全に起きあがった。「おまえはだれよりもコナーに従順《じゅうじゅん》だし、だれよりもいいなりになる。おれはあつかいにくいし、ローデンはいまひとつつかみにくい。けれどトビアス、おまえは人形使いの理想だ」

トビアスは口をぱくぱくさせてから、ようやくいった。「コナーがどう考えようと本人の勝手だ。ぼくはこの中でいちばん頭がいいんだ。ぼくが王子になったら、ほかのだれでもなく、ぼく自身が国を支配《しはい》する」

「コナーがおまえを王子にすえられるなら、引きずりおろすことだってできるんだぜ」と、ローデンが指摘《してき》した。「セージのいう通りにならないなんて、どうしていえるんだよ？」

トビアスは首をふった。「心配は無用だ。それより、ふたりとも自分の首を心配するんだな」

＊

翌日《よくじつ》の授業《じゅぎょう》は前日とほぼ変わらなかった。黒板を見ていなければならないときにぼうっと宙《ちゅう》をながめていて、グレーブス先生に何度も説教された。ハバラ先生には、エクバート王の親族全員の名前を教わった。

「エクバート王の親族の中でいまも生きている人はごく少数ですし、たいていは遠い親戚《しんせき》です。ですから、王子が本人かどうか見分けられる人に会うことはまずないでしょう。それでもみなさんは、親戚の名前を知っていなければ疑《うたが》われますよ」

授業中、トビアスはつねに先生の言葉を書きとめていて、おれに昼食の大部分を横どりされても気づかない。

昼食後、ハバラ先生は授業の残り時間で、ジャロン王子の兄のダリウス皇太子《こうたいし》について説明した。

「ダリウス皇太子は、将来《しょうらい》の国王の素質《そしつ》をすべてそなえていました。教養があり、つつしみ深く、分別のある方でした」

「つまり、ぼくたちのだれが選ばれるとしても、カーシア国から同じレベルを期待されるわけですね」と、トビアスが声をあげた。「ジャロン王子をただまねるだけじゃなく、ダリウス皇太子に対する国民の期待を上まわらなければならないんですね」

「はっ、おまえが王子に選ばれたら、一週間もたたないうちに死者を生き返らせるしかなくなるね」と、おれは冷やかしてやった。「おれたちの中に、ダリウス皇太子《こうたいし》を超《こ》えられるやつなんているかよ」

「まあ、おまえはむりだな」と、ローデン。

いい返せなかった。そのとおりだということは、いままでの人生が証明《しょうめい》している。

アベニア国には、〈ひょうの降《ふ》る嵐《あらし》よりはましだとしても、よい天気とはかぎらない〉ということわざがある。その日の乗馬の授業《じゅぎょう》中に、そのことわざが何度も頭をよぎった。乗馬の授業は、明らかに空気がぴりぴりしていた。おれとクレガンは口をきかないことで、すみやかに休戦状態《じょうたい》に入った。

いや、正確《せいかく》にいうと口をきかなかったのはおれのほうで、クレガンはおれに文句《もんく》たらたらだった。

「ウィンドストームを逃《に》がしたのはおまえなのに、コナーさまに責《せ》められるのはおれだ。おまえはおれにいいたい放題で、教師《きょうし》のおれに反抗《はんこう》したのに、なんでおれが怒《おこ》られるんだ？　おい、セージ、ひとかどの紳士《しんし》になったからおれをばかにする気か？　いまだにみじめな孤児《こじ》のくせに。ここに来たときは、ブタみたいにくさかったぜ。風呂《ふろ》水にどんな香《かお》りをつけても、おまえのにおいは永遠《えいえん》にブタだ」

おれは歯を食いしばり、あのときかなりくさかったのは本当だと自分にいいきかせた。

クレガンはなおもいった。「あの馬の代金はおれに支払《しはら》えだとよ。全額払《ぜんがくはら》うまでに、いったい何年働かされることやら。だがな、おれはコナーさまの下でそう長く働くつもりはない。おれには、おれの計画がある」

その計画についておれに質問《しつもん》させ、おまえには関係ないとはねつけて、溜飲《りゅういん》を下げるつもりだったのだろう。でもおれはクレガンの計画などどうでもよかったので、無言で見つめ返し、さらに怒らせてしまった。

「これからは、おまえの乗る馬はすべておれの馬とロープでつなぐ。おまえには、馬小屋の中でもおとなしい馬しかやらん。好き勝手なまねはいっさい禁止《きんし》だ」

「待ってくださいよ！」と、トビアスが声をあげた。「御《ぎょ》しやすい馬に乗ったら、乗馬はこいつがいちばんだってコナーさまに思われる」

おれはトビアスを見て、にやりとした。と、トビアスがあやしんで目を細めた。

「おまえ、最初からそのつもりだったんだな」と、ローデンがささやく。

「おれには、トビアスのような知恵《ちえ》もおまえのような体力もない。おまえたちとはりあえる乗馬くらい、ゆずってくれよ」

クレガンはおれに御しやすい馬をあたえるかどうか決めかねて、しばらくおれたちを見つめていた。おれを助けるのはしゃくだが、気性《きしょう》の荒《あら》い馬をあてがってまた災難《さいなん》に見まわれるのもごめんなのだ。

「ちくしょう、そもそもおれは乗馬が得意じゃない。おれは剣士《けんし》だ。なのにモットが自分で剣術《けんじゅつ》を教えたいから、おれをここに回しやがった」

「じゃあ、両方教えてください」と、ローデン。「おれ、どっちもおぼえますから」

トビアスはあきれていた。「あなたからは、まだ馬術《ばじゅつ》も剣術も教わってないですよね。時間だけがどんどんすぎていく」

「あーあ、弱り目に祟《たた》り目だぜ」クレガンは、馬をとりに馬小屋へと向かいながらぼやいた。「そもそもおまえらがやってきたのが運の尽《つ》きだ」

結局、三人とも御《ぎょ》しやすい馬をあてがわれた。その馬で敷地《しきち》内を走るのは退屈《たいくつ》すぎて、頭がおかしくなるかと思った。そう感じたのは、おれひとりじゃなかった。

「女学生のお遊びみたいな乗馬じゃなくて、もっとちゃんと教えてくださいよ」と、トビアスが文句《もんく》をいった。「王子はどうどうと馬を乗りこなす姿《すがた》をほこらしげに見せびらかすものじゃないんですか」

「礼ならセージにいってくれ。きのうのようにおまえたちに怪我《けが》をされたら、こっちが困《こま》る」

ローデンとトビアスのきつい視線《しせん》が、また左右から飛んできた。「セージ、おまえ、全部仕組んだんだろ」と、ローデンに責《せ》められた。「おれとトビアスに先を越《こ》されないよう、わざと乗馬のチャンスをつぶしたんだろ」

おれは小声で軽く笑った。そんなことは考えもしなかった。もし本当に仕組んだのだとしたら、たしかにうまい手だ。

ちんたらと馬に一時間乗ったあと、モットが剣術《けんじゅつ》の稽古《けいこ》に呼《よ》びにきて、「きのうセージが行方不明になって授業《じゅぎょう》がつぶれたので、今日はその埋《う》めあわせをする」と、おれたちをせまい裏庭《うらにわ》へ連れていった。二日前の夜、モットに剣《けん》の稽古をつけてもらったあの庭だ。モットは、さまざまな剣がかけてある塀《へい》のほうへ手をふった。「二週間後にはこの剣を使って勝負してもらうが、いまは木刀でやる」

おれは腕《うで》を組んだ。「王子の剣はどこ?」

モットが塀のほうをふりかえった。ジャロン王子の剣は、まちがいなく消えていた。

「王子の剣がここにあったのか？」トビアスがたずねた。

「まあ、複製《ふくせい》だけど」といったら、モットににらまれた。まるでおれが面とむかって侮辱《ぶじょく》したみたいだが、おかどちがいもいいところだ。うそは一言もいってない。

「なんでおまえが王子の剣のことを知ってるんだ？」と、ローデン。

「この前の夜、ここでモットと剣の稽古をしたんだ」

ローデンとトビアスはあっと口をあけ、文句をいおうとした。思ったとおりの反応《はんのう》だ。だがふたりとも、そのひまはなかった。

「コナーさまに知らせないと」モットはうらめしそうなふたりを無視《むし》した。「ついてこい」

コナーは事務室《じむしつ》で、ほこりをかぶった一冊《さつ》のぶあつい本を読みふけっていた。まずモットがひとりでコナーに報告《ほうこく》し、すぐにおれたちを部屋の中に呼びいれ、コナーの机《つくえ》の前にならんで立たせた。

事務室には本がつまった書棚《しょだな》がならび、ところどころに胸像《きょうぞう》や小間物もあった。部屋の奥《おく》には巨大《きょだい》な机、その前にはすわり心地のよさそうな椅子《いす》が二脚《きゃく》ある。コナーは事業を営《いとな》んで金をかせいでいるのか？　それとも父から息子へと代々《だいだい》受けつがれてきた財産《ざいさん》があるのか？　たぶん、財産があるのだろう。

コナーは両手を組んですわっていた。「あの剣は、ありきたりの剣ではない。生前のジャロン王子の剣の複製だ。本物の剣が最後に目撃《もくげき》されたのは、死すことになる船に乗る前の晩《ばん》。夕食の席で腰《こし》につけておられたのだ。その複製を盗《ぬす》むことで有利になるとでも思ったのか？　宮廷《きゅうてい》で披露《ひろう》されたとき、本物の王子だとい

おれたちだって、そこまでばかじゃない。


う主張《しゅちょう》の裏《うら》づけになるとでも？　しかしさっきもいったとおり、ただの複製《ふくせい》なので役には立たん。専門家《せんもんか》ならすぐに複製と見抜《みぬ》く。もしかして、剣術《けんじゅつ》で有利になりたくて盗《ぬす》んだのか？　だが、これもむだだ。剣術ならば、モットと好きなだけ稽古《けいこ》し、好きなだけ腕《うで》をあげてかまわん。ほかのふたりに王子の剣《けん》で稽古させたくなかったのだとしても、稽古用の剣ならほかにもある。さあ、名乗りでろ。盗んだのはだれだ？」

　おれたちは全員だまっていた。コナーも、まさか犯人《はんにん》が名乗りでるとは思っていないだろう。おれたちだって、そこまでばかじゃない。

「きっとセージです」と、トビアスが声をあげた。

「ほう、なぜだ？」

「その剣にさわったことがあるのはセージだけなんです」

「なんの証拠《しょうこ》にもならん」

「きのうの乗馬の授業《じゅぎょう》のときには裏庭《うらにわ》にありました」と、モットがいった。「そのときのセージの居場所《いばしょ》はわかっていますし、そのあとは三人ともずっと監視《かんし》しています」

「乗馬の授業のとき、おまえとローデンはどこにいたのだ？」と、コナーがトビアスにたずねた。

　トビアスは、ためらってから答えた。「セージが暴《あば》れ馬で走りさったあと、クレガンがセージを追いかけることになって、ぼくたちは剣術の稽古場《けいこじょう》へ行ってモットを待つようにいわれました。でもすぐに召使《めしつか》いがやってきて、モットもセージを探《さが》しに行くことになったというので、稽古場を離《はな》れました」

「あの、おれたち、いっしょに出ました」と、ローデンがあわてていった。「おれかトビアスが盗んだとしたら、すぐにわかります」

「では、稽古場から屋敷《やしき》にもどってからは、なにをしていた?」と、コナーがたずねた。

トビアスのまぶたがぴくぴくと動いた。「ぼくは図書室にいました」

ローデンは顔をしかめた。「おれは寝室《しんしつ》にもどりました」

「そこにいたと証明《しょうめい》できるか?」

気づまりな長い沈黙《ちんもく》のあと、おれは体をゆすりながらにやりとした。「いま初めて、あの馬がおれを乗せて暴走《ぼうそう》してくれてよかったと思いましたよ」

18

コナーの事務室《じむしつ》から追いだされたあと、モットに連れられて裏庭《うらにわ》にもどり、剣術《けんじゅつ》の稽古《けいこ》をつづけた。ローデンとトビアスとおれのあいだの空気はぴんとはりつめていた。モットはひとりずつ順番に稽古をつけ、残りふたりに対戦させた。その結果おれたちの木刀は、相手の木刀と打ちあったり、相手の腕《うで》や背中《せなか》や脚《あし》に命中したりしたときに、耐久性《たいきゅうせい》をおおいにためされることとなった。

ローデンはおれとは手加減《てかげん》なしに戦い、トビアスのことはたたきのめした。おれはトビアスが相手のときは善戦《ぜんせん》したが、ローデンとの対戦ではモットを失望させてしまった。

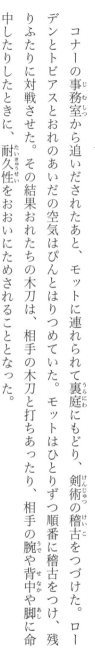

「ただ剣《けん》さばきをおぼえるだけではだめだぞ。ジャロン王子と同じ戦い方を学ぶんだ。ジャロン王子は十歳《さい》のとき、ある国王に決闘《けっとう》をもうしこんだ。そこから王子の戦いに対するどんな姿勢《しせい》がうかがえる？」

「考えなしってことだね」おれはきっぱりと答えた。「もしその話が本当なら、王子はその決闘に負けちまった」

「王子の勇敢《ゆうかん》さがうかがえます」ローデンはつねにご機嫌《きげん》とりだ。「それと鍛錬《たんれん》していたこともわかります。勝つ気でいたんだと思います」

おれは大声で笑った。「だとしたら、王子のしょうもない性格《せいかく》に傲慢《ごうまん》っていうのもつけくわえないと。残念だなあ。おれたちがなりすまそうとしている王子が兄のダリアスのほうなら――」

「ダリウスだ」トビアスが正す。

「名前なんてどうでもいい。とにかく兄の王子のほうが、まねしがいのある性格だったね。ジャロン王子とちがって」

するとモットが近づいてきた。「セージよ、ほかならぬおまえが、そんなことをいうとはおもしろい。おまえはジャロン王子と性格がそっくりだというのに」

モットがおれの言葉を待っているようなので、おれは肩《かた》をすくめ、正しいかどうかは別にしていってみた。

「その国王に決闘をもうしこんだとき、ジャロン王子はほんの子どもだった。たぶんもう懲《こ》りて、いまならそんなばかなまねはしないんじゃないかな」

モットは顔をしかめた。「ジャロン王子の挑戦《ちょうせん》が懲りなければならないことだったとは、思ったことがない。おまえがそう思うとは残念だ。さあ、つづけるぞ」

モットはトビアスと組み、おれとローデンにもう一勝負させた。おれは隅《すみ》に追いつめられるまでなんとか持ちこたえ、終了《しゅうりょう》の合図に剣を下げた。ところがローデンはこれ幸いと、おれの胸《むね》を強打した。

おれは後ろによろめき、剣を放してローデンに飛びかかった。一発ガツンとなぐれたらローデンに欠けているスポーツマン精神《せいしん》をたたきこんでやれただろう。だが、モットに引きはなされてしまった。「下品だぞ、ローデン！　これは稽古であって実戦ではない！　セージが剣を下げた時点で終わりにするべきだ」

「すみません」と、ローデンはつぶやいた。「そんなつもりじゃなかったんです。力があまっちゃって、つい」

モットがおれのほうを向いた。「セージ、おまえも――」

「謝《あやま》る気はないね」おれは腕《うで》を組んだ。

モットは少し考えてからいった。「うむ、わたしがおまえの立場なら、やはり謝らないだろう。よし、ふたりとも握手《あくしゅ》しろ。今日の授業《じゅぎょう》はここまでだ」

ローデンが手をさしだし、おれはしぶしぶ握《にぎ》った。

ローデンが自分とおれの剣《けん》をかたづけるとき、モットはジャロン王子の剣の複製《ふくせい》があった場所を指でなぞっていた。

屋敷《やしき》へともどるとき、ローデンがおれとならんだ。「あんな形で終わったけど、怒《おこ》らないでくれよな、セージ」

「今度やったら殺す」

ローデンはおれの言葉がじょうだんかどうかわからず、暗い顔でほほえんだ。おれ自身、じょうだんかどうかわからない。

「なあ、セージ、おまえが剣を盗《ぬす》んだのなら、おれにはいってもだいじょうぶだぞ」

話題を変える方法としては悪くないので、調子をあわせた。「おれとおまえとコナーさまだけの秘密《ひみつ》にする気かよ」と、皮肉たっぷりに横目でちらっとローデンを見た。

「責《せ》めてるんじゃない」ローデンはそういって声を落とした。「たぶん犯人《はんにん》はトビアスだ」

「なんで？」

ローデンはあきれたように首をふった。「わからないのかよ？　だれより早く、なんでも把握《はあく》できるくせに」

そういわれても、わからないものはわからない。

「トビアスは剣術《けんじゅつ》が大の苦手だろ。剣術はおれがいちばんだ。おまえも上手じゃないが、トビアスほどひどくない」

おれは苦笑した。「だとしたら、ここまであざだらけにはならないだろ」

ローデンがつづけた。「トビアスには王子の剣が必要だったんだ。自分を王子らしく見せるために」

「まともに使えない剣を脇《わき》にさしてたら、それこそお笑いぐさだろ。おまえ、なにをいいたいんだ？」

「コナーにはおれを選んでほしいけど、もしおれでないなら、トビアスじゃなくておまえを選んでほしい。コナーが裏《うら》であやつっていようがいまいが、カーシア国のためにトビアスを王子にしたくない。おれとおまえが組めば、あいつを妨害《ぼうがい》できるぞ」

「で、おれとおまえの勝負になったらどうする？　おれのことも妨害するのか？」

ローデンは足元に視線《しせん》を落とした。「たぶんな。おたがいさまだろ」

「なあローデン、おれたち、なんでここにたどりついたんだろうな？」答えがないのは承知《しょうち》のうえでたずねた。「なにをしようが、おれたちの運は尽《つ》きてるよ」

ローデンがおどけて肩《かた》をぶつけてきた。「おまえの運は、とうの昔に尽きてるだろ」

かなり先を歩いていたトビアスが、ふりかえってどなった。「ふたりとも早くしろ！　きみたちのせいで夕食に遅刻《ちこく》するのはごめんだ！」

＊

コナーとの夕食は快適《かいてき》とはいえなかった。コナーの左右にはトビアスとローデンがすわり、憎《にく》まれ口ばかりたたくおれはうとまれて、離《はな》れた席にすわらされた。

そこでおれは皿を全部持って、コナーと正面から向きあえるテーブルの端《はし》の席に移《うつ》った。

「なぜそのようなまねをするのだ？」

「あっちの席じゃ、顔をあわせにくいじゃないですか。このほうが都合がいいですよ」

「こっちは、おまえの顔など見たくないと思っているのかもしれんぞ」

「だとしたら、モットに命じておれを寝室《しんしつ》にとじこめておけばいい」

「いずれにせよ、無礼きわまりない」

「王子らしいじゃないですか。王子は他人に自分の席を決めさせたりしませんから」

コナーは一瞬《いっしゅん》ためらってからにやりとし、おれに向かってグラスを持ちあげた。「いかにも」

夕食のあいだ、コナーは何度かおれのマナー違反《いはん》を注意した。トビアスとローデンがおれと同じまちがいを犯《おか》さないのは、きのうの晩《ばん》、おれが川辺に寝《ね》そべっているあいだに、すでに注意を受けたからにちがいない。右手ばかり使わなくていいのなら失敗が減《へ》るとコナーにうったえたところ、王子はおれの都合にあわせて左利きにはならないから、おれのほうが変わるしかないといい返された。おれは注意された点を直し、コナーもそれ以上はいわなかった。

夕食の席よりグレーブス先生の授業《じゅぎょう》のほうがぴったりの退屈《たいくつ》な話題だ、とおれが文句《もんく》をいったにもかかわらず、コナーは城《しろ》での生活習慣《しゅうかん》や国王の日々《ひび》のスケジュールについてえんえんとしゃべった。

「国王なのに、なんでスケジュールにしばられるんです？」おれは質問《しつもん》した。「やりたいことをやるから待ってろと、家来全員にいえないんですか？」

「いってもかまわん。しかし国王はなによりもまず、自分自身ではなく国に対して責任《せきにん》を負わねばならん。国王は支配者《しはいしゃ》であり、決定者であり、指導者《しどうしゃ》であって、たわむれている子どもではない」

「でも、もしおれたちのだれかが王座《おうざ》についたら、大半の仕事はあんたが代わりにやることになるんですよね？」

コナーは首をふった。「国王のつとめを果たせるように、そばで支《ささ》えてはやる。相談役、指南役とはなろう。しかし国王はあくまでもおまえたちだ」

イモジェンをふくむ三人の召使《めしつか》いが次の料理を運ぶあいだ、コナーは口をつぐんだ。イモジェンはおれではなくローデンの前に料理をおき、おれたちのだれのことも見なかった。

イモジェンがふりむいたとき、左のほおに黒いあざがちらっと見えた。髪《かみ》でかくしているが、かがむとあらわになる。

「どうしたんだ、そのあざ？」とたずねたら、イモジェンが上目づかいでおれを見てすぐにうつむいたので、おれはコナーを見た。「あざは、どこでできたんです？」

コナーはあいまいに手をふった。「不器用な娘《むすめ》だと、もっぱらの噂《うわさ》だからな。食器棚《しょっきだな》の扉《とびら》か壁《かべ》にでもぶつけたのだろう。そうだな、イモジェン？」

イモジェンはコナーからおれへ、またコナーへと視線《しせん》をもどしてうなずいた。おびえた目をしているのは、だれが見ても明らかだった。

「だれかにやられたんだな」

「ばかな。イモジェンよ、もしだれかに危害《きがい》をくわえられたら、もちろんこのわたしにいいに来るであろう？」と、じょうだんをいって大笑いする。イモジェンがコナーにそんなことをいえるはずがないし、たとえいえる立場だとしても、つげ口したりしないだろう。

コナーは食堂にいる召使《めしつか》い全員にいった。「まだ、やることがある。全員下がってよい」

そして、召使いたちがいなくなってからいった。「セージよ、あの娘がずいぶん気にかかるようだな」

「あのあざはだれかにやられたものだ。事故《じこ》じゃないのはわかってますよね」

「地位が低い女中ではないか。女中のことは女中どもに任《まか》せておけばよい」

「きっとその女中仲間のしわざだ」

その件《けん》は調べておくという空約束をして、コナーはおれの訴《うった》えをききながした。「女中のことなど忘《わす》れろ。

だが、ここに来た理由は忘れるな。ところで、ダリウス皇太子《こうたいし》はすでに婚約《こんやく》していたのを知っておるか？」

その情報《じょうほう》にローデンが反応《はんのう》した。「えっ、もう？　どんな女とですか？」

「どのようなお方とですか、だろうが。婚約者《こんやくしゃ》であるブルテイン家のアマリンダ姫《ひめ》は、生まれたときからダリウス皇太子の妃《きさき》となることが決まっていた。姫はバイマール国王の姪《めい》にあたり、カーシア国の王家とアマリンダ姫の生家との結びつきは、カーシア国の末長き平和のために欠かせない。婚約を思いついたのはエクバート王だ。じつはエリン王妃《おうひ》は、カーシア国の上流階級はだれも知らないカーシア南部のちっぽけな町の出身でな。王妃は貴族《きぞく》の娘の中から選ぶのが当然なだけに、エリン王妃との結婚《けっこん》は大変なさわぎとなった。今日でもエリン王妃の結婚前の生活については、ほとんど知られていない。エクバート王は国境《こっきょう》を守るのは弱いが、妻《つま》のことは守りぬいたのだ」

「なんで守らなければならなかったんです？」と、トビアスがたずねた。「何者だったんです？　犯罪《はんざい》に関わっていたとか？」

「口をつつしめ！」と、コナーがトビアスをしかりつけた。「王妃なのだぞ。りっぱなお方だった。わたしがいいたいのは、エクバート王はダリウス皇太子の結婚では同じさわぎを引きおこしたくなかったということだけだ。そのダリウス皇太子が殺された以上、ジャロン王子が見つかれば、婚約はジャロン王子に引きつがれることになる。もしおまえたちが王座《おうざ》につけば、いずれアマリンダ姫を妻にすることになるのだぞ」

「でも、もし姫がダリウス皇太子と婚約していたのなら――」と、ローデンがいいかけた。

「姫《ひめ》は王座《おうざ》と婚約《こんやく》しているのであって、王子と婚約しているわけではない。国王となる者と結婚《けっこん》するのだ」

「結婚？」トビアスがクックックッと声をあげて笑い、おれとローデンもつられて笑った。

「もちろん、おまえたちがもっと大人になってからだぞ」と、コナー。「しかしそのときが来れば、姫はおまえたちのものだ」

「どんな顔をしてるんですか？」と質問《しつもん》したら、コナーが眉《まゆ》をつりあげたので、おれは言葉を足した。「結婚が決まってる女は、男の目をひかなければならない女に比《くら》べて、見た目に気をつかう必要はないのかと思って」

「自分の目でたしかめたらよかろう。今週末、姫を夕食にお招《まね》きしている」

「えっ、でも、姫に見られたら――」と、トビアスがいいかけた。

「おまえたちは召使《めしつか》いに変装《へんそう》させて、まぎれこませておく。アマリンダ姫はおまえたちには目もくれまい。姫を見て、姫の特徴《とくちょう》やたたずまいをつかんでおくとよい。王座についたあとで役に立つであろう」

「で、どんな方なんですか？」ローデンがなおもたずねた。

「それはおまえたち自身が判断《はんだん》するがよい。おそらく三人とも夢中《むちゅう》になる。三つどもえの競争がますますおもしろくなるぞ」

ローデンとトビアスは姫を見られると興奮《こうふん》したが、おれは椅子《いす》の背《せ》にぐったりともたれかかった。コナーは、この極悪非道《ごくあくひどう》なゲームに新たな犠牲者《ぎせいしゃ》を引きずりこんだ。しかも、当の姫はそれを知るよしもない。

19

その晩《ばん》、寝室《しんしつ》にもどってから、ローデンはすぐに寝《ね》た。トビアスはベッドのそばの机《つくえ》で本を読み、おれはベッドに寝そべって窓《まど》の外をながめた。枕《まくら》の下には、糸巻《いとま》きと針《はり》と小ぶりの裁《た》ちばさみをかくしてある。乗馬でシャツがやぶれたのは本当だが、縫《ぬ》うつもりはなかった。ひとりきりのときにシャツを裁断《さいだん》し、服の裏《うら》地《じ》にポケットをいくつか縫いつけるつもりだ。昼間着ているベストには役に立たないポケットが表にひとつしかないので、服の裏側《うらがわ》に小物をかくしておけるようにしたい。

裁縫《さいほう》道具がちゃんとあるのを確認《かくにん》してから、上半身を起こし、ベッドのそばの窓から外を見つめた。夕食後にコナーのポケットから盗《ぬす》んだ一枚《まい》のガーリン硬貨《こうか》をベストのポケットからとりだして、ぼんやりと指関節の上を転がした。小指まで転がしたら、また親指で人差し指にもどす。

「手先が器用だな」と、トビアスがいった。

「こうすると考えごとに集中しやすいんだ」

「なにを考えてるんだ？」

「おまえに話しかけないでもらう方法」

トビアスはひるまなかった。「ろうそくを灯していても外は見えない。なにを見てる？」

「別になにも」

「授業《じゅぎょう》中も外をながめてるじゃないか。空想にでもふけってるのか？」

「ちがう道を選んでいたら、どんな人生を送っていただろうってな」

トビアスは本をひろげたまま、机《つくえ》においた。「たとえば？」

「もし家族から離《はな》れなかったら、どうなっていただろうとか」

「父親と同じ飲んだくれの演奏家《えんそうか》になっていたんじゃないか」

「ああ、たぶんな。でもここにはいなかった」おれはトビアスのほうを向いた。「おまえは自分が選んだ道に満足してるのか？」

「自分で選んだことなんて一度もない。親が死んだあとは、祖母《そぼ》と暮《く》らせといわれたからそうした。祖母が死んだあとは、孤児院《こじいん》に行くようにいわれたんで行った。そのあと、ここに来るようにいわれたんで来た」

「じゃあ、国王になってもコナーのいうとおりにするのか？」

「ちがう！」トビアスは深呼吸《しんこきゅう》してまた本を手にとり、落ちついた声でつけくわえた。「ちゃんと考えてある。王になったあと、どうするかは」

おれは窓《まど》の外へ視線《しせん》をもどした。「うまくいくといいな」

「うまくいくとも。細かいところまで決めてある。おい、窓の外を見るな！」

「なんでおまえに、そんなことをいわれなきゃならないんだ？」

「外は見えないんだから意味がないだろ。鏡がわりにして、自分の姿《すがた》にでも見とれているのか」ふとトビアスは手元の紙を見て、急に紙の束をひとまとめにした。

「そんな紙、見えるわけないだろ」もう、うんざりだ。「おまえ、どうかしてるんじゃないの」

「念のためだ」トビアスは紙の束を暖炉《だんろ》の火の中に投げいれ、ろうそくを吹《ふ》き消した。「もう寝《ね》る」

＊

トビアスが寝入《ねい》るまで、けっこう時間がかかった。それまで眠《ねむ》らないでいるのは一苦労だったが、今夜はファーゼンウッド屋敷《やしき》の外に出ると決めていた。

窓を少しずつあけ、窓の真下の出っ張《ぱ》りにそっとおりた。この状況《じょうきょう》ではささいなあやまちもゆるされないが、おだやかな夜だし、壁《かべ》のあちこちにつかまる場所があるから、きっとだいじょうぶだ。

牧草地での馬のいななきが、まっさきに耳に入ってきた。コナーの例の牝馬《ひんば》がもどってきたらしい。おれには朗報《ろうほう》だ。あの牝馬を逃《に》がしたせいでコナーの怒《いか》りを買ってしまったが、その矛先《ほこさき》もにぶるだろう。クレガンも、コナーへ奉仕《ほうし》する刑期《けいき》が短くなるからほっとしているにちがいない。

屋敷を外から見ると、おどろくほどいろいろなことがわかった。壁の出っ張りを足がかりにあちこち移動《いどう》したおかげで、多くの窓をのぞけた。ほぼ全室に窓があるが、こんな時間まで夜更《よふ》かししている者はほとんどいない。一階の端《はし》の一角はコナーのお気に入りの使用人たちの部屋だ。一階でカーテンがしまっている部屋は数えるほどしかない。たぶんイモジェンのような女中たちの部屋だろうが、さすがにそこはのぞかなかった。そんな気は毛頭ないのに、寝《ね》ている女性《じょせい》の部屋をのぞいてつかまったら、のぞき魔《ま》だと思われてしまう。一階の中央は生活の場で、コナーの事務室《じむしつ》や図書室、音楽室、大広間と食堂がある。台所と召使《めしつか》いたちの部屋はその奥《おく》だ。二階は寝室《しんしつ》がならんでいた。コナーの寝室はおれたちの寝室の反対側にある。あいだには部屋がいくつもあるが、興味《きょうみ》をひく部屋はほとんどなかった。

屋敷《やしき》の最上階に行く方法は思いつかなかった。最上階は建物の中央部分だけで、広さは一、二階の三分の一しかない。おれとローデンの教室にもなった子ども部屋があるのは知っているが、ほかになにがあるのだろう。女性の家庭教師《きょうし》のための部屋がありそうだ。あとは寝室か。そのうち行くこともあるだろうが、むりをするつもりはなかった。

排水管《はいすいかん》をつたって地面におり、敷地内《しきち》を見てまわった。地面におりると、いつもながらほっとする。馬小屋、裏庭《うらにわ》のアーチェリー場、広大な菜園につづき、よく手入れされた花畑を通りすぎた。逃《に》げちまえという思いが、またしても頭をよぎる。

でも、逃げる勇気がないこともわかっていた。ないとわかればわかるほど、自分に疑《うたが》いを向けたくなる。本当のおれは臆病者《おくびょうもの》ではないのか、と。

三日月が移動《いどう》したころ、ようやく自分の寝室へもどることにした。かなり暗いので、窓《まど》のすきまを手探《てさぐ》りで探《さが》してあけるしかない。

ところが、すきまはなかった。完全にしまっている。窓枠《わく》をおしてみたが、鍵《かぎ》がかかっているか、あるいはきつくはまっていて、自力ではあけられない。

どうしよう？　窓をノックして、ローデンかトビアスに入れてもらうか？　でもきっとつげ口されて、ひどい罰《ばつ》を受けることになる。

結論《けつろん》からいうと、ノックすることにはならなかった。トビアスがベッドで体を起こし、おれをまっすぐ見つめ、底意地の悪い笑みをうかべたのだ。どうやって切り抜《ぬ》けるつもりだ？　とでも問うように、眉《まゆ》をつりあげている。

おれは窓を指さしたが、トビアスはゆっくりと首をふって反対側を向き、また横になった。

ローデンを見たが、起きているかどうかわからなかった。こっちを向いていないし、体がゆっくりと上下しているのをのぞけば動きはない。ローデンもトビアスのたくらみにからんでいるのか？　ローデンとおれは、トビアスを妨害《ぼうがい》しようと手を組んだ。もしかしたらローデンは、トビアスとも、おれを妨害する約束をしたのかもしれない。だとしたらローデンは、おれにもトビアスにもねらわれずにすむから都合がいい。なぜ先に思いつかなかったのかとくやしいくらい、うまい手だ。

まもなく夜が明け、召使いたちが起きだしてくる。時間がない。

20

召使《めしつか》いの部屋の窓《まど》はあいているところもあったが、通り抜《ぬ》けるのはためらわれた。相部屋で人数が多いし、もうすぐ起きだす者ばかりだ。しかも侵入《しんにゅう》したあとも、はるばる二階まで上がり、おれたちの寝室《しんしつ》を見張《みは》っているモットかだれかのそばを通りすぎなければならないし、その間だれにも見られてはならない。

コナーの寝室の窓がわずかにあいていた。コナーの部屋ならば、少なくともおれたちの寝室と同じ二階だ。侵入したあとは細心の注意をはらい、おれたちの寝室の見張りが眠《ねむ》っているか、あるいは注意力散漫《さんまん》な召使いである可能性《かのうせい》にかけることもできる。コナーの横を通り抜けるのは危険《きけん》だが、いまのおれには最善《さいぜん》の策《さく》だ。それしかないといってもいい。

コナーの寝室の外には、せまいバルコニーがあった。バルコニーのドアは突風《とっぷう》であいたりしないよう、しっかりと鍵《かぎ》がかかっていたが、その脇《わき》の窓は、そよ風が吹《ふ》きこめるくらいあいている。窓をおしたら、かんたんにあいた。おれのベッドのそばの窓よりはるかに大きいので、苦労せずにすべりこめた。

コナーの眠りのリズム、寝息《ねいき》の深さと周期をつかむために、しばらくじっと立っていた。コナーは軽いいびきをかいていた。万が一音を立てても、いびきの音にまぎれるのでありがたい。

広い天蓋《てんがい》つきのベッドは大量の布《ぬの》が飾《かざ》ってあって、コナーの姿《すがた》はよく見えない。となると、いびきの音で安全かどうかたしかめるしかない。

ターベルディ夫人の孤児院《こじいん》にいたころは、昼間より夜にうろつくことが多かった。おかげで体重をかける前に床《ゆか》がきしむかどうか、たしかめる方法を知っていた。気配を悟《さと》られずにドアや戸棚《とだな》や引き出しをあける方法や、ずっとかくれている方法も知っている。

でもそれは、あくまでも孤児院での話だ。

この部屋では、そうはいかない。部屋のどこになにがあるか知らないし、たよりになる明かりもほとんどない。

コナーの寝室はおれたちの寝室よりも広かった。ひとりで使うにはこっけいなくらい広い。この屋敷《やしき》の主人なので、好きな部屋を独占《どくせん》できるわけだ。左端《ひだりはし》に天蓋つきのベッド、奥《おく》の壁《かべ》ぎわには数かずの上等な服をおさめた大きな衣装《いしょう》ダンス。おれのそばには、ふかふかの椅子《いす》が一脚《きゃく》。ここにすわれば、朝の紅茶《こうちゃ》をすすりながらバルコニーごしに裏《うら》の芝生《しばふ》をながめられる。右側には本がぎっしりつまった書棚《しょだな》。そういえば、下の階の事務室《じむしつ》にも大量の本があった。これだけの量の本を本当に読んでいるのか、それとも飾っているだけなのかとつい考えてしまった。完璧主義者《かんぺきしゅぎしゃ》のコナーのことだから、全部読みおえたにちがいない。そのときコナーがなにやら寝言《ねごと》をつぶやき、寝返《ねがえ》りを打った。ぐずぐずしてはいられない。

廊下《ろうか》に面したドアはぴったりとしまっていた。ドアの向こうになにがあるかわからないのは不安だ。だれかが寝《ね》ずに番をしていたり、召使いがひかえていたりするのか？　貴族《きぞく》の寝室は見張りがつくことが多いが、ドアをあけてみないとわからない。もしあてがはずれてだれかがいたら、きびしい罰《ばっ》が待っている。

そのとき、月明かりがとらえたある物が目にとまった。もしやとは思っていたが確信《かくしん》を持てずにいたものが、本当にあるのかも。壁《かべ》にかけられたタペストリーのふさ飾《かざ》りが、壁と壁のあいだにはさまっていたのだ。前にコナーは、この屋敷《やしき》の秘密《ひみつ》を知りつくしているといっていた。これがその秘密であると思いたい。部屋の壁が異様《いよう》にぶあついだけかもしれないが、もしかしたら壁の裏《うら》に秘密の通路があるのかも。

時間をかけてゆっくりと、部屋をつっきった。木の床《ゆか》はよくきしむので、その音でコナーが目をさますのはさけたい。壁にたどりついたら、秘密の通路の扉《とびら》をあける方法は拍子《ひょうし》抜《ぬ》けするほどかんたんにわかった。タペストリーの裏に、指穴《ゆびあな》が三つ、壁に彫《ほ》ってあったのだ。

その扉をできるだけそうっと、必要な幅《はば》だけあけた。いざとなれば、かなりせまいすきまでも通り抜《ぬ》けられる。絶体絶命《ぜったいぜつめい》の危機《きき》のいまは、ぎりぎりしかあけない。

すべりこんだら、壁の燭台《しょくだい》におかれた石油ランプがうっすらと明るかった。人ひとりが通れるだけの幅がある細長い通路で、壁のあちこちに扉の小さな取っ手があるが、それ以外に出口の目印はない。何度か曲がるところをまちがえてちがう客室に出てしまったが、どの客室も空っぽで助かった。

おれたちの寝室《しんしつ》まで来て、コナーがこの部屋を選んだ理由がわかった。壁の下の方に小さな穴《あな》がひとつあいているのだ。ネズミの穴かと思っていたが、そうではない。コナーは、いつでもおれたちの会話を盗《ぬす》み聞きできる。

この秘密の通路は、コナーか腹心《ふくしん》の部下のだれかがいまだに使っているにちがいない。石油ランプの火が灯されているのは、そのせいだ。この通路をまた使うときは、用心に用心を重ねなければ。

秘密の扉をそっとおしあけて寝室にもどったら、トビアスもローデンも眠《ねむ》っていた。ふたりの寝顔《ねがお》をながめながら、もしちがう状況《じょうきょう》だったら友だちになれただろうか、とふと思ったが、すぐに考えるのをやめた。他人を友だちと呼《よ》んでいたのは遠い昔のこと。いまのおれには、友だちなど想像《そうぞう》の世界にしかいない。

早朝に目ざめたトビアスは、おれがベッドですやすやと眠っているのを見て、愕然《がくぜん》としたにちがいない。おれがようやく目をさましたときは、あんぐりと口をあけてこっちを見ていた。おれは寝返《ねがえ》りを打ってまた寝《ね》た。

トビアスはおれがどうやって部屋にもどったか一度もたずねなかったし、おれも一言もいわなかった。

21

その日の朝、エロルは、おれがここに来たときの服を持ってきた。

「ああ、やっと持ってきた。なぜこんなに時間がかかったんだ？」

エロルはためらってから、ようやく腹《はら》を決め、答える代わりにほうびについてたずねた。

おれは軽い調子でいった。「なんの話？　まあ、もし図書室に行くことがあったら、コナーの家系《かけい》について書かれたページが少しふくらんでいるから、それを元にもどしたらいいんじゃないかな」

エロルはにやりとした。「気を悪くしないでもらいたいんですが、三人ともここへは手ぶらで来ましたよね。その硬貨《こうか》の出所をきいておいたほうが無難《ぶなん》かと」

おれは首をふった。「はっきりいって無難でもなんでもないね。服をとってきてくれてありがとう。さあ、ひとりにしてくれ」

「服をとりあげることもできますよ」

「それはおたがいさまだ。ドアをしめて出ていってくれ」

エロルがいなくなってから、服をひろげて念入りに調べた。洗濯《せんたく》ずみで、シャツの脇《わき》の裂《さ》け目が縫《ぬ》ってあるが、それをのぞけば元通りだ。

ズボンのポケットの中身を確認《かくにん》し、エロルを大声で呼《よ》びもどした。

「このポケットになにか入っていたはずだ。どこにやった？」

エロルは首をふったが、知っているのは明らかだ。「価値《かち》のある物は入ってませんでしたよ」

つめよったら、エロルの顔が青ざめた。「捨《す》てたのか？」

エロルはかすれた声でいった。「あなたが元の服をほしがっていることをコナーさまがききつけて、もどす前に中身を調べろと強くおっしゃったんです。なにかなくなっているのなら、コナーさまにきいてください」

数分後、おれはドアを壁《かべ》にたたきつけるようにして食堂に飛びこんだ。「おれの金《きん》は、どこだ？」

「モットはどこだ？」と、コナー。「おまえにつきそっていなければならんのに」

「おれが部屋を出たのを知らないんだ。で、どこだ？」

「いったいなんの話だ？　さあ、すわって、朝食を食べようではないか」コナーはローデンとトビアスのそばの席へ手をふった。ふたりとも、おまえは完全にいかれてしまったかといいたげに、おれを見つめている。

おれは、すわるつもりなどなかった。「金だ！　元の服のポケットに入っていた金！　盗《ぬす》んだな」

「そんなことでさわいでおるのか？」と、コナーは声をあげて笑った。「ばかな小僧《こぞう》だ。おまえが持っていた石は金ではない」

「いや、金だ。おれの金だ！」

コナーは首をふった。「セージよ、あれは偽物《にせもの》だ。おおかた市場で詐欺師《さぎし》から買ったのであろう」

「もらったものだ。本物なんだ。返せ！」

「ことわる」と、コナーは手を組んだ。「おまえは王子になろうとしておるのだぞ。国王とて夢《ゆめ》ではない。国王は偽物の金《きん》をポケットに入れて持ち歩いたりせん。王族となるべく勉学にはげめ。どこへ行くにも本物の金を持ち歩けるようにしてやるぞ」

「おれたちだって偽物だろ。あんたのいうとおりあれが偽物だとしたら、おれにぴったりじゃないか。どこにある？」

「いまはわたしのものだ。いずれ使い道が見つかるであろう。近くの川の水面に飛ばすのも一興《いっきょう》だな。さあ、すわってくれ。王族について話しあおうとしていたところだ」

「勝手にやってろ！　おれは、ほかにやることがある」おれはそういって、食堂を飛びだした。

＊

その日の午前中、おれは読み書きと歴史の授業《じゅぎょう》をさぼった。午後、トビアスとローデンといっしょに馬小屋へ向かっていたら、モットとクレガンが大またで近づいてきた。おれは台所から盗《ぬす》んだリンゴをひとつかじっているところだった。ふたりの顔つきからすると、リンゴを全部食べられそうにない。

「なんか怒《おこ》ってるぞ」と、トビアスが声をかけてきた。「なにをした？」

「いつもおれかよ？　おまえらは、あのふたりに目をつけられるようなことをしないのか？」

「そんなの、おまえに決まってるだろ」ローデンもトビアスと同じ意見だった。逃《に》げたくなったが、馬小屋と屋敷《やしき》にはさまれているのでどうせつかまる。どんな罰《ばつ》を受けるにせよ、自分から罪《つみ》を重くするようなまねはしないにかぎる。

クレガンがおれをつきたおした。思ったとおり、リンゴは地面に転がった。「石はどこだ？」つきとばされた衝撃《しょうげき》で息がつまったが、声をしぼりだした。「あれは……金だ」

「コナーさまから盗んだな」

「さきにあっちが……盗んだんだ。だから……返してもらっただけだ」

「意地を張《は》らないほうが身のためだぞ、セージ」と、モットが警告《けいこく》した。「さあ、どこにあるか教えてくれ」

おれは反抗《はんこう》するようにあごをつきだし、靴《くつ》のかかとで地面を蹴《け》った。モットのいうとおり、意地をはってもしかたないのだが、素直《すなお》にしたがう気もない。

「連れていけ」とモットがクレガンに命令した。クレガンがナイフを引きぬき、立てと命令し、首にナイフをつきつけ腕《うで》をつかむ。おれは横にクレガン、すぐ後ろにモットがいる状態《じょうたい》で、屋敷へと引きもどされた。

コナーは事務室《じむしつ》で、オーク材の広い机《つくえ》の向こうに立って待っていた。おれはクレガンに机の前の椅子《いす》へつきとばされ、モットとクレガンにはさまれた。

「石はどこだ？」コナーが冷たい声でたずねた。

「机の中にしまったんじゃないんですか？」おれも負けずに冷たくいい返した。

この一言がコナーの逆鱗《げきりん》にふれた。コナーがクレガンに向かってうなずき、クレガンがおれの顔を思いきり平手打ちした。口の中に血の味がしてくる。少しのあいだ目をつぶり、激痛《げきつう》がやわらぐのを待って目をあけた。

「おまえは孤児院《こじいん》から買われた身だ！」コナーがどなった。「だからおまえはわたしの物であり、おまえの物はわたしの物だ！　あの石はわたしの物だ」

「本物の金《きん》じゃないなら、なぜそんなにこだわるんです？」

「おまえに持たせたくないからだ！　偽物《にせもの》の金を持ち歩くような者を、宮廷《きゅうてい》には出せん。さあ、どこにある？」

「なくしたんじゃないですか」

クレガンがふたたび、さっきよりも強くおれを平手打ちにした。

「地下牢《ちかろう》へ連れていけ」コナーが小声でいった。「あとは任《まか》せる。ただし傷《きず》は残すな」

「ま、待ってくれ！」おれは恐怖《きょうふ》にかられて目を見ひらいた。地下牢でどんな目にあわされるか、わかっている。「やめてくれ！　あれはただの石だ。それでいいだろ？」

コナーは机《つくえ》に両手をついて身を乗りだした。「セージよ、おまえはわたしに屈服《くっぷく》すればよい。崖《がけ》から飛びおりろと命じたら飛びおりろ。大海原を泳いでわたれと命じたら泳げ。あんな石などどうでもよいが、このわたしがおまえの物じゃないとつげたら、おまえはそのとおりですと敬意《けいい》をはらい、素直《すなお》にしたがうのだ。もう一度だけチャンスをやろう。どこにある？」

耳の中に心臓《しんぞう》の音が鳴りひびき、コナーの声がほとんどきこえない。たしかなのは、命を賭《か》けることになっても、あの石をコナーにわたすわけにはいかないということだけ。でも、本当に命がけになってしまいそうだ。

「連れていけ」とコナーが命令する。おれは絶叫《ぜっきょう》して暴《あば》れたが、モットとクレガンに両側から腕《うで》をつかまれ、部屋の外へ引きずりだされた。

22

地下牢《ちかろう》の独房《どくぼう》は小便の腐《くさ》ったようなにおいがした。ほかにだれがいつ連れてこられたのかと、ぼんやり思った。ごつごつした壁《かべ》とさびた鉄格子《てつごうし》に囲まれ、窓《まど》はなく、牢獄《ろうごく》の外の壁にとりつけられた燭台《しょくだい》のろうそくだけがゆいいつの明かりだ。湿《しめ》っぽく、寒さで体がふるえた。いや、そこまで寒いわけじゃない。おびえているだけだ。

クレガンが鉄格子のドアをあけたとき、おれは腕《うで》をひねってクレガンをふりきり、首に拳《こぶし》を一発おみまいした。が、すかさずモットに腕をつかまれ、両腕《りょううで》ともねじあげられた。

「おぼえてろ」クレガンが小声で毒づき、おれのシャツを引き裂《さ》き、天井《てんじょう》からつりさげられた鎖《くさり》で手首をしばった。クレガンが鎖を引きあげると、おれは両腕を引っぱられ、足が床《ゆか》にほとんどつかなくなった。

地下牢の片隅《かたすみ》に引っこんでいたモットが、ムチらしきものを持って寄《よ》ってきた。柄《え》が長く、太い革《かわ》ひもをまとめて握《にぎ》っている。

「コナーは……傷《きず》を残すなって」おれは、声がふるえるのをおさえられなかった。

クレガンは、一刻《いっこく》も早くムチをふるいたそうににやりとした。「あざを残すなとはいわれてない。革の広い面で打てば、痛《いた》みは感じるが、傷はできねえ」

「頼《たの》む、モット、やめてくれ」こうなったら、土下座《どげざ》でもなんでもする。

「自業自得だ！」モットがさけんだ。「注意しただろうが！」

「あの石ころのなにがそんなに大切なんだ？」と、クレガンにきかれたが、

「石などどうでもいい」とモットがいった。「ただ、コナーさまに勝ちたいだけ。いいなりにはならないとしめしたいだけだ」

「おれは……いいなりにはならない」

モットが一発目のムチをしならせた。覚悟《かくご》はしていたが、こんなに痛いとは！　自分の声とは思えない悲鳴がもれた。モットが二度、三度とムチをしならせる。両脚《りょうあし》の力が抜《ぬ》け、肩《かた》をよけいに強く引っぱられた。

「石はどこだ？」

モットがたずね、おれの返事を待たずにムチをしならせた。

「おれは……いいなりには……ならない。あれは……おれの……金《きん》だ」

モットがまたムチをしならせ、おれの皮膚《ひふ》をかぎづめのように裂いて、顔をしかめた。「布《ぬの》を持ってこい」

「血を流すなといわれたのに！」と、クレガン。

「傷を残すなといわれただけだ。包帯をくれ。手あてしたら放っておく。考える時間をあたえるんだ」

モットが毒づき、ムチを独房の片隅へ放りなげる。クレガンはいったんいなくなり、すぐに透明《とうめい》な液体《えきたい》の瓶《びん》と布を持ってもどってきた。

「わたしが手あてする」とモット。「コナーさまによけいなことをいっさいいうな」

「五分でいいから、こいつとふたりきりにしてくださいよ。石のありかを吐《は》かせてみせますから」と、クレガンがどすのきいた声でいったが、

「出ていけ！」と、モットにどなられた。

ふたりきりになると、モットは瓶《びん》のふたをはずした。おれは液体《えきたい》のにおいに気づき、首をふった。「やめろ。もう……やめてくれ」

「ムチの痛《いた》みと変わらないからな」と、モットが警告《けいこく》する。

モットが液体を布《ぬの》にしみこませ、おれの背中《せなか》におしあてた。おれはまた絶叫《ぜっきょう》し、モットのひざを蹴《け》りつけた。

「アルコールで消毒しないと化膿《かのう》する」モットは、むっとしていた。「おまえの味方はわたしだけだぞ。怒《おこ》らせるな」

「あんたが味方なら……敵《てき》はだれだ？」

「おまえ自身だ。なぜ次つぎと問題が起こるのか、知りたければ鏡を見ろ。わたしが好き好んでムチをふるったと思うか？」

モットがまたおれの背中に布をおしあて、おれは悪態《あくたい》をついた。

「口をつつしめ。さもないと、悪態をつけなくなるまでまたムチ打ちになるぞ」

「うっ、痛い！」背中が燃《も》えるように熱く、その熱を全神経《しんけい》が感じている。

「なぜコナーさまがいまだにおまえを殺さないのか、わたしにはわからん。おまえの中にそれだけの価値《かち》を見いだしているのだろうが、がまんにも限界《げんかい》があるぞ。セージ、石を引きわたせ」

「いやだ」

モットはおれの脇《わき》に布をあて、包帯できつく結んだ。「ばか者めが。これが王子になる戦略《せんりゃく》だとしたら最悪だ。コナーさまに頭を下げろ。頭を下げて石をさしだすんだ」

モットが立ちさる前にろうそくを吹《ふ》き消したので、おれは天井《てんじょう》からつりさげられた状態《じょうたい》で、真っ暗闇《くらやみ》の中にとり残された。

23

クレガンとコナーは、その日のうちに二回おれの様子を見にきた。一回目はクレガンが湯気を立てているスープを持ってきて、おまえはほとんど食べていないから飢《う》え死に寸前《すんぜん》だろうなどとぬかした。石のかくし場所さえ白状《はくじょう》すれば解放《かいほう》してやるというわけだ。

おれはクレガンに、そんなにくさいスープを飲むくらいなら地下牢《ちかろう》の床《ゆか》をなめたほうがましだといい返した。クレガンは床をなめさせてやろうかとほざき、壁《かべ》によりかかって満腹《まんぷく》になるまでスープを飲んだあげく、残りをおれにかけて高笑いした。

「いますぐおれにおまえを殺させてくれって、コナーさまに頼《たの》んだ」

「やるなら、さっさと終わらせてくれよ」時間をかけて殺されるのはいやだ。

クレガンがぐっと顔を近づけた。息がタマネギくさい。「はっ、やだね、だれがさっさと終わらせるかよ。じっくりやらせてもらうぜ。ま、いまはがまんだな。残念ながらコナーさまは、もう少しおまえを生かしておきたいんだと」

「ならば、とっとと失せろ」

この期におよんで命令するとはと、クレガンはおれの態度《たいど》をおもしろがり、おれにも命令した。「石はどこだ。いえ」

おれは顔をそむけ、お返しに腹《はら》を一発なぐられた。

「好きなだけなぐってやろうか。痕《あと》は残らねえしな」

「その調子でやれよ」おれは息を整えてから、いった。「国王になっておまえを処刑《しょけい》しても、心が痛《いた》まなくてすむ」

クレガンはおれをにらみつけ、次の見回りのときにああしてやる、こうしてやるとおれを脅《おど》してから、足音も荒《あら》く階段《かいだん》をのぼっていった。

かなり時間がたってから、今度はモットが石をひとつ持ってきて、いった——おまえの石と同じくらいいつやがあるし、少し大きいが価値《かち》があるように見えるから、これをやろう。ただし、もうひとつの石をコナーに返すのが条件《じょうけん》だ。

おれはモットの恩着《おんき》せがましい態度にいらついた。「そんなの偽物《にせもの》だろ。おれのは本物だ」

「価値のない石ころだろうが。わたしだってそれくらいわかる」

「じゃあ、なぜコナーはほしがるんだ?」

「そういうおまえはなぜだ? おまえもコナーさまも、他人がひろおうともしない物をほしがっているだけではないのか。コナーさまがほしがるのは、おまえがほしがるから。おまえがほしがるのは、コナーさまに反抗《はんこう》するため。こんなことで張《は》りあってどうする」

「王子になれるのはおれしかいないってコナーにつたえてくれ。ローデンやトビアスじゃ評議員《ひょうぎいん》たちを丸めこめないけど、おれなら丸めこめる。それはコナーもわかってるはずだ」

「つたえてはおく。だがコナーさまは、おまえを王子に選ぶほど愚《おろ》かではない。おまえは王冠《おうかん》をかぶったらすぐ、国王の権力《けんりょく》でコナーさまに復讐《ふくしゅう》するだろうが」

「いいからつたえてくれ。おれがあんたの王子になってやるって」

次に階段《かいだん》から足音がしたときは、モットかクレガンだと思った。でも足音がやけに軽い。漆黒《しっこく》の闇《やみ》の中、一本のろうそくの光が角を曲がってきたときは、ほのかな光が目にしみた。

おれは目を細めて見つめ、かわききってかすれた声でたずねた。「だれだ?」

返事はない。独房《どくぼう》のドアがあいて初めて、だれかわかった。イモジェンだ。イモジェンはくちびるに指を立てておれの質問《しつもん》をとめると、スカートの下から平たい瓶《びん》をとりだし、おれの口にあて、もういいと首をふって合図するまで冷たい水を飲ませてくれた。スカートの下にあたたかいロールパンもひとつかくしていて、それを食べさせてくれたあと、パンかすと水滴《すいてき》が残らないよう、おれのくちびるを指でぬぐった。

「ありがとう」

イモジェンは少しためらってから、ひそひそ声でいった。「ひどい顔ね」

おれは目を見ひらいた。「しゃべれるのか?」

イモジェンの声はおだやかで低かった。「秘密《ひみつ》よ。しゃべれることと今夜ここに来たことは、ぜったい秘密」

「なぜここに来た?」

「あなたがここにとじこめられて一日以上たってるし、あとどのくらいつづくかわからないし。コナーのいうとおりにするわけにはいかないの?」

おれは首をふった。「コナーはおれを服従《ふくじゅう》させたいんだ。ここでコナーに屈《くっ》したら、おれにはなにも残らなくなる」

イモジェンが水をすすめてくれ、おれはありがたく飲ませてもらった。「もっと食べ物を持ってこられればよかったんだけど。見つかったらまずいと思って」

おれはいったん目をつぶり、少し目を休ませてから、またあけた。「この前見たあざは、おれのせい?」

「あなたが来る前からいろいろあったし、あなたがいなくなった後もいろいろあるわ。それより、あなた、自分の心配をなさいよ」

「だれにやられたんだ?」

「いまのあなたがその質問? ばかばかしいにもほどがあるわ」イモジェンはおれをはげまそうとむりやりほほえんでいたが、すっと真顔になった。「あたしはだいじょうぶ。つらい日もあるだけのこと。つげ口できないと思われてるから、ねらわれるのよ」

「なぜ口がきけないふりを?」

イモジェンはいったん目をふせてから、おれを見つめた。「コナーの気をそらしておけるから。そのほうがいいの」

しばらく沈黙《ちんもく》が流れ、イモジェンが瓶《びん》をかたむけた。「空っぽね。もしまた抜《ぬ》けだせたら、あとで持ってくるわ」

「むりしなくていい。コナーはすぐにここからおれを出す。そうせざるをえないんだ」

イモジェンは独房《どくぼう》を出て、ドアを元通りにしめ、鉄格子《てつごうし》のすきまからのぞきこんだ。「セージ、あきらめちゃだめ。屈《くっ》しないで。お願いよ。みんなも見てるから。勝てるってことを証明《しょうめい》して」

イモジェンは、来たときと同じようにすばやく静かに姿《すがた》を消した。わずかでも腹《はら》に食べ物を入れたせいで気持ちが少し軽くなり、おれは生まれて初めて立ったまま眠《ねむ》った。

24

モットとクレガンがまたもどってきた。いまは何時だ？　眠った気はしなかったが、腕《うで》がかなり痛《いた》むので、あるていどは時間がたったはずだ。イモジェンが持ってきてくれた食べ物は、とうに癒《いや》しの効果《こうか》を失っていた。

クレガンが先におりてきて、おれの前に立ち、どすのきいた声でたずねた。「石はどこだ？」

「金《きん》だ」おれはつぶやいた。

「やめておけ！」おれをなぐろうとしたクレガンの腕を、モットがつかんだ。「こいつとコナーさまとの問題だ。おまえには関係ない」

クレガンがおれの髪《かみ》をわしづかみし、むりやり自分のほうを向かせた。「おまえはまだ王子じゃねえから、いっておく。おれはコナーさまがおまえ以外のふたりを選ぶよう、あらゆる手を尽《つ》くす。コナーさまと選ばれた者が馬車で城《しろ》へ向かったあと、おれがこの手でおまえを殺すからな。助けてくれと泣きつくおまえに、おれの冷酷《れいこく》さを思いしらせてやる」

「やめろといっただろうが！」と、モットがくりかえした。「おろしてやれ」

クレガンとモットが鎖《くさり》をはずし、おれは人形のように床《ゆか》にくずれおちた。クレガンはおれを軽く蹴《け》とばしてから、服をどさっと落とした。「コナーさまがおまえと話をしたいそうだ。着がえろ」

動かないでいたら、モットがしゃがんでおれに服を着せはじめたが、すぐに悪態《あくたい》をついてクレガンに声をかけた。「血がしみだしている。包帯をくれ」

「上に行かないとありませんよ。ここには余分《よぶん》においてないんで」

「ならば、とってこい」

階段《かいだん》をのぼっていくクレガンの重い足音がした。おれが汚《きたな》い床《ゆか》につっぷしているあいだ、モットは無言で包帯をはずしはじめた。かわいた汗《あせ》と血で皮膚《ひふ》にはりついた包帯を引きはがしたときは、ひるんだおれに小声で謝《あやま》った。

おれは目に涙《なみだ》をうかべてうったえた。「助けてくれよ。モット、頼《たの》むから。おれには、もう……むりだ」

「わたしの主《あるじ》はコナーさまだ。おまえじゃない」モットは少し間《ま》をおき、疲《つか》れたようにため息をついて、つけくわえた。「こうなってもなお、コナーさまはおまえを候補《こうほ》に残している。これは意味があるぞ。そろそろ孤児《こじ》を卒業して王子をめざせ」

「おれはこれからも……ずっと……孤児だ」

生まれてはじめて声をあげて泣いた。おれの家族は、もうだれもいない。ひとりきりの孤児になって、さんざん苦労したあげく、こんな目にあうなんて――。モットはおれが落ちつくまで支《ささ》えてくれていた。

「ごめん」おれはつぶやいた。

「餓死寸前《がしすんぜん》だし、疲れているから、しかたない。仕事とはいえ、おまえをこんな目にあわせてすまなかった」

ほどなくクレガンがもどってきて、替《か》えの包帯をモットにわたし、古い包帯をそっとはがすモットを下がってながめた。

「明かりをくれ」

とモットがクレガンに命じ、クレガンからわたされたろうそくの光でおれを照らした。

「傷《きず》になるな。思ったより深く切れているが、いまのところ化膿《かのう》はしてない」と、傷口《きずぐち》にまたアルコールをかける。おれは痛《いた》みを少しでもやわらげたくて床をかきむしったが、声はあげなかった。その気力すらなかったのだ。

激痛《げきつう》がおさまり、新しい包帯を巻《ま》かれた。モットとクレガンがふたりがかりでおれを着がえさせ、抱《かか》えるようにして階段をのぼった。早朝の光が目に刺《さ》さり、おれは後ろによろめいた。

「水をやれ」モットがおれをしっかりとささえ、そばにいるだれかに命じた。

さしだされたカップを、モットがおれのくちびるにおしあてた。おれは少し飲んで、顔をそむけた。もう、陽光はつき刺さらない。本当は日の光を見たくてたまらなかったのだと、ぼんやりと思った。

「ぐずぐずするな」と、モットがいった。「コナーさまのところへ連れていく」

*

コナーの机《つくえ》の前の椅子《いす》にすわらされた。コナーは永遠《えいえん》にも思えるほど長いあいだおれを見つめてから、口をひらいた。「ひどい顔だ」

おれは、なにもいわなかった。

「セージよ、ここにいるあいだ、せめてわたしに逆《さか》らわないことくらいは学んでおけ。地下牢《ちかろう》には二日間もいたのだぞ。そんなに時間がたったとわかっておったか？　わたしに逆らったら悲惨《ひさん》な目にあうだけだと、身にしみてわかったら良いのだが」

おれは、なおもだまっていた。コナーに服従《ふくじゅう》すれば、それはそれで悲惨ではないかと思ったが、いうつもりはなかった。いまはしゃべるのもつらい。

コナーがモットにうなずき、モットが盆《ぼん》を持ってきて机《つくえ》の上においた。盆には、おれがベッドや衣装《いしょう》ダンスのまわりにかくしておいた品じながずらりとならんでいた。

おれがこの数日間で盗《ぬす》んだ戦利品から、コナーがいくつか手にとった。バターナイフと金のカフスボタンと数枚《すうまい》の硬貨《こうか》だ。「わざわざたずねるまでもない。授業《じゅぎょう》の合間に、わたしやこの屋敷《やしき》にいる者たちから盗んでいたのだな」

見ればわかることなので、なにもいわなかった。

するとコナーが数枚の紙をひろいあげた。「だが、これについてはたずねなければならん。なにが書いてあるか知っておるか？」

「さあ、その紙は知らないです」おれはつぶやいた。

「だれかのおぼえ書きだ。これを書いた者は、奇妙《きみょう》な計画を綿密《めんみつ》に立てていたようだ。その者が国王になったら、このわたしを排除《はいじょ》する計画だと読めなくもない。わたしを大使として外国に派遣《はけん》するという非攻撃《ひこうげき》的な案から、わたしのワインに毒をしこむという案までそろっておる。セージよ、だれが書いたのだ？」

おれは首をふった。「あんたの名前が書いてあるんですか？」

「もちろん書いてない。本人にたしかめたいので、だれが書いたか教えてくれ」

「おれは右手で字を書く練習をしたくて、その紙がたきつけ入れの箱に捨《す》ててあるのを見つけただけですよ」

「ずばりきく。おまえが書いたのか？」

おれは声をあげて笑い、脇腹《わきばら》の激痛《げきつう》にむせた。「そこまでバカじゃないですよ」

「ローデンが書いたとも思えん。となるとトビアスだな」

「本人にきいてくださいよ」

「いや、やめておこう。トビアスには、自分が筆頭候補《こうほ》だと信じこませておく。もしトビアスが書いたのだとしたら、うぬぼれが高じて、いずれ馬脚《ばきゃく》をあらわすであろう」コナーはクックッと笑ってから、つけくわえた。「わたしとおまえだけの秘密《ひみつ》だ。よいな？」

コナーはおれの返事を待たなかったし、おれも返事をしなかった。コナーが立ちあがって近づき、おれの顔を上に向かせ、切り傷《きず》やあざをしげしげとながめた。「地下牢ですごしたのに、ちっとも変わっておらん。少しは謙虚《けんきょ》になったと思いたいところだが」

コナーは表情《ひょうじょう》ひとつ変えないおれの顔を返事とみて、さらにいった。「セージよ、おまえはあつかいにくい小僧だが、それはしつけと監督が行きとどいていなかったからにすぎない。つまり、訓練で直せるということだ。地下牢《ちかろう》で王子になるとモットにいったそうだな。本当か？」

「あんたにはおれが必要なんですよ」

「ほう、なぜだ？」

息を整えて答えられるようになるまで、数秒かかった。「トビアスとローデンじゃ評議員《ひょうぎいん》たちを丸めこめない。でも、おれなら丸めこめる」

「つまり、評議員たちの王子になるというのだな。では、わたしの王子にもなるか？」

おれがゆっくりとうなずくのを見て、コナーはほほえんだ。「あと一週間でそれを証明《しょうめい》してくれ。今日は休んで、明日から授業再開《じゅぎょうさいかい》だ。さあ、休んでこい」

コナーは石のことを一度もたずねなかったが、本当にほしかったものを手に入れた——王子になるという、おれの約束を。

25

ベッドにかつぎこまれてすぐ、エロルが背中《せなか》の手あてをしようとしたが、おれがはげしく抵抗《ていこう》したので、一眠《ひとねむ》りして起きたときは、つきそいがイモジェンに代わっていた。

やあ、とくぐもった声であいさつしたら、イモジェンが視線《しせん》でエロルがいることをつたえた。エロルは壁《かべ》によりかかり、いらついた顔をしている。おれは目をつぶり、また眠《ねむ》った。

次に目がさめたときは、イモジェンが湯にひたした布《ぬの》で顔をぬぐってくれていた。外は暗くなりつつあったが、ランプは数えるほどしか灯っていない。部屋を見まわしたが、ほかにはだれもいないようだ。

「エロルは？」

「いないわ。いまはね」

「おれのお守りをするために、台所から解放《かいほう》されたのか？」

「ほかに引き受け手がいなかったのよ。あなたにどれだけ手こずったか、エロルがさんざん愚痴《ぐち》ったから」

「あいつに手あてしてもらうと、痛《いた》みがひどくなるんだ」

イモジェンはむずかしい顔をした。「じゃあ、気をつけて手あてするわ。見せて」

「やめろ。見た目がひどいと、それをかけるんだろ」

「アルコールよ。化膿《かのう》を防《ふせ》ぐの」イモジェンはおれを腹《はら》ばいにさせ、シャツをまくって包帯をとり、おれの背中《せなか》を見た瞬間《しゅんかん》、しばらく言葉を失った。息の音すらしない。「ああ……セージ」

「傷《きず》はひとつだけだろ」

「でも、ひどい傷。しかもあざだらけよ」と、おれの背中にそっと指を走らせた。

「手が冷たいんだな」おれは、つぶやいた。

「あなたの皮膚《ひふ》が熱いのよ」イモジェンは、包帯の結び目をゆるめた。「傷口《きずぐち》がふさがっていてよかった。でも、やっぱりアルコールで消毒しないと」

おれはうめき、枕《まくら》に顔をうずめた。イモジェンが布《ぬの》にアルコールをしみこませ、謝《あやま》りながらおれの背中におしあてた。処置《しょち》がすみ、イモジェンがまた包帯をしばっているあいだ、おれは呼吸《こきゅう》を整えることに集中した。

「召使《めしつか》いたちの噂《うわさ》だと、あなた、なにかの石のせいでこうなったんですってね。上からの命令で屋敷《やしき》中を探《さが》したけれど、だれも見つけられなかった。どこにかくしたの？」

「その答えを知ったら、どんなほうびがもらえるんだ？」

イモジェンはむっとして手を引っこめた。謝ったがあとの祭りだ。「あたしはスパイじゃない。きいてみただけよ」

「答えを知ってしまったら、それをききだすために、きみもなにかされるかもしれない」

「あなただけよ、石なんかに執着《しゅうちゃく》するのは。コナーだって気にしてないのに」

「石じゃなくて金《きん》だ」

「なんにせよ、コナーにあんなふうに反抗《はんこう》するなんて、どうかしてるわ」

「あと一週間でいいんだ。そうすれば、すべてが変わる」

「地下牢《ちかろう》に入れられたのに、まだそんなことを。コナーに支配《しはい》されるかぎり、なにも変わらないのに。ここを出る方法を見つけなくちゃだめよ」

「今週おれが選ばれれば、きみのことも連れだせる」

イモジェンはためらった。「あなた、疲《つか》れきってうわごとをいってるのね」

「そんなことはない」

「いいえ、そうよ。うわごとよ」

「もしおれが王子になれば――」

「どんな地位でも、永遠《えいえん》にコナーの手下でしょ。コナーに服従《ふくじゅう》しつづけるんだから、あたしにそんなことをいえる立場じゃない。さあ、この話はもう終わり。なにか食べないと。起きあがれる？」

イモジェンに手伝ってもらって体を起こした。食べさせてあげようかといわれたが、それはことわった。「王子になってから、コナーを出し抜《ぬ》けばいいだろ」あたたかい野菜スープを少し飲んでから、いった。「おれはコナーの支配から抜けだす。そうすれば、きみも――」

そのときトビアスとローデンがもどってきたので、話を中断《ちゅうだん》した。トビアスとローデンは入り口で立ちどまり、きまり悪そうにおれを見つめた。

「二度と会わないと思ってたんだろ？」おれはふたりに声をかけた。

「死人を見てる気分だ」とローデンがいい、

「コナーがきみを連れもどすとはね」とトビアスもいった。「あんなことをしでかしたのに」

「コナーがおれから盗《ぬす》むのはよくても、おれがとり返すのはだめなのか？」

ふたりとも答えず、話があるから消えろとばかりにイモジェンを見つめた。おれはスープを飲みほし、皿をイモジェンにわたした。イモジェンはおれに向かってぎこちなくうなずいてから、皿と包帯を集めてそそくさと出ていった。

「ま、いずれにしても、どうでもいい」トビアスが机《つくえ》に向かってすわりながらいった。「きみは勉強がだいぶ遅《おく》れて、ぜったいに追いつけない。ローデンにすら追いつけない。コナーに選ばれるのはぼくだね」

「なぜそういいきれるんだ？」と、トビアスにたずねたら、

「トビアスのいうとおりなんだ」と、ローデンが見るからにうろたえた様子でいった。「今夜、夕食の席でコナーが、おれには失望しているし、セージはあまりにも不安定だってはっきりいったんだ。でも、トビアスのことは一言もいわなかった。問題があればいったはずだろ」

「トビアスは国王になれるほど強くない。おれとローデンはちゃんと実力をしめしたよな。じゃあ、トビアスは？」

「いまに見てろよ」トビアスの顔にはすでに血がのぼっていた。話しおえるまでにもっと赤くなりそうだ。「つべこべいえる立場か。じゃまするな」

おれはトビアスの脅《おど》すような口調に気づかなかったふりをして、平然と壁《かべ》によりかかった。「じゃあ、せいぜいコナーにとりいるんだな。強くなれ。大胆《だいたん》になれよ。いままでに書いたおぼえ書きをぶちまけろ。どれだけ賢《かしこ》くなったか、コナーに見せてやれ」

トビアスがおぼえ書きの束にちらっと目をやり、ひたいにしわをよせて不安そうにたずねた。「見たのか？」

「見たところで、おれになんの得がある？　そいつはおまえが勉学にはげんだあかしだろ。将来《しょうらい》も考えているあかしとして、コナーに見せればいいって思っただけさ」

トビアスはおぼえ書きをつかんで火の中に投げいれてから、こっちへつかつかと歩みより、おれの顔に指をつきつけた。「利口ぶってこれ以上ぬかすと、泣きを見るぞ！」

「おれは自分が利口じゃないって最初からみとめてるよ」と、ベッドに横になりながらいった。「それが、おれとおまえのちがいだね」

26

日暮《ひぐ》れから夜にかけてこんこんと眠《ねむ》りつづけた。目がさめたのは、イモジェンが背中《せなか》の包帯の様子を見に来たときだけだ。ききたいことは山ほどあったが、つねに部屋にだれかがいたので、まともな会話はできなかった。

イモジェンに気があるように見られないよう、いままでよりも注意はしたが、そんなふりをすること自体、ばかげている。おれの立場はコナーより召使《めしつか》いのほうに近い。イモジェンやエロルやモットとなかよくしても、ほかの召使いを脅《おびや》かすはずがない。

朝、起きたら、筋肉《きんにく》がこわばっていた。きのうは疲《つか》れきっていて感じなかったらしい。いや、動きまわらなくてよかったからか。エロルが着がえを手伝うといいはり、おれにうんといわせるためにモットまで部屋に呼《よ》んできたが、その必要はなかった。おれはエロルに着せてもらうあいだ、両腕《りょううで》をひろげて立っているのがやっとだった。

その日は涙《なみだ》ぐましい努力を重ねて必死に眠らないようにし、午前中の授業《じゅぎょう》をきいているふりまでした。グレーブス先生はおれ抜《ぬ》きですでに授業を進めており、ここ数日の内容《ないよう》をおさらいする時間はないので、自力で追いつくしかないといいきった。

「セージ、きみはこの屋敷《やしき》にきて一週間になるが、初日からほとんど進んでいない」

それは二回しか授業を受けていないし、客観的に見て二回ともまともに受けようとしなかったからだと意見をのべたら、グレーブス先生の目つきがけわしくなり、それからはローデンしか見なくなった。

ハバラ先生も、おれがいないあいだ――やさしい先生は〝体調をくずしていたあいだ〟といういいかたをした――の授業をおさらいする時間はないといったが、ほぼ同じ内容が書いてある本を二冊《さつ》わたしてくれた。

「たぶん、だれかに助けてもらわないと読めないわ。毎日、夕方ならトビアスが助けてくれるんじゃないかしら」

「本人は、いままでさんざん助けてきたのにっていうと思いますよ」

といったら、トビアスが机《つくえ》の端《はし》をつかんで身を乗りだし、コナーさまが喜んでくださることは自分の喜びにもなる、などとぬかした。

その日の午後、ローデンとトビアスは、乗馬と剣術《けんじゅつ》の授業を受けた。おれは免除《めんじょ》されたが、見学しろとモットに強くいわれたので、ローデンとトビアスが走りさって見えなくなるまで見学してから居眠《いねむ》りした。剣術は乗馬よりはおもしろかった。トビアスはあいかわらず下手だが、ローデンはおおいに上達していた。生まれつきの才能《さいのう》か？　それとも人一倍練習したのか？

モットもローデンの上達ぶりをほめた。するとローデンは肩《かた》をすくめ、クレガンがあいた時間に教えてくれたといった。

「クレガンは剣《けん》の腕《うで》はよいが自己流《じこりゅう》だ」と、モットが注意した。「戦い方は学べるが、王子らしい剣さばきにはならないぞ」

「あなたから教われれば、王子として通用するようにはなりますよね」と、ローデン。「でもクレガンから教われれば、命を守れるようになるんです」

その晩《ばん》の夕食は、いつもより静かだった。コナーはおれたちの進み具合についてたずねておきながら、すでにくわしい報告《ほうこく》を受けていると語り、授業《じゅぎょう》に追いつくためにどうするつもりかとおれにたずねた。おれは肩《かた》をすくめ、トビアスが眠《ねむ》ったあとにトビアスのおぼえ書きで勉強するつもりだと答えた。トビアスがおれをにらんだが、コナーは声をあげて笑った。

「トビアスよ、セージはこういっておるがどう思う?」

トビアスは首をふった。「おぼえ書きなんてありません。たとえあったとしても、セージには読めません」

「おぼえ書きが本当にあるならば、セージが手に入れて読んでもかまわん。トビアスよ、気をつけろ。さもないと、セージが選ばれることになるぞ」

「それは、あやまりではないでしょうか」と、つぶやいたトビアスに、

「おまえ自身のあやまりは、ジャロン王子のようになるより、わたしを喜ばすほうに熱心なことだ」と、コナーは指摘《してき》した。「トビアスよ、反撃《はんげき》できるようになれ。強くなるのだ」つづいて、おれを見て首をふった。「セージよ、おまえもいい気になるな。ジャロン王子は、おまえのように戦いをふっかけたりはしなかった。三人

とも、ジャロン王子についての理解《りかい》がぜんぜん足らん」

その晩、三人で寝室《しんしつ》にもどったあと、おれはベッドにたおれこんだ。服装《ふくそう》なんてどうでもいいから眠りたい。ところが机《つくえ》に向かったトビアスが、椅子《いす》ごとこっちを向いて、おれをじっと見つめている。

とうとう、おれのほうから小声でいった。「いいたいことがあるなら、いえよ」

トビアスが不快《ふかい》そうに目を細めた。「セージ、ぼくには、きみを阻止《そし》するだけの力がある。ローデン、きみのこともだ。いっておくが、ふたりともこれ以上よけいな手出しをするな」

「王子は戦いをふっかけたりしないって、コナーはいってたぞ」おれはいってやった。

「ジャロン王子とは関係ない！　きみたちを阻止できるっていってるんだ。本気だぞ」

おれは背中《せなか》の痛《いた》みに顔をゆがめ、寝返《ねがえ》りを打ち、目をつぶる前にいった。「今週、コナーはおれを選ぶ。阻止するなんてむりだね」

心底疲《つか》れていたが、それから約一時間、ローデンもトビアスも眠ったとわかるまでむりやり起きていた。どうやら、なにをいおうとトビアスが脅《おど》しを実行するのはさけられそうにない。

27

翌日《よくじつ》は午前の授業《じゅぎょう》のあとにモットがやってきて、午後は乗馬も剣術《けんじゅつ》もとりやめだとつげた。「クレガンによると、三人とも宮廷《きゅうてい》で第一関門を突破《とっぱ》するていどには上達したそうだ。そこで、今日の午後はコナーさまが別の予定を組んだ」

その予定とは、大広間でのダンスレッスンだった。どうやらコナーは、地下牢《ちかろう》の外でもおれたちを拷問《ごうもん》にかける気らしい。

おれは脇腹《わきばら》をおさえ、ドアのそばの椅子《いす》にすわりこんだ。「おれはやめておく。痛《いた》いから」

そのとき、コナーが三名の女性《じょせい》を引きつれて寝室《しんしつ》に入ってきた。「今日しか時間がないのだ。容姿端麗《ようしたんれい》な若《わか》き王子なら、疲《つか》れていても若くて美しきレディーとのダンスを楽しめないはずがない」

しかたなく、しぶしぶ立ちあがったが、ダンスの相手の三名を見て笑いをかみ殺した。三人とも若くないし、お世辞にも美しいとはいえない。ほかの召使《めしつか》いと同じ服装《ふくそう》で、力仕事に慣《な》れた女性らしく肌《はだ》が荒《あ》れている。

ローデンもにやにやし、トビアスは背筋《せすじ》をのばした。少し緊張《きんちょう》しているようだ。

「三人とも尻《しり》ごみするな」と、コナー。「くどけとはいわん。ただの練習だし、この者たちは全員ダンスが上手だ」

おれたちは前に出てパートナーを選んだ。といっても、たまたま近くに立っていた女性を選んだだけだ。おれのパートナーは四十代の女性で、ジーンだと小声で名乗った。髪《かみ》は巻《ま》き毛で、昔はきれいな茶色だったのだろうが、いまは色あせ、白いものがまじっている。目は大きく、対照的にくちびるはうすく、鼻は細い。美人ではないが、個性《こせい》的な顔だ。

コナーが三拍子《さんびょうし》のメヌエットについて説明し、ローデンをパートナーにして実演《じつえん》して見せてから、リズムにあわせて手をたたき、おれたちにもやらせた。ジーンは感じがよくて助けてくれ、どれだけまちがえてもゆるしてくれた。

「そうそう、その調子よ」うそだとわかっていたが、ジーンの言葉はありがたかった。

トビアスとローデンも似《に》たようなものだったが、コナーはがまん強く何回も練習させ、全員それなりにステップを踏《ふ》めるようになってきた。

練習の合間に、たしかおまえの父親は演奏家《えんそうか》だったなとコナーにたずねられた。

「その質問《しつもん》には、もう何度も答えましたよね」

「では、おまえも楽器を演奏《えんそう》するのだな」

「うちの父親の演奏はたいしたことなかったってことも話しましたよね。弟子は師匠《ししょう》を超《こ》えられませんよ」

コナーは部屋の隅《すみ》に行き、そこにたてかけてあったケースから楽器のフィップラーをとりだして組みたてた。「セージよ、おまえの演奏をききたい。もし本当に、演奏家の父親に教わっていたならばだが」

「おれの美人のパートナーが、ひとりきりになってしまいますよ」

「おまえが曲を演奏《えんそう》してくれるのなら、わたしがダンスの相手をつとめよう」

おれはコナーを見つめた。「これも試験ですか？」

コナーは軽くうなずいた。「すべてが試験だ」

ならばとフィップラーを手にとった。多少調律《ちょうりつ》しなければならず、出だしはつまずいた。フィップラーを人前で演奏するのは生まれて初めてでとまどったが、初歩的な管楽器なので勘《かん》で指を動かせた。「忘《わす》れた部分は即興《そっきょう》なんで。ちゃんと吹《ふ》けなくても、勘弁《かんべん》してくださいよ」

あらかじめ念をおしてから、吹きはじめた。ダンス用の曲ではなく、世間から忘れられた海岸のわびしい夜景を連想させる、もの悲しい曲だ。うちの母親は、この曲をきいてよく泣いた。そのうち父親はこの曲を演奏しなくなり、やがてなにも演奏しなくなったが、この曲だけはおれの頭にずっと残っている。

演奏が終わったとき、部屋は静まり返っていた。コナーに楽器をもどしたら、真顔でいわれた。「セージ、おまえのいうとおりだ。弟子は師匠《ししょう》を超《こ》えられん。さあ、練習再開《さいかい》だ」

ワルツのあと、コナーはおれたちに少し休めといい、腕《うで》を組んでくすくすと笑った。「ダンスはだれひとりうまくなりそうにないな。まあ、とりあえず、恥《はじ》をかくこともなかろう。もう少し練習してから、三人とも着がえてこい。そのあとは台所で召使《めしつか》いたちから、客のもてなし方を学べ。明日の晩《ばん》、おまえたち三人には、王子の婚約者《こんやくしゃ》であるアマリンダ姫《ひめ》の給仕係をつとめてもらう」

「姫はいつ到着《とうちゃく》するんですか?」トビアスがたずねた。

「今夜遅《おそ》くの予定だが、いっしょの食事は明日になってからだ。セージよ、発音の矯正《きょうせい》はつづけておるか?万が一姫と話すことになったら、アベニアなまりはゆるさんぞ」

「おかげさまで、最近はひとりになることが多かったので」と、おれはカーシア国の発音で答えた。「練習する時間はたっぷりとれましたよ」

「うむ、発音は悪くない」と、コナーはほほえんだ。「しかしまだ子音が弱い。しっかり発音し、二度とアベニアなまりを出すな」

おれはうなずいた。

「では、もう少し練習しておこう。パートナーの手をとれ」

*

台所仕事は退屈《たいくつ》だった。案内役は、なんとおれのダンスパートナーのジーンだった。ジーンはただの召使いではなく、女中頭のような立場らしい。コナー邸《てい》の台所は広く、全員がてきぱきと働くさまを、ジーンはほこらしげにおれたちに見せた。

「ときどき急なお客さまがあるので、とつぜんでも食事をお出しできるよう、つねに準備《じゅんび》しているの。この一週間は、あなたたちが来てからずっと楽しませてもらったわ。ふだんよりいろいろと用意したし、もどってくる皿はいつも空っぽだし」

「毎回、ものすごくおいしいです」などとローデンがいうので、おれもトビアスも苦笑した。ジーンが王子を選ぶわけじゃないのに、なにを期待してお世辞をいったのだろう。

おれとトビアスの苦笑に気づいたローデンが、小声でいった。「じょうだん抜《ぬ》きでうまいんだ。孤児院《こじいん》での食事を見せてやりたいよ。食い物とは思えないものばかりだった」

ジーンは盆《ぼん》の正しい持ち方と給仕の仕方を教えてくれ、飲み物をつぐ方法を実演《じつえん》し、コナーの最上級のワインまで味見させてくれた。知っておいて損《そん》はないが役に立たない知識《ちしき》なので、おれは身が入らなかった。ローデンもやる気がなかったが、トビアスはとちゅうでおれたちのほうへ身を乗りだしてささやいた。「もしコナーが孤児院から連れだしてくれなかったら、おれたちの将来《しょうらい》はまさにこれだな」

「おれの将来はちがう」おれはきっぱりといった。こんな生活はがまんできない。ローデンも即座《そくざ》におれに賛成《さんせい》した。

「最低限《さいていげん》のことは教えたわ」と、ジーンがしめくくった。「さあ、少しは働いてちょうだい。仕事はいつも山ほどある。あなたたちを借りた以上は、使わせてもらうわよ」

と、汚《よご》れた皿の山を指さした。おれはせまい洗《あら》い場にはふたりしか入れないので台所の反対側で粉をこねる作業にまわしてくれ、と頼《たの》んだ。ローデンもトビアスも気にする様子はなかったので、ジーンはみとめ、手をふっておれを追いはらった。

台所の片隅《かたすみ》にある木製《もくせい》の調理台へのんびりと近づき、パン生地のかたまりを持ちあげた。すぐにイモジェンが台所に入ってきて、ジーンの指示《しじ》でおれの手伝いにやってきた。おどろいたことに、イモジェンはいやがるそぶりを見せず、包丁をおれの手のとどかないところへどけて場所を作り、ならんで別のパン生地をこねはじめた。

「おれさ、こういうの、前にやったことがあるんだ」あたたかい生地に指を食いこませながら、イモジェンに声をかけた。「孤児院でやったんだ。でも、ここの生地のほうがはるかに上等だね。孤児院のは恵《めぐ》んでもらった食材ばっかりで。ま、上流階級の口にあわない物ってことだけど」イモジェンがちらっとおれを見たので、つづけた。「なんで上流階級のみなさまは、ゾウムシ入りの食べ物をきらうんだろうな。栄養満点なのに」

イモジェンはほほえんでくれた。でも、おれのジョークにほほえんだわけじゃないことに気づいた。イモジェンの中で、なにかが変わったのだ。

「今日はいつもとちがうな」

とささやいたら、イモジェンはおれを見ずにうなずいた。以前ほど目がおびえていない。

そのとき「イモジェン!」と、台所の向こう側でがっしりとした背《せ》の高い男がさけんだ。服装《ふくそう》からすると、コナー専属《せんぞく》の料理人のようだ。「この、うすのろが!」

おれはそいつのほうへ向かおうとしたが、イモジェンがすばやくふりむき、おれの手首をつかんでとめた。

「パン生地はまだか?」と、その料理人がいった。「夕方までに焼かなきゃならないんだぞ!」

「できるわけないだろ」おれは、料理人をにらみつけた。「ここにもどってくるたびに、別の用事をいいつけるくせに！」

料理人がつかつかと近づいてきて、おれをレンガの壁《かべ》におしつけた。あざだらけの背中《せなか》が痛《いた》み、全身に激痛《げきつう》が走ったが、おれは必死に声をおさえた。「おれの台所で指図するな！」と、料理人がどなる。

そのとき「放してやれ！」とモットが入ってきて、おれのシャツをつかんで料理人から引きはなし、トビアスとローデンに来いと合図して、「ここは終わりだ」と台所を出ながらおれにいった。「どこにいっても、さわぎを引きおこさずにはいられないのか」

「あいつがイモジェンにあざをつけたのか？」

モットは歯を食いしばっていった。「夜まで台所で働かせたら、おまえとあの料理人は殺しあいになる。おまえたちには別の仕事をわりあてよう」と、おれをひとにらみし、先頭に立って歩きだした。

トビアスとローデンがおれに追いつき、三人でモットのあとを追った。

「おまえ、さっき背中を痛めただろ」と、ローデンにいわれた。「歩き方が変だ」

「なんともないさ」うそでも口に出していうと、りりしくなった気がする。

「自業自得だね」と、トビアス。「なぜなんだ？」

おれは肩《かた》をすくめた。「はあ、なにが？」

「あんなふうに人を怒《おこ》らせるのはなぜかってきいてるんだ。この屋敷《やしき》で敵《てき》を作ることしか考えてないのか」

「おまえだって、偽《にせ》の味方を作ることしか考えてないくせに。似《に》たり寄《よ》ったりだろ。別人を演《えん》じるのがいやになったりしないのか？」

「別人って王子のことか？」と、トビアスはあごをつきだした。「ぼくは一生、うまく演じてみせる。自分にはまねできないからって、ぼくにもむりだなんて決めつけるな」

強烈《きょうれつ》な反撃《はんげき》を食らい、おれはトビアスとローデンに遅《おく》れて寝室《しんしつ》にもどった。今回は、まんまとトビアスに一本とられた。

28

その晩遅《ばんおそ》くに姫《ひめ》が到着《とうちゃく》したとき、おれたちは寝室《しんしつ》にとじこめられていた。こっそり見てこいとローデンにけしかけられ、おれもその気になったが、部屋を出たらモットにいいつけるとトビアスが反対した。

「ひとりだけ先に見るなんてだめだ。きみのことだから、今夜のうちに自分が王子だと姫を丸めこむ気だな。そうしたら明日、ぼくとローデンが目をさます前に、姫の力で王位についてるだろ」

おれは鼻をならしていった。「あーあ、見抜《みぬ》かれちまったか。もっといい案を考えないとな」トビアスをからかうのは危険《きけん》だし、意地悪だと思うが、がまんできない。トビアスが占領《せんりょう》している机《つくえ》から本を一冊《さつ》つかんで自分のベッドに持ち帰り、てきとうにページをひらいた。

「おい、セージ、なにしてる？」

「ハバラ先生に独学《どくがく》で追いつけっていわれたから、独学さ」

「読めないくせに」

「ちゃんとは読めないといっただけだ。でも今朝はグレーブス先生の授業《じゅぎょう》をしっかりききいたし、この本を理《り》解《かい》できるていどには読めるさ」

トビアスが腕《うで》を組んだ。「そもそも、なんの本かわかってるのか？」

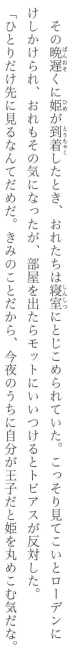

おれは首をふり、別のページをめくった。「もっと絵があればいいのに」

「カーシア国の初期の歴史の本だ。どうせ勉強するなら、自分が王子だとまわりを説得するのに役立つ本を選んだらどうだ？」

「おっ、いいね。そういう本をくれよ」

「図書室にあるさ。ぼくたちはこの部屋から出られないけどね」

おれはさらにページをめくった。「じゃあ、この本でがまんするしかない」

ローデンがくすくすと笑い、机から別の本をつかんだ。「じゃあ、おれも」

「きみまで読書か？」声からすると、トビアスはいらついているようだ。

「いい練習になるだろ」と、ローデンも本を持ってベッドに寝《ね》そべる。

トビアスの顔に血がのぼった。「本を読めば、コナーのおぼえが良くなるとでも思ってるのか？　ぼくのほうが二倍賢《かしこ》いんだぞ」

「体力はおれたちの半分だけどな。おれたちが眠《ねむ》っていても半分だ」と、おれはいい返した。「もっとがんばれよ、トビアス」

「おれにたてつく気か？」

「おれより下のやつにたてつく気なんてさらさらないね。さあ、寝ろ。明日、どんな恥《はじ》をかかされるかわからないから休んでおけ」

「そっちこそ寝《ね》ろよ。今晩《こんばん》抜《ぬ》けだすには体力がいるぞ」と、トビアス。

おれは声をあげて笑い、本を床《ゆか》に放りなげて横になったが眠《ねむ》らなかった。そんなぜいたくはゆるされない。ようやく部屋を抜けだせるようになったのは、夜もだいぶふけてからだった。今回は秘密《ひみつ》の通路を使う。まだ体が弱っているので、屋敷《やしき》の外壁《がいへき》をつたうのはむずかしい。秘密の通路は、もしだれもいなければ、探《さぐ》りを入れるのにもってこいだ。

通路は屋敷中にはりめぐらされていて、ひそかに移動《いどう》したいだろうと設計者《せっけいしゃ》が考えた場所には行けるようになっている。出口の位置も、だんだんわかってきた。おれたちの寝室《しんしつ》の角を曲がった廊下《ろうか》に出られる出口は、おれのお気に入りのひとつだ。その出口から廊下に出た。

夜のこの時間帯は廊下をうろつく召使《めしつか》いが数えるほどしかいないので、人目につかない出口さえ選べばたいていの場所へ行ける。今回は、おれたちの寝室の見張《みは》り番の姿《すがた》をちらっとのぞき、ふきだしそうになった。おれより三歳《さい》は若《わか》そうな子で、すやすやとお休み中だ。剣《けん》を一本ベルトにはさんでいるが、ベルトの留《と》め金がだらんと垂《た》れている。おれたちが逃亡《とうぼう》しないとコナーが見ているのはまちがいない。

コナーの部屋からそう遠くないところに、厳重《げんじゅう》に警備《けいび》された部屋があった。ドアの前の見張りは見知らぬ男で、かなり緊張《きんちょう》している。ここがアマリンダ姫《ひめ》の寝室にちがいない。

このまま見張りに見つからずに廊下を進むのはむりなので、秘密の通路に静かにもどった。通路のどこかにアマリンダ姫の寝室に出られる出口があるはずだが、寝室に入るのはさすがにまずい。でも、のぞくだけならできそうだ。アマリンダ姫の容姿《ようし》には、おおいに興味《きょうみ》がある。

手さぐりで姫の部屋をのぞく穴《あな》を探《さが》していたら、何者かに腕《うで》をつかまれ、刃《は》の切っ先が背中《せなか》にあたった。

やはりほかにも、この通路に気づいた者がいたのだ。

「ここまでしないと、ぼくの力を信じてくれないのか？」トビアスの声はくぐもっていた。鼻をすする音がする。泣いているのか？

「どこで手に入れた？」冷静にたずねた。こういうときは冷静さが肝心《かんじん》だ。

「台所から盗《ぬす》んだ」と、トビアスがおれの背中に長い刃をおしつける。切られたとわかった瞬間《しゅんかん》、体がこわばった。カミソリのように鋭《するど》い包丁だ。「この前のムチ打ちでもだめなら、ぼくがとめてやる」

「とめるって……なにを？」息が苦しい。古傷《ふるきず》か新しい傷《きず》かわからないが、背中を血が垂れていく。

「きみが王子候補《こうほ》になるのをだ。ダンスの練習中、コナーはきみに見とれていた。どうしてだ？　王子にはいちばんふさわしくないし、いちばん出来が悪いのに」

「おまえこそ、いちばんのふぬけのくせに」小声でいったら、包丁の長い刃でさらに深く切られ、息がつまった。

「なにがふぬけだ。ふざけるな！」

「おれを殺しに来たのか？　さけんで、姫も屋敷中もたたき起こして、おまえを困《こま》らせてやる」

「きみは死ぬぞ」

「おまえもただじゃすまないぞ」

トビアスが包丁を持つ手の力をゆるめた。「競争からおりろと警告《けいこく》してるだけだ。ぼくが国王になる」

「殺す気がないのなら、包丁をおろせ」

トビアスがおれの腕《うで》を放した。「変なまねはするなよ。刃物《はもの》をかまえてるんだからな」

おれはめまいを起こし、よろめきながら離《はな》れた。「こんなところで、おれになにができるっていうんだ？　妄想《もうそう》にとりつかれたまま国王になったら、おまえ、精神《せいしん》をやられるぞ」

「エクバート王こそ、もっと妄想をふくらませるべきだったんだ。そうすれば死なずにすんだのに」

おれは立ちどまり、壁《かべ》に手をついて体をささえた。トビアスに嘔吐物《おうとぶつ》をかけないよう、吐《は》き気をおさえるだけでせいいっぱいだ。

「だいじょうぶか？」トビアスの言葉には心がこもっていなかった。引き返しはじめたら、トビアスもついてきた。「毎晩《まいばん》ここをほっつき歩いて、なにしてるんだ？」

激痛《げきつう》が少しずつおさまってきた。まだかなり痛《いた》むが、ムチ打ちに比《くら》べればましだ。思ったほど深い傷《きず》ではないのかもしれない。

「おまえとローデンはコナーのいいなりだが、おれはちがう」

「ぼくだってちがう」トビアスは即座《そくざ》にいったが、口調からすると本音でないのは明らかだった。

「寝室《しんしつ》にもどろう。疲《つか》れたし、おまえに切られて背中《せなか》が痛い」

「謝《あやま》る気はないからな。弱ったままでいてくれたら万々歳《ばんばんざい》だ」

「さすが、紳士《しんし》さまはいうことがちがう」

トビアスが鼻を鳴らした。「はっ、きみにいわれたくないね」

おれはうっすらと笑みをうかべた。「じゃあ、コナーがローデンを選ぶように祈《いの》ろうぜ。次期国王はまともな紳士という望みをつなぐために」

トビアスはその言葉が気に入らなかったらしく、わざと胸《むね》をはって歩いた。「コナーの口出しがあろうとなかろうと、ローデンはこの国を一代で滅《ほろ》ぼすよ。あいつは、自分の考えがないからね。きみたちのどちらかが選ばれるなんて、考えただけでぞっとする」

「そんなに自信があるなら、おれに痛い思いをさせたりしないだろうに」

「ぼくは本気だ。この一件《いっけん》をだれかにもらしたら、ローデンに罪《つみ》をなすりつけるからな。ぼくならコナーを説得できる」

「おまえにコナーをどうこうする力はない。おまえが王冠《おうかん》をかぶるとしても、真の国王はコナーだ」

「支配《しはい》していると思わせておいて排除《はいじょ》するんだ。えっと、ここはどこだ?」

まだ背中が痛かったが、おれは底意地の悪い笑みをうかべずにはいられなかった。「この壁の向こうはコナーの部屋だ。ぐっすり眠《ねむ》っているように祈るんだな。さもないと、いまの発言はつつ抜《ぬ》けだぞ」

トビアスがごくりと音を立ててつばを飲み、コナーの気配をさぐろうと壁に耳をつけた。その瞬間《しゅんかん》、おれはトビアスの腕をつかんでひねりあげ、服の中から包丁をとりだした。

「そ……その包丁は……どこから？」

「台所から盗《ぬす》んだのが、おまえひとりだと思ってたのか」トビアスのベルトから包丁を引きぬき、耳元でささやいた。「トビアス、おまえ、そうとうまずいことになってるぞ。おぼえ書きも排除《はいじょ》計画もコナーにばれてる。すでに負けは決まってるんだ。あと数日の命だな」

そして、包丁の柄《え》の先でトビアスの後頭部をなぐりつけて気絶《きぜつ》させた。

29

目をさましたら、トビアスはベッドで眠《ねむ》っていた。あのあと、寝室《しんしつ》までもどってこられたらしい。トビアスが寝室を歩きまわっているあいだ、自分が眠っていたと思うとぞっとした。ふだんは眠りが浅いほうなのに、眠りこけていたとは。トビアスになにをされてもおかしくなかったのに。

ローデンはすでに起きていて、昨晩《さくばん》とってきた本をまた読んでいた。「単語がだいぶわかるようになったぞ。おまえもグレーブス先生の授業《じゅぎょう》をもっとちゃんときけばよかったのに。役に立ったと思うぜ」

「あんなに退屈《たいくつ》な話をおもしろがるふりなんて、おれにはむりだね」おれは小声でいった。

ローデンがあきれた顔をし、読書をつづけた。おれはベッドから出て着がえはじめた。エロルが怒《おこ》るとわかっていたが、だからこそ最近は、かえってひとりで着がえたくなる。

「おい、背中が血まみれだぞ！」ローデンが声をあげた。

「ばれたか」

ローデンが本をとじて近づいてきた。「シャツも切られてる。なにがあったんだ？」

「包帯がいるかな？」

「知るかよ。エロルを呼《よ》ぶか」

おれはシャツを脱《ぬ》ぎ、まだ灰《はい》がくすぶっている暖炉《だんろ》に投げこんだ。手あてに使ったアルコールが寝室《しんしつ》の隅《すみ》においてあったので、シャツにふりかけて火をかきたてた。

「おい、なぜ燃《も》やすんだ？」

とローデンが大声を出したので、エロルをふくむ三人の召使《めしつか》いが廊下《ろうか》から部屋に入ってきた。毎朝、何時から待機しているのかわからないが、おれたちの声がするとかならず入ってくる。

「はいはい、お着がえを手伝いますよ」と、エロルがうんざりした口調でいった。煙《けむ》たがられているとわかっているのだ。とりわけいまはじゃまだった。

おれは背中《せなか》を壁《かべ》のほうへ向けた。「自分でやる。ひとりで着がえる」

トビアスが目をさました。「もう少し静かにしてくれ。頭が割《わ》れそうに痛《いた》いんだ！」

「セージが背中からまた血を流してるんだ」

とローデンがエロルにいい、全員の視線《しせん》がおれに集まった。エロルがおれと壁のあいだにわりこみ、ぎょっとした。「新しい傷《きず》だ。いったい、どこで？」

いいわけを考えていなかったので、肩《かた》をすくめてごまかした。ここは、うそをつくしかない。真実を明かせばトビアスの最後の望みを断《た》てるが、おれが得することもない。

エロルはくわしくきくのをあきらめた。「深い傷ではありませんが、手あてをしないと」

「包帯だけくれ。自分で巻《ま》くから」

エロルは首をふって寝室を出た。ありがたいことに、二週間が終わるまで、あと少しだ。エロルがそう長くおれに耐《た》えられるとは思えない。

「おれは着がえおわった」ローデンがシャツを引っぱる召使いをにらみつけた。「出ていけ！」

「おまえも出ていってくれ」トビアスが新しい召使いに命令した。この召使いは、できるかぎりおれをさけている。「三人で話がしたい。ドアをしめていってくれ」

三人だけになったとたん、ローデンが部屋を大またでつっきり、トビアスの肩をつかんで壁に乱暴《らんぼう》におしつけた。「おまえがやったのか？　次はおれをやる気か？」

「ぼくがやったというのなら、凶器《きょうき》はどこだよ」と、トビアスがおれを横目で見た。「そんな傷をつけられるナイフなんて、ぼくは持っていないよな、セージ？」

「ローデンに探《さが》されるのが、そんなにこわいのか？」と、おれはきき返してやった。

トビアスがどうぞとばかりに手をあげる。ローデンはトビアスの毛布《もうふ》をめくり、枕《まくら》の下を調べ、マットレスを持ちあげて息をのんだ。

ローデンが包丁をとりだした瞬間《しゅんかん》、トビアスの顔から血の気がひいた。おれを刺《さ》した包丁だ。刃《は》の先端《せんたん》にかわいた血がこびりついている。おれはぬかりなく血を残しておいたのだ。

「な、なんで、そこに……」トビアスは声をしぼりだし、おれと目があった瞬間、あやしんで目を細めた。「そうだ、セージも持ってる」

「そうかな？　台所から消えた包丁は一本のはずだぞ」それでもローデンに所持品検査《けんさ》をさせた。包丁は見つからず、トビアスの顔はさらに青ざめた。

「コナーに報告《ほうこく》させてもらう」と、ローデン。「いくらなんでもやりすぎだ」

「いわないでくれ。すでに疑《うたが》われてるんだ。排除《はいじょ》計画を立ててるんじゃないかって。そのうえセージまで襲《おそ》ったと思われたら、首が飛ぶ」

「罰《ばつ》を受けろ」と、おれはいってやった。「王子になれるかどうか心配してる場合じゃない」

トビアスは涙《なみだ》ぐんでいた。「助けてくれよ」

「きのうの晩《ばん》、おれを殺そうとしたくせに。いまさら、知ったことか」

「た、頼《たの》む。なんでもするから」

「うそをつけっていうのか？　こっちの身が危《あぶ》なくなる。なぜそこまでしなきゃならないんだ？」

トビアスの声が高くなった。「お願いだ、セージ。なんでもいうことをきく。助けてくれたら、味方するから」

トビアスはおびえていた。コナーがモットにおれを地下牢《ちかろう》に連れていけといったとき、おれもこんな顔をしていたのだろう。罠《わな》をしかけたのはおれだが、だんだんあわれになってきた。「助けてやってもいいが、条件《じょうけん》がある。落ちこぼれになれ。ばかになって、引っこんでろ。王子のようにふるまうな」

「きのうの話は本当なのか？　コナーは本当に、おぼえ書きのことを知ってるのか？」おれがうなずくと、トビアスの目から涙があふれた。「じゃあ、どっちみち殺される」

「そうはさせないと約束したら？　おまえが勝負からおりるなら、おれが命がけで守ってやるよ」トビアスを脱落《だつらく》させるだけでなく、とうとう命まで背負《せお》うはめになってしまった。

エロルがイモジェンとモットを連れてもどってきたので、ローデンがすばやく包丁をローデンのマットレスの下にしまった。運よく、だれも見ていなかった。

モットは細長い寝室《しんしつ》をすばやくつっきり、おれを反対向きにして背中《せなか》を見つめ、これみよがしに悪態《あくたい》をついた。「コナーさまに報告せねば。事情《じじょう》を説明しろ。さもないと、コナーさまの前で事情をきくぞ。そのあとどうなるかはわかるな」

おれはトビアスをちらっと見た。トビアスがおれの条件を飲んだしるしにうなずく。

「じつは情《なさ》けない話でさ。きのうの夜、窓《まど》から抜《ぬ》けだそうとしたら、窓枠《わく》に引っかかって、枠で背中をこすったんだ」

「すり傷《きず》じゃないぞ。切り傷だ」

「窓枠がぎざぎざなんだ」と、おれはいいはった。「このていどですんでよかったよ。でも自業自得だよな。外に出ちゃいけなかったんだから」なにくわぬ顔で肩《かた》まですくめてみせた。「ばれなければ良かったんだけど」

「これほどの傷をごまかせるはずがない」モットは小声で毒づいた。「まったく……コナーさまのいいつけを守ったふりをする気だったのか？」

「外を見たかっただけだよ。窓の外に立つだけでせいいっぱいだろうし」

「移動《いどう》など不可能《ふかのう》だ。だがおまえなら、ためして死んでいたかもしれない」モットは一息入れてつけくわえた。「では、この件《けん》はコナーさまにはいわないでおく。だが処罰《しょばつ》しないわけにはいかん。この数日で体力が弱っているから気が引けるが、今日は食事抜《ぬ》きだ」

文句《もんく》をいおうとしたら、モットは眉《まゆ》をつりあげた。「それとも、コナーさまに罰《ばつ》を決めてもらうか？」

「いいよ、どうせ腹《はら》はすいてないし」

＊

アマリンダ姫《ひめ》が午前中いっぱい寝室《しんしつ》ですごすと知らせてきたので、モットはトビアスとローデンを連れてコナーとの朝食に向かい、おれの傷《きず》の手あてのためにイモジェンが残った。イモジェンは、すぐに傷の血を洗《あら》いながしはじめた。よそよそしい態度《たいど》だったが、背中《せなか》の傷をきれいにする手つきは、あいかわらずやさしかった。

「うそだとモットにばれてるわよ」と、イモジェンがささやいた。

「おれ、そんなにうそが下手かな？」

「あなたから真実をきいて作り話と比《くら》べてみないと、なんともいえないわね」おれが激痛《げきつう》でうめくと、イモジェンはいったん手をとめた。そのあとは布《ぬの》を背中にそっとあてててくれたので、なにも感じなかった。「なんの傷なの？」

「包丁」

「持っていたのはだれ？」ためらうおれに、イモジェンはさらにいった。「残りふたりのどちらかよね。これはただの切り傷じゃない。長い刃《は》をおしあてられたんでしょ」

「傷にくわしいんだな」

「今朝、包丁が一本消えたって、料理人がいってたの。あの人は、切れ味がにぶらないよう、つねに手入れしてるのよ。あなた、だからパン生地を練りにきたんでしょ。包丁に近づきたくて」

「いや、じつはトビアスに包丁を盗《ぬす》ませないためだったんだ。あいつ、すでに一本盗んでてさ。複数《ふくすう》の包丁で切られたら、たまったもんじゃない」

にやりとしたり、くすっと笑ってくれたりすると思ったのに、イモジェンはおれの言葉などきこえなかったかのようにいった。「朝いちばんにたしかめてきたわ。あなたが盗んだ包丁は元の場所にもどしてあって、床《ゆか》に数滴《すうてき》血が垂《た》れてた」

「きれいにふきとったと思ってたのに」

イモジェンはむっとして、おれのベッドをたたいた。「セージ、ふざけないで！　殺されかけたのよ！」

「そんなおおげさな。殺せると思わせたかっただけさ」

「こんなゲーム、つづけなきゃいけないの？」

「参加者はひとり減《へ》ったよ」

顔を見なくても怒《おこ》っているのはわかったが、イモジェンは「じゃあ、いくわよ。痛《いた》いから覚悟《かくご》して」としかいわなかった。

「だんだん、慣《な》れてきたから――」おれはそういいかけたが、背中《せなか》にアルコールをひたした布《ぬの》をおしつけられて、うめき声をあげた。どうやらおれは、イモジェンの同情《どうじょう》の限界《げんかい》をこえてしまったらしい。

「エロルを呼《よ》びもどしたほうが良さそうね」

「かもな」おれはうめきながらいった。「少なくともエロルなら説教されずにすむ」

「だれかが叱《しか》らないとだめなの！　ひとりで手あてできないなら、もう怪我《けが》しないで！　こんな体じゃ、だれも王子と思ってくれないわよ」

イモジェンが新しい包帯を巻《ま》きはじめた。今回は肩《かた》からななめに古い包帯の下まで巻かなければならない。包帯を結んだあと、イモジェンはおれの態度《たいど》の変化に気づき、口調をやわらげた。「ごめんなさい。いいすぎたわ。あなたなら、きっと王子になれるわ」

おれは、そのままイモジェンに背中をむけていた。「もしなれなかったら？　コナーに選ばれても、まわりの目にはセージとしか映《うつ》らなかったら、おれはどうなる？」

「本来の自分でいるだけで、そんなにひどい目にあうの？」

おれはにやりとして、イモジェンのほうをふりかえった。「王座《おうざ》をだましとった罪《つみ》で処刑《しょけい》される以外は、ってこと？」

イモジェンは声をあげて笑った。「そうだったわね」

そのあと、おれはまた真顔になった。「きみはどうなんだ？　おれが宮廷《きゅうてい》で王子として紹介《しょうかい》されたとき、もしその場にいたら、おれに頭を下げる？」

イモジェンは少し間《ま》をおき、ゆっくりと首をふった。「あなたが選ばれればいいと思ってるし、もし選ばれたら信じてもらえると思う。あなたならりっぱな国王になるわ。でも、あたしは知りすぎている。偽者《にせもの》には頭を下げられない」

イモジェンが寝室《しんしつ》を出ていくとき、おれは顔をそむけていた。残念だが、イモジェンの気持ちは痛《いた》いほどわかる。偽《いつわ》りの王子には、だれだって頭など下げたくない。

30

モットから罰《ばつ》として食事をとりあげられたが、今日は屋敷《やしき》に来てからいちばんまともに食べられそうなことが、だんだんわかってきた。トビアスが朝食の半分以上をこっそり持ちかえってくれたし、エロルも掃除《そうじ》のついでに食べ物を運んできて、おれが食べおわるのを待って「ああ、他の人の食事だったのに」などと見えすいたうそをいった。

この日はアマリンダ姫《ひめ》が屋敷にいるので、自習のときも寝室《しんしつ》にこもらなければならなかったのだが、昼食が運びこまれたあと、トビアスは丸ごとゆずってくれ、ローデンも半分わけてくれた。

「ローデン、おまえは、おれに負い目なんてないのに」

「いまはな。でも、もしおまえが選ばれたら、トビアスと同じようにおれの命も救うと約束してほしいんだ」

「おまえも、おれの命を救ってくれると約束するか?」

とたずねたら、ローデンは肩《かた》をすくめた。「コナーを望みどおりに動かすなんて、おれにはむりだ。たとえ国王になったとしても」

おれはローデンの肩をぽんとたたいた。「じゃあおれは、自分の命を守るために、王子に指名されなきゃな」

そばにいたトビアスがとつぜんベッドから足をおろし、ドアを強くたたいて召使《めしつか》いを呼《よ》び、トイレに行きたいとつげた。今日は授業《じゅぎょう》もここで受けるので、寝室を出られるのはトイレのときだけだ。

「なあ、トビアスは腹《はら》の虫がおさまらなくて、またおまえの命をねらうかな？」トビアスが出ていったあと、ローデンがたずねた。

「べつに、おれを殺そうとしたわけじゃない。殺せると思わせたかっただけさ」

「おれにいわせりゃ同じだ。まあ、結局、おまえが有利になっただけだけど……。あっ」と、ローデンが目を見ひらいた。「おまえ、わざと仕組んだのか？」

「あいつは追いつめられてたからな。台所で包丁を盗《ぬす》んでたから、近いうちになにかあるとは思ってた」

「あいつが包丁を盗んだって、なぜ報告《ほうこく》しなかった？」

「それくらいじゃ問題にならないだろ。でも、きのうの晩《ばん》のあれは、さすがにゆるされない。トビアスもそれがわかってるから、おれの条件《じょうけん》を飲んだんだ」

ローデンはゆっくりと首をふった。「おまえ、わざと襲《おそ》わせたな」

おれは口元をほころばせた。「まあな。軽く切りつけたら、すぐにおびえてやめると思ってた。やめてほしかったよ。じょうだん抜《ぬ》きで痛《いた》かった」

ローデンは声をあげて笑い、信じられないといわんばかりに、また首をふった。「おまえみたいな変人は初めてだ。トビアスは教養があるかもしれないが、いちばんの切れ者じゃない」おれはくすくすと笑ったが、ローデンは真顔になってつづけた。「セージ、これで本当におれとおまえとの一騎打《いっきう》ちだ。わかってるだろうが、負けないからな」

「残酷《ざんこく》だよな、このゲームは。ここだけの話だけど、コナーのいまのお気に入りはおまえだ」

ローデンがうなずく。「好きなように、いたぶってくれ。おれは、おまえを殺そうとはしないから」

「でも、その気になれば殺せるだろ。外でクレガンと剣術《けんじゅつ》の稽古《けいこ》をしているのを見たぞ」

「クレガンはコナーにおれを選ばせたがってる。だから、おれに準備《じゅんび》させてるんだ」ローデンの声が高くなった。「それのどこが悪い？」

「べつに。おれを殺すためじゃなく、コナーに選ばれるための稽古とわかってほっとしたよ。なにせおれには、これ以上怪我《けが》する場所がないんで」

「ふざけてる場合かよ。おまえ、よっぽど痛《いた》い思いをしたいんだな。つねにだれかを追いこんで、結局はやられてる」

「痛い思いはごめんだ」おれはきっぱりといった。「もしおれを殺すと決めたのなら、手早く頼《たの》むぜ」

ローデンがかわいた笑い声をあげ、そのあとはおたがいほとんどしゃべらずに昼食を食べた。数分後、トビアスがもどってきたときには、すでにグレーブス先生がカーシア国の重要な書物や美術《びじゅつ》について、退屈《たいくつ》きわまりない授業《じゅぎょう》を始めていた。トビアスは授業のあいだずっとベッドに寝《ね》そべり、グレーブス先生になげかれていた。劣等生《れっとうせい》のふりをするトビアスを見て少し気の毒になったが、残念ながらそれがいまのあいつの立場だ。

昼下がりにエロルとふたりの召使《めしつか》いが、おれたちを偽《にせ》の召使いに仕立てるための準備をしにきた。

「なぜこんなに早く？」と、ローデンが自分の召使いにたずねた。

「いまは孤児《こじ》にしては清潔《せいけつ》ですが、やはり孤児のままです。王子の婚約者《こんやくしゃ》であらせられる姫《ひめ》の前に出るには、もう少し清潔にならないと」

「姫を見たのか？」おれもローデンの召使いに質問《しつもん》した。

ローデンの召使いは、たとえ見たとしても認《みと》めようとしなかったが、エロルがおれの服を集めながらそっと耳打ちしてくれた。「見ましたよ。どの姫にも負けないくらい、おきれいです。今夜、姫に給仕できるなんて、幸運だと思うべきですよ」

おれはくたくたで幸運とは思えず、姫の容姿《ようし》もどうでもよかった。なんなら代わってやろうかとエロルに持ちかけたら、代わりに洗濯《せんたく》をしてくれるならいいですよといわれ、この取引は早くも消えた。

おれたちをいっぱしの召使いに仕上げる作業には、ぎざぎざの髪《かみ》を切りそろえてたばね、つめにやすりをかけるだけでなく、給仕する相手のそばにいるときは背筋《せすじ》をのばすのがいかに重要か教えこむことまでふくまれていた。

エロルはおれのために奮闘《ふんとう》してくれたが、残念ながらおれの短いほうの横髪は、どうしてもほつれて顔にかかってしまう。エロルはとうとうあきらめ、姫のそばにいるときはかならず髪を顔からはらうようにといった。でもその命令にしたがわないことは、おれもエロルもわかっていた。

支度《したく》が終わると、おれたちは鏡の前に立たされた。給仕のときに袖《そで》が食べ物にふれないよう、白いシャツの袖は短く切ってあった。シャツの上に着たベストは土色で、飾《かざ》り気がなく、ひもで前を結んであった。靴《くつ》はかかとが低く、使い古しだ。

おれは鏡の前で、ばからしくなって笑った。「ここでは衣装《いしょう》がすべてなんだな。召使《めしつか》いの基本《きほん》も知らないのに、それらしいかっこうをさせるなんて」

「ぼくには似《に》あってるよ」おれの横でトビアスがつぶやいた。「いまのぼくには、ぴったりだ」

「うん、気に入った」ローデンは体をひねり、鏡に後ろ姿《すがた》を映《うつ》した。「いまの服より動きやすい」

モットが入ってきて、おれたちひとりひとりをつぶさにながめた。はげ頭をみがいてきたのか、いつもより頭がぴかぴかで、コナーと同じくらいきらびやかな服を着ている。今夜は食事に同席するほど重要人物ではないにせよ、ただの召使いとはちがう使用人として、特別待遇《たいぐう》を受けるらしい。きびしい口調で切りだした。

「おまえたちがばかなまねをしないかぎり、今夜はうまくいくと信じている。これからいうことを肝《きも》に銘《めい》じておくように。自分からはけっしてコナーさまに話しかけないこと。直接《ちょくせつ》話しかけられないかぎり、相手の目を見ないこと。わたしの指示《しじ》にしたがい、わたしが命じたのでないかぎり、姫《ひめ》になにもしないこと」モットは、おれをまっすぐ見た。「三人とも変装《へんそう》していることを忘《わす》れるな。おまえたちが宮廷《きゅうてい》で披露《ひろう》されたあと、万が一姫が今夜ここで会ったことを思いだしたら最悪だ。セージよ、おまえのほおの傷《きず》は目立つな」

「宮廷で披露されるころには治ってるさ」と、おれはいった。「前にイモジェンがほおにあざをつけたまま給仕してたから、このほうが召使いらしいだろ」

モットはおれの挑発《ちょうはつ》にのってこなかった。「背中《せなか》の傷はどんな具合だ？　例の窓枠《まどわく》でできた傷は？」

「今日まともに食事をとっていたら、もっと治りが良かったと思うよ」

モットはにやりとし、エロルに目でたずねた。「化膿《かのう》はしてません」とエロルが報告《ほうこく》する。

「それはよかった」と、モット。「汚《よご》れた窓枠なら化膿しかねない。きいた話だと、昨晩《さくばん》、台所から包丁が一本なくなったそうだ。いちばん切れ味のよい包丁が消えたらしい。台所の包丁なら、つねに清潔《せいけつ》だな」

「なくなったのは一本だけですか？」トビアスがちらっとこっちを見たが、おれが首をかしげるとあわてて目をそらし、小声でなにかつぶやいた。悪態《あくたい》をついたのだろうが、どうでもいい。おれの名が出る悪態は、悪魔《あくま》への呪詛《じゅそ》と決まっている。

「ああ、一本だけだ」と、モットはトビアスの真正面に移動《いどう》した。「刃《は》の長さがセージの傷と同じ長さの包丁だ。心あたりはないか？」

トビアスは一歩下がり、視線《しせん》をさまよわせて答えようとした。が、声をあげたのはおれだった。「料理人が包丁をおき忘れた場所なんて、おれたちにわかるはずがない。もうあの窓から外に出ないから、今後は怪我《けが》もしないはずさ」

モットは明らかに信じていない声であざ笑ったが、それ以上はいわなかった。「さあ、自分の召使いの後ろにならべ。じきに夕食の席が整うぞ」

31

その晩《ばん》の夕食は、食堂ではなく、大広間に用意された。すでに数名の客が席についていたが、姫《ひめ》と、つきそいで来た姫の両親はまだだった。

おれは大広間のドアの横に立って、給仕たちが出入りするのをながめるだけのドア係を命じられた。トビアスとローデンの仕事も似《に》たり寄《よ》ったりで、ふたりとも大広間の隅《すみ》に立ち、夕陽がだれかの目に入ったらカーテンをしめるだけの係だった。

モットが、アマリンダ姫と両親と侍女《じじょ》たちの到着《とうちゃく》をつげた。

コナーがいったとおり、アマリンダ姫は美しかった。栗色《くりいろ》の髪《かみ》を顔にかからないようにまとめ、カールして背中《せなか》に垂《た》らし、茶色の射《い》るような目で周囲をながめている。コナーの姿《すがた》をみとめた瞬間《しゅんかん》、姫は顔を輝《かがや》かせ、親しみのある人なつこい笑みをうかべた。コナーはテーブルについていたほかの者とともに立ちあがり、アマリンダ姫とその両親におじぎをした。

姫の一家や婚約《こんやく》のいきさつについては、グレーブス先生からすでに教わっていた。アマリンダ姫とダリウス皇太子《こうたいし》との婚姻《こんいん》は、姫が生まれたときから決まっていた。姫はダリウス皇太子より三歳《さい》年下で、エクバート王が長年探《さが》しまわって見つけた賜《たまもの》だった。エクバート王は、息子の嫁《よめ》に他国の姫を希望していた。強力な人脈を持ち、婚姻を通じてカーシア国とのつながりを深める価値《かち》があるが、本人は王位を継《つ》ぐ立場にはなく、政治《せいじ》的野心とは無縁《むえん》の姫を探していたのだ。

アマリンダ姫は、バイマール国の国王の姪《めい》にあたる。姫の両親は娘《むすめ》がよちよち歩きをする前から、おまえはエクバート王の後継者《こうけいしゃ》に嫁《とつ》ぐのだといいきかせていた。姫は相手を選べなかったにもかかわらず、成長するにつれてダリウス皇太子に強くあこがれるようになった。姫も皇太子も、姫が成人して結婚《けっこん》する日を待ちこがれていたらしい。

アマリンダ姫は、ドアの横に立っていたおれの前を通りすぎるときに足をとめた。「あなた、なにを見ているの？」

その瞬間、モットの指示《しじ》などどこかにふっとんでしまった。姫に話しかけられたら答えてもいいのだが、話しかけられたのはおれが姫をじろじろ見ていたからで、それはゆるされないことだった。

「姫さま、この者をどうかおゆるしください」と、モットが前に進みでた。

「ゆるすもなにもありませんわ。ただ、なにに興味《きょうみ》を持ったのか気になっただけですから」

答えていいかどうか知りたくて、モットを見た。モットが目で警告《けいこく》しつつうなずいたので、おれは口をひらいた。「顔に泥《どろ》がついています」

姫は眉《まゆ》をつりあげた。「ふざけているの？」

「いえ、姫さま。ほおについています」

アマリンダ姫《ひめ》が侍女《じじょ》のほうを向く。侍女が顔を赤らめて泥《どろ》をこすりとったので、姫は侍女にたずねた。「なぜここに来る前にいわなかったの？」

「先を歩いておられましたので、見えませんでした」

「でもこの子は見たのよ。ただの召使《めしつか》いなのに」姫はそういうと、またこっちを向いていいわけをした。「部屋を出る前に窓《まど》をあけて、外をながめていたの。きっとそのときについたのね」

「泥のせいで美しさが損《そこ》なわれたとは、一言もいってません。ただ、泥がついていたというだけのことです」

姫は照れ笑いのようなものをうかべ、おれに向かってうなずくと、そのまま進んで席についた。コナーがこっちを見ているので横目でちらっと様子をうかがったが、完全に無表情《むひょうじょう》で、おもしろがっているのか、ほっとしているのか、怒《おこ》っているのかわからない。

夕食があまりにもかぐわしいので、じつは変装《へんそう》中だとばらしていっしょに食べたくなったが、ありったけの自制心《じせいしん》でなんとか食欲《しょくよく》をおさえた。食卓《しょくたく》には、ぶあついロースト肉が用意してあった。添《そ》えものはゆでたニンジンとジャガイモだ。熱あつのパンと輸入《ゆにゅう》チーズもある。コナーがアマリンダ姫にすすめながら、なんとかチーズだとおれの知らない名前を口にした。

給仕係の中にイモジェンもいた。ひたいに切り傷《きず》がひとつある。コナーにいわせると、これも不器用なせいなのか？　給仕中にいくら見つめても、イモジェンは部屋に出入りするたびにおれの目をさけていた。また怒らせてしまったのか？　それとも、ますます危険《きけん》になるコナーの計画に巻《ま》きこまれたくないのか？

大広間の向こうでは、トビアスがなんの関心もしめさずにつっ立っていた。下ばかり見ているので、ぜんぜん目立たない。ローデンは飢《う》えた顔をし、強いあこがれの念をあらわにアマリンダ姫を見つめている。

食卓の会話は、あたりさわりのない世間話から始まった。コナーは首都ドリリエドの政治《せいじ》とは無縁《むえん》の田舎《いなか》暮《く》らしについて語り、アマリンダ姫は数週間にわたるカーシア国内の旅を話題にした。姫の両親は、将来《しょうらい》の王妃《おうひ》となる娘《むすめ》のほうが自分たちより重要だとこころえて、娘に会話をゆだねていた。

メイン料理が運ばれたあと、コナーはたぶんおれたちにきかせるために、王子との結婚《けっこん》と即位《そくい》を話題にした。するとアマリンダ姫はくちびるをきつく結び、「もしかしたら、結婚は永遠《えいえん》に実現《じつげん》しないかもしれませんわね」と、コナーのほうをちらっと見た。コナーは、いかにも心配そうな顔をしている。姫は少し間《ま》をおいて、つけくわえた。「数日前、ある噂《うわさ》を耳にしたんです。国王夫妻《ふさい》と皇太子《こうたいし》に関する噂を」

「ほう?」コナーの見ひらかれた目は、本当に興味《きょうみ》しんしんのように見えた。知っているくせに。コナーの役者ぶりには脱帽《だつぼう》だ。

「きいていらっしゃいません?」

「国王夫妻と皇太子は北のジェリン国を視察《しさつ》中ときいております。この時期には、よくそうなさるので」

「あの方たちと最後にお会いになったのはいつですの?」

「数週間前になりますな。視察に行かれる前に」

「そのときはお元気でした?」

「ええ、まちがいなく」

ここでアマリンダ姫《ひめ》の父親が「では、あの噂《うわさ》はうそだな」と安堵《あんど》のため息をついて、妻《つま》の手をとった。姫の母親もほっとしているようだ。

「王室には、つねに噂がつきものでして」これで一件《いっけん》落着とばかりに、コナーがいった。「下じもには、もっとも手ごろな娯楽《ごらく》ですからな」

食卓《しょくたく》で笑い声があがったが、アマリンダ姫だけはにこりともせず、重おもしい声で話の主導権《しゅどうけん》を握《にぎ》った。「国王夫妻《ふさい》と皇太子《こうたいし》は亡《な》くなったとききました。殺されたのだと」笑い声がやんだ。「三人とも夕食の最中に毒をもられ、朝には死んでいたと」

モットが持ち場についたまま、おれをちらっと見て首をふり、反応《はんのう》するなと警告《けいこく》した。おれは胃がひっくり返りそうになったが、むりやり無表情《むひょうじょう》で無関心なふりをした。もし反応していたら、コナーは話題を変えただろうが、おれとしてはこの話題をつづけてほしい。コナーにしてみれば、おれたちに情報《じょうほう》を流さないのはかんたんだが、姫の追及《ついきゅう》はかんたんにはかわせないだろう。だが、おれがいちばんききたい質問《しつもん》は、姫が口にするはずのない質問でもあった——新王子も命をねらわれるのか?

コナーは身を乗りだして手を組んだ。「姫、明日はドリリエドの城《しろ》へ行かれるご予定では?」アマリンダ姫がうなずくのを見てつづけた。「では、それまでその噂は放っておきましょう。真実であれ、うそであれ、城に入ればすぐにわかります」

「待つのは、口でいうほどかんたんじゃありませんわ」アマリンダ姫の声には、深い悲しみがこもっていた。

「もし世継《よつ》ぎがいないのなら、世継ぎの婚約者《こんやくしゃ》もいらなくなる。結婚《けっこん》しないうちに未亡人《みぼうじん》となってしまいますわね」

「たとえ噂が真実だとしても、別の方法があるかもしれませんぞ。姫にとっても、カーシア国にとっても、打つ手がないと決まったわけではないのかも」

アマリンダ姫が興味《きょうみ》をしめし、眉《まゆ》をつりあげる。コナーは数秒ほど間《ま》をあけた。姫の期待をあおるためにちがいない。なんと薄情《はくじょう》な。残酷《ざんこく》といってもいい。ようやくコナーがつづけた。「もしジャロン王子が生きているとしたら？」

アマリンダ姫は凍《こお》ったように動きをとめた。食卓のほかの者もだ。だがコナーだけは、この瞬間《しゅんかん》をおおいに楽しんでいた。周囲の人間を、自分のゆがんだゲームの手駒《てごま》のようにあやつっている。おれの人生とコナーの人生がからみあったのが、心底うらめしい。

姫の母親が口をひらいた。「ジャロン王子が四年前に海賊《かいぞく》に殺されたことは、周知の事実ですよ。そうではないとおっしゃるの？」

「希望が消えたわけではないと、もうしあげているだけです」コナーはそういうと、アマリンダ姫に話しかけた。「姫、もしかしたら予定どおり、じきに王室に入られることになるかもしれませんぞ」

「わたくしが、そんなに浅はかだとお思いになって？」アマリンダ姫は、むっとして立ちあがった。「王座《おうざ》ばかり気にして、皇太子《こうたいし》ご本人はどうでもいいと？　ジャロン王子がもどれば万事解決《かいけつ》とおっしゃりたいようですが、わたくしはダリウス皇太子の身が心配なのです。ダリウス皇太子が生きているかどうか、なにがなんでもつきとめたい！」少しのあいだ目をとじて、落ちつきをとりもどし、おだやかな口調でつづけた。「無礼とはぞんじますが、部屋にもどらせていただきます。頭痛《ずつう》がしますの」

父親がつきそおうと立ちあがったが、姫《ひめ》が手をあげてとめた。「いいえ、お父さまはここに残って夕食をつづけてくださいな。侍女《じじょ》たちにつきそわせますわ」

「では、うちの者に部屋まで送らせましょう」と、コナーがモットのほうへ手をふった。

けれどアマリンダ姫はおれを見た。おれは、どうか目をそらしてくれ、と祈《いの》りながらうつむいた。「あの子でけっこうです」

コナーはためらってから笑みをうかべ、姫に向かってうなずいた。コナーは立場上、姫の頼《たの》みをこばめないのか？　それとも、この申し出が気に入ったのか？　おれはぜんぜん気に入らないが。

「姫さま、部屋の場所がわかりません」と、おれはうそをついた。まぬけで下手なうそだ。なにせ姫の部屋は、おれが屋敷《やしき》に来た初日に風呂《ふろ》に入ったあの部屋だから。

「わたくしが知っているわ。ただ、つきそってくれればいいの」

行け、とコナーが追いはらうように手をふるので、おれはおじぎをし、姫とともに廊下《ろうか》に出て、そのまま先頭に立って大階段《かいだん》をのぼりはじめた。階段が永遠《えいえん》につづいているような気がする。さっさと姫を部屋に送りとどけて立ちさりたい。

背後《はいご》でアマリンダ姫がいった。「あなた、王族のつきそいをしたことがないのね。そんな早足で、わたくしがついていけると思う？　わたくしの速さにあわせてちょうだい」

おれは立ちどまったが、ふりかえらず、「もうしわけありません」と小声で謝《あやま》った。

「まだゆるすわけにはいかないわ。あなたしだいね」

姫が追いつくのを待って、今度はゆっくりと歩いた。

「あなた、名前は？」

「セージです」

「それだけ？」

「召使《めしつか》いですから。長い名前が必要でしょうか？」

「わたくしはアマリンダという名前でしか知られていないわ。わたくしも召使いかしら？」姫は自分の質問《しつもん》に自分で答えた。「もちろんそうよね。しかるべき時がきたら、カーシア国の評判《ひょうばん》のよい妃《きさき》となるためだけに、生きているのだから。あなた、ダリウス皇太子のことは知っている？」

「もちろんです」

「死んだという噂《うわさ》は？」

「きいてはいます」噂じゃないのも知っている。

姫《ひめ》がおれの気を引こうと腕《うで》にふれた。おれは足をとめたが、目はふせていた。「ねえ、セージ、本当に死んだの？　もし知っているのなら、教えてちょうだい。ドリリエドの城《しろ》で、だれか知りあいが働いていない？召使《めしつか》い同士、話をするものよね？」

おれは初めて姫のほうをふりかえった。が、目はあわせられなかった。「召使いたちは、もしアマリンダ姫が王室に入るためにジャロン王子との結婚《けっこん》をせまられたらどうするだろうって噂《うわさ》してます。もちろん、ジャロン王子が生きていればですが」

アマリンダ姫はかなり長い間《ま》をおいて、いった。「召使いにしては、ずいぶんはっきりいうのね」

また歩きだしたら、姫が追いかけてきた。「ねえ、ジャロン王子は本当に生きているの？　国王一家の生死はともかく、もしジャロン王子が生きているのなら、宮廷《きゅうてい》に披露《ひろう》されるはずよね」

おれはあいかわらず目をふせたまま、姫の部屋のドアの前で立ちどまった。「姫さま、着きました」

「あら、あなた、部屋の場所がわからないんじゃなかったの」

しまった！　でも、おれはそれにはふれず、姫にたずねた。「ほかにご用はございますか？」

「セージ、なぜあなたにつきそいを頼《たの》んだと思う？」

おれは首をふった。多少あからさまに、ため息をついたかもしれない。長時間立っていたせいで背中《せなか》が痛《いた》いし、食事はまだだし、演《えん》じるのもうんざりだった。しかも、もしおれがジャロン王子になったら強制的《きょうせい》に妻《つま》となる女性《じょせい》が、じつは王子の兄を愛していただなんて、ききたくもない。

「あなたに頼んだのは、さっきわたくしに正直に話したからよ。あの部屋に泥《どろ》だらけの顔で入っても、別の召使いにたずねたら、その召使いはおじぎをして、あいかわらず美しいと答えたでしょうね。わたくしのような立場になると、だれも信用できないことが、だんだんわかってくるのよ」姫はおれがなにかいうのを待っていたが、無言なのでつづけた。「だからわたくしの悩《なや》みについて、あなたの率直《そっちょく》な意見をきかせてちょうだい。内心ではなにかがおかしいと思いつつ、ダリウス皇太子《こうたいし》に会えると期待して、このままドリリエドへ向かうべきかしら？　それとも、もしすでにダリウスがいないのなら、わたくしはドリリエドに居場所《いばしょ》がないから、城へは行かないほうがいい？」

今度はおれも姫の目を見たが、食い入るような視線《しせん》に、すぐ目をそらした。「姫さまは城に行くべきです。つねに希望をお持ちになるべきかと」

「それは良い助言ね。おかげで頭痛《ずつう》が軽くなったわ。ありがとう、セージ」と姫は悲しげにほほえんだ。「わたくしがうらやましい？　王族のわたくしが？」

おれは首をふった。おれ自身、ドリリエドの城に近づけば近づくほどこわくなる。

「うらやむ人は多いわ。でも、わたくしだって召使いよ。上等な服を着て、侍女《じじょ》たちもいるけれど、自分の人生を自由には生きられない。あなたもわたくしも、たいしたちがいはないわ」

本人は気づいていないけれど、姫は真実にせまっていた。それでもおれは、無言で床《ゆか》を見つめていた。

「こっちを見てくれないの？」

「はい、姫《ひめ》さま。姫さまと対等の立場ではないので、見られません」

姫はおれのほおに手をあて、反対側のほおにそっとキスしてささやいた。「じゃあ、セージ、この瞬間《しゅんかん》を忘《わす》れないで。わたくしのような立場の者が、あなたのような立場の者にやさしくしたこの瞬間を。次に会ったとき、もしダリウスが死んでいたら、わたくしはなんの地位もない者になっているから」

姫は侍女《じじょ》たちを引きつれて寝室《しんしつ》に入った。ドアがしまって初めて、おれは顔をあげた。

ダリウス皇太子《こうたいし》はすでに死んでいて、おれと姫はまもなく対等の立場で会うことになるのだが、そのとき姫が喜ぶとは思えなかった。

32

「どこへ行く？」歩きだしたとたん、モットに声をかけられた。ついてきていたのだ。

「寝室に。背中《せなか》が痛《いた》くて」

「アマリンダ姫のつきそいで出ていった召使《めしつか》いがもどらなかったら、食卓《しょくたく》のみなさまにどう思われる？」

「その召使いの包帯に血がにじみ、コナーの食卓に血を垂《た》らしたら、どう思われる？」

「まったく、おまえというやつは」と、モットはため息をついた。「部屋まで送ろう」

「いいよ。場所はわかるから」

「おまえが迷《まよ》わないようについてきたわけじゃない。姫についてどう思う？」

「ダリウス皇太子を愛してるみたいだね」

「ジャロン王子を好きになる時間はたっぷりある。それに、祖国《そこく》のために義務《ぎむ》を果たすのが王族の人生だ。幸せに恵《めぐ》まれるかどうかは運しだいだな」

「義務感《ぎむかん》だけでいっしょに暮《く》らすなんて、おれはごめんだ。あの姫にそんな茶番は似《に》あわない」

「コナーさまがおまえに用意したのは、一生仮面《かめん》をかぶって生きる人生だ。妃《きさき》となる女性《じょせい》は、おまえを愛するふりをするだけのほうがよかろう。本気で愛したら、まぼろしを愛することになる」

そういわれても、なんのなぐさめにもならない。

寝室《しんしつ》のドアのすぐ前の長椅子《ながいす》に、エロルがすわっていた。おれたちが近づくのに気づいてすぐに立ち、声をかけてきた。「具合が悪いんですか？」

「夕食を運んでくれ」おれはエロルをおしのけて部屋に入りながら、不機嫌《ふきげん》にいった。「それと、着がえの手伝いはいらない」

ところが皮肉にも、今日ばかりは手伝いが必要だった。数時間立ちっぱなしだったせいで肩《かた》と背中《せなか》がこわばり、動くたびに傷口《きずぐち》がひらきそうだ。数分後、食事の盆《ぼん》を運んできたエロルが見たのは、シャツのボタンをはずしただけで床《ゆか》にすわりこんだおれだった。

エロルは机《つくえ》の上に盆をおくと、だまって衣装《いしょう》ダンスからおれの寝間着《ねまき》をとりだし、おれにそれほど痛《いた》みを感じさせずにシャツをぬがせ、包帯をたしかめた。「イモジェンは一階で給仕中なんで、傷《きず》の消毒はぼくがやるしかないですね。熱を持ってますよ」

おれは無言で前にかがんだ。そのほうが文句《もんく》をいうより楽だ。エロルがアルコールをひたした布《ぬの》を背中におしあて、おれは激痛《げきつう》に背中をのけぞらせた。痛みが少しずつおさまってきて、ようやくほっとした。

「トビアスのしわざだってことは、屋敷《やしき》中の召使《めしつか》いが知ってます」とエロルがささやいた。「コナーさまの耳に入らなかったら、そっちのほうがおどろきですよ」

「誤解《ごかい》だ。窓《まど》から外に出ようとしたときの傷だよ」

「召使いには情報《じょうほう》が入ってくるんですよ。いろいろな裏情報《うら》が」

「じゃあ、おれとローデンとトビアスがここにいる理由も知ってるわけだ。みんな、コナーにだまってしたがうのか？　コナーのこんな計画に？」

「あなたたちが来てすぐ、コナーさまはぼくたちに、自分の行動は尊《とうと》いものであり、カーシア国にとって大変重要なのだと強調なさいました。計画のことが屋敷の外にもれたらどうなるか、たっぷり脅《おど》されもしましたよ。けれど、コナーさまもあなたも心配にはおよびません。この秘密《ひみつ》は、全員、墓場《はかば》まで持っていきますから。もしあなたが王子に選ばれたら、本物の王族のようにひれ伏《ふ》しますよ」

エロルはそういって包帯を巻《ま》きおえ、寝間着を着せて、前のボタンをとめてくれた。それすら、いまのおれにはできなかったのだ。

部屋を出ようと立ちあがったエロルに、おれは礼をいった。「今夜はありがとうな、エロル。毎晩《まいばん》、いろいろとありがとう。あつかいにくいだろ、おれは」

「謝罪《しゃざい》の言葉として受けとっておきますよ。夕食はそこの机の上ですから。では、おやすみなさい」

＊

ベッドで横になっていたら、ローデンとトビアスがもどってきた。トビアスはいつもより静かに入ってきて、おれには目もくれずベッドに寝《ね》そべったが、ローデンは近づいてきた。「おまえが大広間にもどってこなかったから、コナーはかんかんだ。いますぐ連れてこいってモットにいってたぞ」

おれはうめいた。「コナーのやつ、おれたちのことを奴隷《どれい》あつかいしておきながら、王族のようにふるまえだなんて、よくいえたもんだ」

そのときエロルが寝室《しんしつ》に入ってきて、おれの衣装《いしょう》ダンスをかきまわしはじめた。「もうしわけないんですが、いまの話のとおりでして。コナーさまがお呼《よ》びです。モットが廊下《ろうか》で待ってますよ」

ベッドから起きだしたとたん、痛《いた》みでひるんだ。エロルに服をさしだされたが、首をふった。「夜に呼びだすのなら、寝間着《ねまき》で会ってやる」

「それは失礼ですよ」

「寝《ね》てるとわかっていて呼びだすのだって、失礼だろ！」

ドアをあけたら、モットが立ちはだかって首をふった。「そのかっこうでは、コナーさまの元へ連れていけない。エロルに着がえさせてもらえ。いやなら、わたしがやる」

おれはモットの鼻先でドアをしめ、エロルに向かって腕《うで》をひろげた。エロルが服を持ってかけよってくる。

数分後、モットは身なりを整えたおれをしたがえ、コナーの事務室《じむしつ》へと向かっていた。

「おれ、まずいことになってる？」

「それは、コナーさまの質問《しつもん》に対する答えしだいだな」

事務室に入ったら、コナーはなにか書いている最中だった。机《つくえ》の前に立てとモットに指示《しじ》されたが、おれは椅子《いす》に腰《こし》かけた。完全に無視《むし》されたまま一、二分がすぎ、ようやくコナーが羽ペンをおいて顔をあげ、口をひらいた。

「どう思う？」

「姫《ひめ》のことですか？」おれは肩《かた》をすくめた。「きれいですね。馬面だときいてたのに」と答えたら、

「口をつつしめ！」とコナーにしかられた。「カーシア国の未来の王妃《おうひ》だぞ。もちろん、王子が見つかれば
の話だが。たしかに姫は、思いがけず美しい女性《じょせい》に成長した。その姫がなぜおまえをつきそいに選んだのだ？」

「顔に泥《どろ》がついてるって教えたからですよ。ばか正直さが気に入られたみたいで」

「それは運が良かったな。無礼者めとムチ打ちに処《しょ》せられても、おかしくなかったのだぞ」

「ムチ打ちなら、すでに経験《けいけん》済《ず》みですよ」

「切られもしたそうだな」

「それについては、モットに話してあります」

「おおかた作り話であろう」

「この屋敷《やしき》では、うそと真実がまざりあってるんです」

「セージよ、わが屋敷でゆるされるのは、真実のためのうそだけだ」

疲労《ひろう》で全身が痛い。意味のない会話などさっさと切りあげて、また横になりたい。でもその前にひとつだ
け、どうしてもききたいことがある。「なぜおれを姫と行かせたんですか？　おれを宮廷《きゅうてい》に連れていったとき、
姫に気づかれてしまうのに」

「あくまでも、おまえを連れていくことになればの話だ。おまえにがまんしつづけているのは、えこひいきでもなんでもない。その逆《ぎゃく》だ」

「まだ答えてもらっていませんけど。なぜおれを姫《ひめ》と行かせたんですか？」

「姫がおまえに気づく可能性《かのうせい》のことは、一瞬《いっしゅん》わたしも心配した。だが、おまえが釈明《しゃくめい》すればすむと判断《はんだん》したのだ。宮廷《きゅうてい》に連れていけるようになるまで、この屋敷《やしき》でわたしにかくまってもらっていたといえばいい。おまえと姫がすでに顔見知りだったという事実は、有利に働くかもしれん。さあ、今度はこちらが質問《しつもん》する番だ」

「その前にもう少し質問させてください」

といったら、コナーは眉《まゆ》をつりあげた。「ほう？」

「もし本物のジャロン王子が生きていたら、どうするんです？　本物が城《しろ》にもどってきて、おれが王座《おうざ》についていると知ったら？　いい気はしないですよね」

「ジャロン王子は死んだのだ。証拠《しょうこ》があると前にいっただろうが。アベニア国沖《おき》の海賊《かいぞく》どもは冷酷《れいこく》だ。王子の遺体《いたい》がいつまでたっても見つからないのは、おそらく身元を確認《かくにん》できる物がことごとく破壊《はかい》されたからだ。もめごとばかり起こす息子だったが、国王と王妃《おうひ》はジャロン王子を愛していた。とくに王妃はあきらめきれず、ジャロン王子の行方を探《さが》しつづけたのだが、結局はむだに終わった。船が沈《しず》んだ時点で生きていたかどうかも疑問《ぎもん》だ」

「その証拠というのは？」

「それは王子に選ばれた者にしか見せん」

「ジャロンが死んだ証拠があるのに、じつは生きていたなんて、それも証明《しょうめい》できるっていうんですか？」

「この四年間ずっと目と鼻の先にある孤児院《こじいん》にかくれていたと、本人が告白すればよい。セージか、ローデンか、あるいはトビアスという名前を使っていたが、王位を継《つ》ぐべくもどってきたと告白するのだ」

「本物のジャロン王子が殺される前から孤児院にいたと、どこかの孤児《こじ》がいいだしたらどうするんです？」

「なにかのまちがいだというまでだ。おそらくその孤児は、ある晩《ばん》、姿《すがた》を消すことになろう。セージよ、これまでも王座は、いまのわれら以上に説得力のない証拠をもとに、うばいとられてきたものなのだ。それに今回は、王子の身分を証明する品もある」

「えっ？」

コナーはかすかに首をふった。「その品は王子が選ばれたときに明かす。だが安心しろ。その品があれば、わたしが選んだ者はまちがいなく王子だと証明される。さあ、今度はこっちが質問する番だ。大広間を出たあと、アマリンダ姫とどんな話をした？」

「姫は、あんたになんの心配もいらないといわれたにもかかわらず、国王一家は死んだんじゃないかと不安がっていました。ジャロン王子が生きているという話は、信じていないようですね。おびえてますよ」

コナーはにやりとした。「ほう、それは利用できそうだ。姫の不安をあおって、わたしが披露《ひろう》した王子を受けいれるように仕向けよう。たとえ疑問をもったとしても、本物だと信じるしかないからしかたないと思わせるのだ」

おれは、コナーへの侮蔑《ぶべつ》の視線《しせん》をかくせなかった。姫《ひめ》の苦しみを利用しようと思いつくのが早すぎて、うんざりする。

「そんな顔で見るな！」とコナーが声を荒《あら》らげた。「都合よく善意《ぜんい》の被害者《ひがいしゃ》ぶったり、王子や召使《めしつか》いや孤児《こじ》になったりするくせに！　わたしはいついかなるときも、この途方《とほう》もない計画を進めねばならん。カーシア国の将来《しょうらい》を左右する役目を、手放しでは喜べないのに引きうけたのだ。おまえはどうだ？　引きうけるか？」

おれは、顔からいっさいの表情《ひょうじょう》を消した。「はい、引きうけます。おれが王子になりますよ」

「うぬぼれもいいかげんにしろ！　もはやトビアスは信用できんが、ローデンはなかなかの成長ぶりだ。今週のローデンはもっと評価《ひょうか》してよい。こんな短期間に、おまえたちのだれよりも学んでおる」

そのとおりなので、反論《はんろん》のしようがなかった。

コナーがつづけた。「おまえは本気で王子になりたいと思っておるのか？　心の中に迷《まよ》いがあるように見えるぞ。捕《つか》まったらどうなるか、こわいのか？　即位《そくい》した自分が想像《そうぞう》できないのか？　にもかかわらず、面と向かって王子になるなどとぬかしおって」

おれは、コナーに向かって片手《かたて》をさしだし、すぐに背中《せなか》に痛《いた》みを感じて後悔《こうかい》した。「ローデンを選ぶんですか？　あとさき見ずにつっ走るローデンを？　あいつは自分がなにを引きうけるのか、まったくわかってない。おれはちゃんと考えてますよ。王子になるのはおれです」

コナーは両手を組み、勝利の光で目をきらめかせた。「おお、わたしの読みはあたっていた。やはりおまえは、きちんとしたしつけと正しい動機さえあればよかったのだ。ようやくわたしに屈服《くっぷく》したのだな。うれしいぞ」

おれは、ちっともうれしくなかった。疲《つか》れきっているが、ひとりよがりのコナーに腹《はら》を立てるだけの気力は残っている。それでも、よけいなことはいわなかった。「もう、行っていいですか?」

コナーは一瞬《いっしゅん》ためらってからうなずき、おれはコナーを見ずに部屋を出た。モットが話しかけてきたが、無視《むし》した。コナーの言葉が耳から離《はな》れなかったのだ。王座《おうざ》に一歩近づくたびに、自分が卑屈《ひくつ》になるのがわかる。あとはただ、コナーにつぶされる前に目的を果たせるように祈《いの》るのみだ。

33

アマリンダ姫《ひめ》の一行は翌朝《よくあさ》早くに出発し、おれたちは授業《じゅぎょう》を再開《さいかい》した。ローデンはすらすらとは読めないが、つい最近勉強しはじめたことを思うと、おどろくほど成長していた。このぶんなら、もし王子に選ばれてもなんとかなるだろう。

ハバラ先生の授業中に、おれはモットに呼《よ》びだされ、剣術《けんじゅつ》を習うことになった。背中《せなか》に包帯を巻《ま》いたままではむりだと抵抗《ていこう》したけれど、むだだった。

「おまえが完治するのを待っていたら間《ま》にあわない。今日はおたがい木刀だ」と、モットが自分用に一本をとり、もう一本をおれのほうへ放りなげたが、おれはさっと飛びのき、木刀は地面に落ちた。

「なんだ、木刀がこわいのか？」と、モットがおれをからかった。

「攻撃《こうげき》をよける技《わざ》を実演《じつえん》しただけさ」おれは口の端《はし》をつりあげてにやりとした。「なかなかのもんだろ？」

「いや。木刀をとれ」

素直《すなお》にひろったら、モットが基本《きほん》的な守備《しゅび》を解説《かいせつ》してくれた。「ジャロン王子のような攻撃はむりだとしても、身を守る方法くらいは教えてやろう」

モットがつきだした木刀は、はばもうとしたおれの木刀をすり抜《ぬ》け、あばら骨《ぼね》に命中した。

「なんだ、この前よりも下手だな」

「あんなに強くムチで打ったりするからだ」

「おまえが切られたりするからだ」

おれはにやりとし、木刀を左下にふりおろし、モットのももをぴしゃりと打った。

「うむ、悪くない。だが王子ならではの稽古《けいこ》が足りない」

「練習不足だとごまかせばいい」

「なにをばかな。行方不明になる前のジャロン王子は、若輩《じゃくはい》ながら剣《けん》の達人だった。こんな情《なさ》けない状態《じょうたい》で、王子になりすますのはむりだ。なぜジャロン王子専用《せんよう》の剣が作られたと思う？」

おれは、肩《かた》をかすめようとしたモットの木刀をはばんだ。「もっとまじめに稽古をするようにとか？」

「ジャロン王子はつねに真剣《しんけん》に稽古していた。いずれ警護隊《けいごたい》を率《ひき》いて戦場におもむくと、宮廷《きゅうてい》で宣言《せんげん》したこともあるのだぞ」

「だとしたら、ばかだね」木刀をつきだしながらいったら、やすやすとかわされた。「ハバラ先生がいってたよ。エクバート王はとことん争いをさける国王だったって。カーシア国は代々《だいだい》戦争をさけてきたよな」

「カーシア国には複数《ふくすう》の敵《てき》がいる。ダリウス皇太子《こうたいし》はそれがわかっていた。おそらくジャロン王子も。しかし父親のエクバート王は、それがついぞわからなかった」

「エクバート王は無能《むのう》だったってこと？」

「悪い王ではなかったが、世間知らずではあった。敵国《てきこく》たちは年々勢力《ねんねんせいりょく》を拡大《かくだい》し、同盟《どうめい》関係を結び、武器《ぶき》をためこんできたというのに、エクバート王は敵国がカーシア国に向ける飢《う》えた視線《しせん》に気づかなかったのだ」

モットは肩《かた》をすくめた。「自分の城《しろ》の中にいる敵《てき》にも気づかなかった」

おれはここぞとばかりにモットの脇《わき》をつき、さらに打ちこんで、モットの木刀のバランスをくずした。モットは二歩下がり、木刀を握《にぎ》りなおした。「うむ、うまい手だ。完全に不意をつかれた」

「ジャロン王子の剣《けん》のほうがうまく戦えたのに」

「それは複製《ふくせい》とはいえ、あの剣のほうがすぐれているからだ。盗《ぬす》まれたのは、かえすがえすも残念だ。いまではコナーさまも、おまえたちが盗んだとは思っていない。おまえたちが責《せ》めを負うと見こして、召使《めしつか》いが持ちだして売ったと考えている」

「きっとクレガンがローデンに剣術《けんじゅつ》の稽古《けいこ》をつけるために持ちだしたんだ」

「それはなかろう。おまえはクレガンをきらっているが、クレガンはコナーさまによく仕えているぞ。コナーさまの命令をすべてこなしている」

「あんたもだろ」

といったら、モットが動きをとめて木刀をおろした。「コナーさまのためとはいえ、殺しまではしない。一線は越《こ》えないと決めている」

それは聞き捨《ず》てならなかった。「じゃあ、あんたの一線は意味がないね。コナーの命令でラテマーを殺したのはクレガンだけど、あんたはそれに手を貸《か》した。ならば、あんたが殺したも同然だ」

モットの目の中でなにかがゆらめき、やがてモットはくちびるを引きむすんだ。「稽古は終わりだ。木刀を壁《かべ》にもどせ。屋敷《やしき》まで送っていく」

*

その日はずっと授業《じゅぎょう》がつづいた。膨大《ぼうだい》な情報《じょうほう》をつめこまれ、ひとりも頭が爆発《ばくはつ》しなかったのは奇跡《きせき》に近い。授業中トビアスは居眠《いねむ》りをし、とうとう罰《ばっ》として寝室《しんしつ》にもどされ、見るからにほっとしていた。おれの熱意もトビアスと似《に》たりよったりだったので、ローデンはトップにおどりでるチャンスとばかりに、がぜん勢《いきお》いづいた。

その晩《ばん》、コナーとの夕食に向かうとき、トビアスが廊下《ろうか》でおれを引きとめた。「ぼくとの約束をおぼえてるよね？　ぼくが生きのびられるようにしてくれるんだよね、ね？」

「ああ、ちゃんと守るよ」

トビアスはほっとしてため息をついた。「じゃあ、きみが王子になれるように応援《おうえん》するよ。なにをすればいい？」

「べつに、とくには。もしおれが選ばれたら、忠誠《ちゅうせい》を誓《ちか》ってくれればいい」

トビアスはさらに声を落とした。「あの晩、きみを殺すつもりはなかった。そんな気は毛頭なかった。ただ、包丁が思ったよりよく切れたんだ。ちょっと傷《きず》つけて――」

「傷《きず》はそのうち治るさ」

「モットは見抜《みぬ》いていると思うんだ。たぶんコナーも」

「おれは約束を守る。おまえを死なせはしない」

「信じてるぞ」トビアスは慎重《しんちょう》に言葉を選ぶつもりか、いったん間《ま》をおいた。「本気だぞ、セージ。信じてるからな」

「そこのふたり、遅《おく》れるな」と、モットがおれたちに声をかけた。「コナーさまがお待ちだ」

食堂のすぐ手前でローデンとモットに追いついた。食堂に到着《とうちゃく》すると、モットはドアをあけてローデンとトビアスを中に入れたが、肩《かた》に手をかけておれを引きとめ、ドアをしめた。

心臓《しんぞう》がどきどきしたが、平静な顔をよそおった。モットは深刻《しんこく》な顔をしていた。今度はどんな罪《つみ》で罰《ばっ》せられる？　身におぼえは山ほどある。

「あのさ、おれがなにをしでかしたか知らないけど――」といいかけたが、モットは首をふっておれをだまらせた。

「ラテマーが殺されるとは知らなかった」モットは低い声でいった。「おまえのほうが先に気づいたのだ」

矢が刺《さ》さる直前にふりかえったラテマーの姿《すがた》は、頭に焼きついていた。夜は夢《ゆめ》にしつこくあらわれ、昼間もあらゆる場所についてくる。あのときあと数秒でも早く気づいていれば、ラテマーを救えたかもしれない。

「なぜいまさら、そんなことを？」

とたずねたら、モットは肩をすくめた。「地下牢《ちかろう》でのおまえの言葉を忘《わす》れていないといいたくてな。セージよ、わたしもコナーさまのいいなりにはならない」

＊

その晩《ばん》コナーは、おれたちにつたえなければならないことがあった。「首席評議員《ひょうぎいん》のベルダーグラスについて話したのをおぼえておるか？　虎視眈々《こしたんたん》と王座《おうざ》をねらっておるが、やつがカーシア国にあたえる悪影響《えいきょう》を思うと、なんとしても阻止《そし》せねばならん。そのベルダーグラスから、今夜、興味深《きょうみぶか》い手紙がとどいた。やっかいだが、都合もいい」コナーは、ほらとばかりにその手紙を持ちあげた。「都合がいいといったのは、ジャロン王子が生きているかもしれないという噂《うわさ》をやつがききつけたからだ。おそらく姫《ひめ》からきいたのであろう。今日、やつはアマリンダ姫と落ちあい、首都ドリリエドのすぐとなりのイーバスティンまでいっしょに行くことになっていてな。やつの家はイーバスティンにあるのだ。これで宮廷《きゅうてい》で王子を披露《ひろう》したときの衝撃《しょうげき》はやわらいでしまったが、王子が宮廷でみとめられるためには好都合だ」

「じゃあ、やっかいな点は？」おれはコナーに質問《しつもん》した。

「国王夫妻《ふさい》が死んだという事実まで、噂でひろまっていることだ。王位継承者《けいしょうしゃ》が決まるのは今週末だが、ベルダーグラスはそれまでに国王夫妻の死を利用して恐怖《きょうふ》をあおり、支持《しじ》を集めようとするであろう。わたしには、ジャロン王子の居場所《いばしょ》について有力な情報《じょうほう》を持っていないかと、手紙でさぐりを入れてきた。あいまいな返事を出したので、やつはいらつくだろうが、あと一日は時間をかせげる」

「あと一日って？」と、トビアスがたずねる。

コナーは深呼吸《しんこきゅう》をした。「明日、王子を選び、すぐにドリリエドへ向かう」

おれたちは顔を見あわせた。意外なことに、だれも興奮《こうふん》していない。コナーもそのことに気づいた。

「もっと興奮するかと思ったぞ」

「選ばれなかったふたりはどうなるんですか？」

というおれの問いに、コナーは一呼吸入れて答えた。「まだ決めておらん」

それはうそだと、だれもがわかっていた。

34

その晩《ばん》はなにごともなくすぎていった。トビアスもローデンも、おれが部屋を抜《ぬ》けだしたのを知っていたとしても、翌朝《よくあさ》はなにもいわなかった。朝食のあと、モットが寝室《しんしつ》に入ってきて、今日はコナーの指示《しじ》でいつもとはちがうことをやるといった。

モットは抱《かか》えていた荷物をほどいてイーゼルに乗せ、おれたちの前においた。それは春の庭で高い生け垣《がき》の前に立っている少年の絵だった。髪《かみ》は明るい茶色。根元ほど色が濃《こ》い。ちゃめっ気のある笑顔。やんちゃぶりをうかがわせる明るい緑色の目。この少年の無邪気《むじゃき》さと純真《じゅんしん》さは、おれたちのだれも持ちあわせていなかった。

「これがジャロン王子ですか？」ローデンがたずねた。

「いちばん新しい王子の絵だ」と、モットが答えた。「五年以上前の絵で、王子は九歳《さい》だった」

食い入るように見つめ、絵の少年と自分をつぶさに比《くら》べないではいられなかった。ローデンとトビアスも真剣《しんけん》に見つめているのは、やはり同じことを考えているからだ。それぞれ王子と似《に》ているところはあったが、ローデンはうんざりしてうめいた。「セージがいちばん似てる。コナーは反対のことをいってたのに」

「おまえは似ていると思うか？」

とモットにたずねられ、おれは肩《かた》をすくめた。「おれのほうが面長だし、髪《かみ》の色もちがう。この絵とおれを見比《みくら》べたら、評議員《ひょうぎいん》たちはおれが王子とは信じないね」

まわりが納得《なっとく》するほど絵に似《に》てるやつなどこの中にいるのか、とローデンが声高に文句《もんく》をいい、トビアスも同じ不満をもらした。

だがモットはおれたちをだまらせて、つづけた。「コナーさまは、おまえたちをできるだけ王子に似せたいとお考えだ。全員、ジャロン王子の髪型《かみがた》にあわせて髪を切る。セージ、おまえにはちょうどいい毛染《けぞ》め剤《ざい》を用意した。全員採寸《さいすん》しておき、選ばれた者にコナーさまが服をあつらえる。明日の朝、おまえたちの中から選ばれた者は、本物そっくりになっているだろう」

ローデンとトビアスの散髪《さんぱつ》中に、エロルがおれを毛染めに連れだした。

「いかにも染《そ》めましたって感じの髪になっちまうよ。元の色の髪がのびてきたらどうするんだ？」

「コナーさまは染めるたびに薬剤《やくざい》の量を減《へ》らしていけばいいとお考えです。一年もたたないうちに、髪の色が自然と変わったと思ってもらえますよ」

「コナーはなにごとも抜《ぬ》かりないんだな」おれは、いっさい好意のこもらない声でいった。

しばらくして毛染め剤を洗《あら》いながしたとき、鏡がないので自分の姿《すがた》を見られなかったが、エロルはおれを見て満足げにほほえんだ。「毛を染めただけでこれほど似るとは！　きっとあなたが選ばれますよ。召使《めしつか》いの大多数はそう信じてます」

コナーとローデンがいる事務室《じむしつ》の前を通りすぎなければ、この言葉はさぞはげみとなっただろう。ローデンはコナーのいる机《つくえ》の前にひざまずいていた。ジャロン王子とまったく同じ髪型で、なかなかの好青年だ。ちがう点があるとしても、時間がたって顔が変わったといえばかんたんに説明がつく。

「おお、じつにみごとだ」と、コナーはローデンに声をかけていた。「おどろいたぞ、ローデン。うれしいおどろきだ。トビアスよ、いまのおまえは王子と似ておらん。明日、選ばれる可能性《かのうせい》は少ないと思っておけ」

「はい」トビアスの声はしたが姿は見えない。おれから見えない位置にいる。

「おお、セージか」事務室の入り口で立ちどまったおれとエロルに気づき、コナーが声をかけてきた。「またしても、遅《おく》れをとったようだな。髪の色こそ王子だが、まだボサボサで孤児《こじ》にしか見えん」

「王子はおれです」おれはそういって、事務室を通りすぎた。

エロルが追いつき、ささやいた。「さっきはあなたが選ばれるといいましたが、早とちりだったかもしれませんね。もう手遅れかも」

＊

一時間後――。散髪を終え、エロルからわたされた鏡を見て、息をのんだ。エロルも目を見ひらいているので、同じく驚愕《きょうがく》しているらしい。「似てるなんてものじゃありませんよ。ジャロン王子の双子《ふたご》かと思った」

鏡から目を離《はな》せなかった。これがおれか？　髪で目をかくしたほこりまみれの汚《きたな》い姿に慣《な》れすぎてしまったが、コナーはおれを連れだしたときからこの姿を予想していたのか？　すべて読みどおりなのか？

「コナーに会わせてくれ」

「歩き方までちがうんですね」後ろを歩いていたエロルが、少ししていった。「すっかり別人じゃないですか」

「コナーも同じ意見だといいんだけど」

事務室《じむしつ》のドアは、ふだんはあいているのだが、いまはしまっていた。「出直したほうがいいですね」とエロルがいったが、おれはじょうだんじゃないとドアをノックした。

「入れ」中からコナーの声がした。

ドアをあけたら、机《つくえ》の前にすわっていたモットがふりかえり、おれが入っていくとコナーともども立ちあがった。

コナーは数秒間なにもいわなかった。おれを上から下までながめ、ぼうぜんと口をあけている。

「ま、まさか……。期待していた以上だ」

「王子の双子《ふたご》かと思ったっていったんですよ」と、エロル。

すると、コナーがちらっとエロルを見た。「出て行け」

エロルはうなずき、そそくさと出ていった。

「ひざまずいてくれ。もっとよく見せろ」

「好きなだけ近くで見てくださいよ。立ってますから、いくらでもどうぞ」

「ひざまずかないというのか？」

「王子がひざまずいたりします？」

コナーが声を荒《あら》らげた。「わたしが選ぶまでは、王子ではない！」

「いわれなくてもわかってますよ。でもここに立っているおれは、見てのとおりカーシア国の王子だ」そういって部屋を出ていこうとしたら、クレガンが部屋にかけこんできた。

「コ、コナー……さま」息切れしている。「おっしゃる……とおりでした。ベルダーグラスが……こっちへ……向かってます」

「どのくらい先にいる？」モットがたずねた。

「数キロ先ですが……ひとりではありません。おおぜい……引きつれています」

「兵士たちか？」

「軍服ではありませんが……武装《ぶそう》してました」

コナーがうなずいた。頭の中で雨雲のようにもくもくと計画がわいているのが、手にとるようにつたわってくる。「やつの目的は、われらとの戦いではなく脅迫《きょうはく》だ。ならば諸手《もろて》をあげて歓迎《かんげい》するにかぎる。召使《めしつか》いたちに十分な食事を用意するようにつたえよ。それと、反逆罪《はんぎゃくざい》で絞首刑《こうしゅけい》になりたくなければ、計画についていっさいもらすなと念をおしておけ」つづいてモットのほうを向いた。「三人を集めろ。秘密《ひみつ》の通路にかくすのだ」

「その通路なら知ってますよ」と、おれは口をはさんだ。「おれが連れていきます」

コナーはおどろいた顔をしたが、それも一瞬《いっしゅん》のことで、すぐにうなずいた。「ローデンとトビアスを連れて、通路の奥深《おくふか》くにかくれろ。見つかったらどうなるかはいうまでもなかろう。モット、寝室《しんしつ》に行って、セージたちの痕跡《こんせき》をすべて消せ」

立ちさろうとしたら、コナーに呼《よ》びとめられた。「待て！」コナーは机《つくえ》のいちばん下の引き出しをあけ、エメラルドがちりばめられた鍵《かぎ》のかかった小さな箱をひとつ、とりだした。「これを持っていけ。あけるでないぞ。ベルダーグラスにぜったいわたすな」

おれとクレガンとモットは、それぞれ別の方向にかけだした。トビアスとローデンは図書室にいて、ふたりともおれが入っていくと立ちあがった。「すっかり別人だな」と、トビアス。「王子とどこが似《に》てるのかって思ってたけど、こうして見ると――」

「ベルダーグラスが来る。いますぐ来てくれ」

「なにをあわててるんだ？」トビアスが本をしまいながらいった。「今日、コナーがきみかローデンを王子に指名して、計画を実行すればいいだけだろ」

トビアスとローデンを連れて階段《かいだん》をのぼりながら、おれはふたりに説明した。「ベルダーグラスは、この王国でジャロン王子の生還《せいかん》をいちばん望んでいない人物だ。もし見つかったら、おれたちの命はない」

35

前回秘密《ひみつ》の通路を使ったときに見つけた通路へふたりを連れていった。地下深くにもぐっていて、ファーゼンウッド屋敷《やしき》の正面玄関《げんかん》の下を通っている通路だ。秘密の通路を見つけて以来、この屋敷は敵《てき》の侵入《しんにゅう》という被害妄想《ひがいもうそう》にとりつかれた人物のために設計《せっけい》されたんじゃないかと思っている。もし設計者《せっけいしゃ》がコナーの父親だとしたら、息子にも同じ妄想《もうそう》を植えつけたにちがいない。

屋敷の土台はかなり古びていて、しっくいのあちこちにある小さなすきまから外をのぞける。ベルダーグラスたちが近づいてくるのが見えた。少なく見ても総勢《そうぜい》五十名。全員剣《けん》を持っている。まだ遠すぎて、どの人物がベルダーグラスかまではわからない。

「戦いをしかけてきたんだ」と、トビアスがいった。

「コナーが屋敷に招《まね》きいれなければの話だろ」と、ローデン。

「コナーは単なる脅《おど》しだと考えてる」おれはふたりに説明した。「こっちには戦うすべがない。カーシア国が内戦になったら自分の側につけ、とコナーを説得するために、力を誇示《こじ》しに来ただけだといいんだが」

「そこまで本気で王座《おうざ》をねらってるなら、そうかんたんにはあきらめないぞ」と、ローデン。「王子に選ばれたやつは、いずれベルダーグラスと戦わなきゃならない」

少しのあいだ、沈黙《ちんもく》が流れた。ベルダーグラスと戦うなんて、ぞっとする。しばらくしてトビアスが口をひらいた。「なあ、セージ、きみに引きずりおろされていなくても、ぼくはいますぐおりたと思うよ」

ローデンはトビアスを無視《むし》し、もっとよく見ようとしっくいのすきまに顔を近づけた。「ベルダーグラスはたぶんあいつだな。真ん中にいるやつ」

りっぱな服と周囲のとりまきからして、まちがいなかった。漆黒《しっこく》の髪《かみ》を後ろにしばっているが、あんなにきつくしばって、まばたきができるのか？　顔は直線的でとがっている。あの男がカーシア国王になった様子を想像《そうぞう》してみた。見た目だけで人間を判断《はんだん》できるとしたら、まちがいなく暴君《ぼうくん》だ。

コナーが迎《むか》えに出て、たがいに礼儀《れいぎ》ただしくおじぎをした。「ようこそ」とコナーが、おれたちにもきこえるくらいの大声で呼《よ》びかけた。「わざわざお越《こ》しいただいたのは、どういうことでしょう？」

「そなたについて、かんばしくない話をきいたものでな」口調からすると、ベルダーグラスがコナーをこころよく思っていないのは明らかだ。「ふたりだけで話をしたいのだが」

「もちろんです。ご来訪《らいほう》を見越《みこ》して、すでに料理人たちにスープを用意させました。みなさん、さぞ空腹《くうふく》でしょう」

「うむ、先に食べたほうがよかろう。まじめな話をしたあとでは、もてなす気も失せるであろうし」

ベルダーグラスは数名の連れとともに屋敷《やしき》の中へいざなわれ、残りの者たちも馬からおりた。

「なぜコナーは、もてなしたりするんだ？」とローデンが疑問《ぎもん》を口にした。「おれなら追い返すのに」

「ぼくならスープを出すな」と、トビアスがにやりとした。「腐《くさ》った肉を使うんだ。全員、病気になればいい」

「かけひきだ」なぜわからないのかと、おれはふたりにいらついた。「現時点《げんじてん》でコナーにできることはそれしかない。おれたちのためにも、かけひきがうまくいくよう祈《いの》るんだ。さあ、行くぞ」

ローデンとトビアスを連れて角をまたひとつ曲がり、一階に出た。コナーの事務室《じむしつ》のタペストリーの裏《うら》にある、秘密《ひみつ》の扉《とびら》の近くだ。コナーとベルダーグラスは、この部屋で密談《みつだん》するにちがいない。声はくぐもっているだろうが、ききとれる。

トビアスがささやいた。「先に食事だとしたら、しばらく待たされるな」

そのとおり、しばらく待たされた。ここだと時間の経過《けいか》がわからないが、おれは背中《せなか》に刺《さ》すような痛《いた》みがあり、足も痛いので、実際《じっさい》より長く感じたと思う。トビアスとローデンはすわりたがったが、コナーとベルダーグラスが事務室に入ってきてから動いたら、音でこっちの存在《そんざい》がばれてしまう、と注意したところ、ふたりともだまって立っていた。

かなり時間がたってから、事務室に入ってくるコナーの声がした。「悪い知らせは満腹《まんぷく》のときにきいたほうがいいとつねづね思っておりまして。そうではありませんか？」

「よからぬことをたくらんでいなければ、悪い知らせなどありえん」ベルダーグラスの傲慢《ごうまん》な態度《たいど》に、おれは思わずこぶしを握《にぎ》りしめた。いっていることは正しくても、国王ではないのだから、コナーを尋問《じんもん》する権《けん》利《り》などないのに。

コナーが席につき、椅子《いす》がきしむ音がした。コナーはベルダーグラスにも椅子をすすめてから切りだした。

「どういうことか、ご説明願います。わたしが、なにか良からぬことをたくらんでいるとでも？」

「おとといの晩《ばん》、皇太子《こうたいし》の婚約者《こんやくしゃ》の姫《ひめ》がここで夕食をとったのは、まちがいないな？」

「はい。姫はとても美しくおなりです」

「だが国王と王妃《おうひ》とダリウス皇太子が死んだという噂《うわさ》に、少し動揺《どうよう》しておられる」

「噂にすぎません」

ベルダーグラスは声を荒《あら》らげた。「われわれには事実ではないか！　姫に対して肯定《こうてい》も否定《ひてい》もできなかったのは当然だが、姫はおまえから別の話もきいたといっていた。じつにおどろくべき話ではないか。ジャロン王子は生きているかもしれないと姫にいったそうだな」

「生きていると信じております」

「それを見きわめるために港町のイゼルに三名の評議員《ひょうぎいん》を送りこんだのだが、その者たちから、なにかきいたのか？」

「いえ」

「では、この驚天動地《きょうてんどうち》の結論《けつろん》にどのようにして行きついたのだ？」

コナーは一瞬《いっしゅん》ためらってから答えた。「ジャロン王子が生きている可能性《かのうせい》に不満をお持ちのようですな。もし王子が生きていたら、わが王国にとってどれだけ喜ばしいことか、わからないのですか？　エクバート王の血筋《ちすじ》が引きつがれ、カーシア国は内戦の危機《きき》から救われるのですよ。これ以上の朗報《ろうほう》がありえましょうか。なのに、歓迎《かんげい》しているようには見えませんな」

「それは、その、もちろんだ」ベルダーグラスは不意をつかれたようだが、すぐに立ちなおった。「もちろんジャロン王子が生きていてくれればと思うが、ありえん。そなたにききたいのは、その知らせを喜ぶべきかどうかではなく、なぜそこまで確信《かくしん》するようになったかということだ」

「当然ながら、わたしを非難《ひなん》するおつもりでしょう。ならば、腹《はら》を割《わ》って話しあいませんか」

「よかろう。そなたは、かつてジャロン王子がつけていた剣《けん》の複製《ふくせい》を作ったそうだな」

「いやいや、ただの模造品《もぞうひん》ですよ。残念ながら、つい先日、紛失《ふんしつ》してしまいまして。そうでなければお見せできたのですが。王子に敬意《けいい》を表し、王妃の次の誕生日《たんじょうび》に献上《けんじょう》するつもりで作らせました」

「それだけではないぞ。そなたは国内の孤児院《こじいん》を次つぎとまわり、数名の少年を引きとったときいている。なぜそのようなまねを?」

「年季奉公《ねんきぼうこう》の人夫集めですよ。作物を植えたので必要となりまして」

「その者たちは、いまどこに?」

「目を離《はな》したすきに逃《に》げられました。もし居場所《いばしょ》をごぞんじでしたら、罰《ばっ》しますので、ぜひ教えていただきたい」空からふってくる雨粒《あまつぶ》のようによどみなく、コナーの口から次つぎとうそが飛びだしてくる。

「最後にもうひとつ。そなたは、国王一家が亡《な》くなった晩の夕食に同席していたな」

「ほかの評議員《ひょうぎいん》たちもおおぜいいましたが」

「しかしそなたは光栄にも、国王一家に飲み物をつぐ役目をおおせつかった」

おまえが毒を盛《も》ったのだろうと暗にいわれているのに、コナーの声はあいかわらず落ちついていた。「国王一家のためにデザートを皿に盛ったのはあなたさまでした。このような質問《しつもん》に意味がありますか？」

「どうであろうな。国王の城《しろ》から紛失《ふんしつ》した物があるのだが、知っているか？　エメラルドがちりばめられた箱がひとつないそうだが」

おれの指はそのエメラルドをなでていた。国王一家が死ぬ直前か死んだ直後に、コナーが盗《ぬす》んできたものにちがいない。箱の中身は知らないが、本物のジャロン王子だと証明《しょうめい》するために利用するのだろう。

「まるでわたしが持っているかのような口ぶりですな」と、コナー。

「たとえ国王が亡《な》くなっているにせよ、そなたが国王から盗むことなどありえないと個人《こじん》的には思っている。だがわが友の中には、そなたの人柄《ひとがら》について疑問《ぎもん》を持っている者もいる。そこでだ、そなたを疑《うたぐ》っている貴《き》族《ぞく》たちをなだめるために、ファーゼンウッド屋敷《やしき》を家探《やさが》しさせてもらいたい」

コナーは声をあげて笑った。「この広大な屋敷の中から、エメラルドがちりばめられた箱を見つけられるとお考えで？」

「箱か、あるいは王子をだ。家探ししてもよいな？」

「強面《こわもて》の部下もおられますな。うちの召使《めしつか》いたちがおびえます」

「罪《つみ》なき者にはいっさい危害《きがい》をくわえん」〝罪なき者〟とは、いかにもわざとらしい表現《ひょうげん》だ。「それは約束する」

コナーの口調はけわしかった。「ではベルダーグラスどの、ご自由に。どうしてもというのなら、わが屋敷のほこりだらけの部屋やごちゃごちゃした物置で、時間をむだになさればよい。なにも見つかりませんよ」

ベルダーグラスが事務室《じむしつ》を出ていくまで、おれたちはこわくて動けなかった。そのあとトビアスがおれのほうをふりかえり、ひそひそ声でいった。「この通路にくわしいんだよな。ここは安全か?」

おれは肩《かた》をすくめるしかなかった。安全かどうかなんて、おれにもわからない。

36

ベルダーグラスの部下たちは地下牢《ちかろう》から上階へと調べることになったので、おれたちは捜索《そうさく》の手からできるかぎり逃《のが》れようと上階へ移動《いどう》した。

「まずいぞ」トビアスが歩きながらささやいた。「もし秘密《ひみつ》の通路に侵入《しんにゅう》されたら、逃《に》げ場がなくなる」

「そのときは屋上に登って逃げるまでだ」

というおれの言葉に、ローデンは目を見ひらきつつもうなずいたが、トビアスは不安をかきたてられたらしい。「屋上？　飛びおりて死ねってことか？」

「登ったことがあるんだ。落ちやしない」といったら、

「じゃあ、いますぐ行こう」とローデンが小声でいった。

「もしベルダーグラスが部下に敷地《しきち》を調べさせたり、ドアの前に見張《みは》りをつけていたりしたら、いつ見つかるかわからない。やつはばかじゃないから、すでに手配済《ず》みだと考えたほうがいい。屋上は最後の手段《しゅだん》だ」

子守の寝室《しんしつ》の近くに出られる通路を使って、最上階に来た。その昔、この屋敷《やしき》に住んでいた子どもたちは、この秘密の通路を利用して子守にいたずらをしたのか、などとつい考えた。おれならまちがいなくそうする。

ひとまずベルダーグラスの部下から逃れられた。ローデンが、おれが持っているエメラルドの箱をあごで

指した。「ベルダーグラスがいっていたのは、その箱か？」

「たぶん」

「中身は？」

「鍵《かぎ》がかかってるから、わからない」

「興味《きょうみ》なしって感じだな」と、トビアス。

「たしかめるには、こわすしかないだろ。そこまでする気はない。中身はすぐにわかるさ」

しばしの沈黙《ちんもく》のあと、ローデンがたずねた。「セージ、おまえ、自分が王子にそっくりだって知ってたのか？」

「昔からずっと、おれはおれだと思ってるよ」おれはにやりとして、肩《かた》をすくめた。「王子にしては傷《きず》だらけだし、あちこちにたこができてるし、口も悪い。顔が似《に》てるってだけじゃだめだ。それに、おれたちが見たのはただの絵だろ。画家が見たジャロン王子でしかない。おまえたち、王族をじかに見たことは？」

ふたりとも見たことがなかった。王族は孤児院《こじいん》などめったにおとずれないし、貧《まず》しい孤児《こじ》を晩餐会《ばんさんかい》に呼《よ》ぶこともないというローデンの意見は、もっともだった。

「一年ほど前、おれの孤児院のあるカーチャー町を国王が通りすぎたんだ」と、おれはいった。「おれは国王をながめようと路地に立っていた。国王は通過《つうか》するとき、おれをまっすぐ見た。まちがいなく見たよ。だれもがひれ伏《ふ》すはずの国王に、おれはひれ伏さなかったからな」

「なぜだ？」と、トビアス。「なあ、きみは本当に尊敬《そんけい》の念がないの？」

「アベニア人がカーシア国王にひれ伏《ふ》すのかよ？　アベニア国王に失礼だろ」

トビアスの不満そうなうめき声は、ローデンの質問《しつもん》にさえぎられた。「で、どうなったんだ？」

「兵士にふくらはぎを棒《ぼう》でなぐられ、ひざまずかされた。立ちあがる気も失せたよ。一瞬《いっしゅん》、エクバート王が列をとめるかと思ったけど、結局、首をふっただけで進んでいった」

ローデンが小声でくすくす笑った。「おまえ、よくここまで長生きできたもんだ。もしコナーに選ばれなかったら、それは無謀《むぼう》すぎて王座《おうざ》を任《まか》せられないからだな」

「否定《ひてい》はしないよ。おれがいいたいのは、絵と実物はかならずしも一致《いっち》しないってことさ。五年前の絵に似《に》てたってなんの意味もない。評議員《ひょうぎいん》たちの前に出たときが本当の勝負だ」

近くの階段《かいだん》をのぼってくる複数《ふくすう》の足音がしたので、全員、即座《そくざ》に口をつぐんだ。

「何人？」トビアスが声を出さずにたずねる。

おれは首をふった。四、五人だろうが、たしかな人数はわからない。下の階にも複数いるのが物音でわかる。

ベルダーグラスの部下たちは別べつの場所へと散らばった。鍵《かぎ》のかかったドアや戸棚《とだな》をあけるために、コナーの召使《めしつか》いがひとりずつついている。

「この階は収納《しゅうのう》場所が多いな」という声がした。

「かくれるには、もってこいだ」と別の声もする。「すべてのベッドの下もたしかめろ。トランクの中もだ」

「こんなほこりっぽい部屋に王子をかくしたりしないいんじゃないですか」

「いいから、くまなく探《さが》せ」最初の声が命令した。

少し希望がわいてきた。もし下の階でこの通路への扉《とびら》が見つかっていたら、話に出るはずだ。秘密《ひみつ》の通路があるとは疑《うたぐ》っていないらしい。

そのとき、とつぜん腕《うで》をつかまれた。トビアスが、顔を近づけてきてささやいた。「寝室《しんしつ》におぼえ書きをかくした。もし見つかったら、ぼくたちのことがばれる」

おれは、どこにかくしたのかと身ぶりでたずねた。

トビアスがさらに顔を近づけてきた。「マットレスの脇《わき》に小さな穴《あな》をひとつあけた。マットレスを動かしたら、中の羽根が飛びちって穴がばれる」

トビアスはもうしわけなさそうな表情《ひょうじょう》で顔を引っこめたが、おれはなんてことだと首をふることしかできなかった。徹底《てってい》した捜索《そうさく》ぶりからすると、トビアスのおぼえ書きが発見される危険性《きけんせい》はかなり高い。

ここにいろと、ふたりに身ぶりで合図した。おれなら足音を殺せるから敵《てき》に気づかれずに移動《いどう》できるが、トビアスやローデンではそうはいかない。

秘密の通路のせまい階段を忍《しの》び足でそろそろとおりた。とちゅう、ゆるくなっている段《だん》がひとつあった。その段の木の板をはずすときは、前にはずしたときのような音がしたらどうしようとひやひやした。何度か板がきしんだが、ゆっくりとはずしたので、だれにも気づかれずにすんだ。

そこには、ジャロン王子の剣《けん》の複製《ふくせい》をかくしておいた。使うことにならなければいいのだが、武器《ぶき》を持たずに外に出る気はない。片手《かたて》に剣《けん》を持って、おれたちの寝室《しんしつ》に出る扉《とびら》を少しずつあけた。同じ階にまだ何人か残っているが、コナーの部屋のほうにいて、こっちにくる気配はない。

寝室はおれたちの痕跡《こんせき》がきれいに消され、ほとんど使われていない来客用の寝室に見えた。衣装《いしょう》ダンスは空っぽで、本はかたづけられ、三台のベッドは壁際《かべぎわ》に一列にならべられている。

トビアスのベッドは、おれがかくれている場所からいちばん遠い位置にあった。

床《ゆか》をはって進んだ。紳士《しんし》として、あるいはコナーがおれを仕立てようとしている身分にとって、床をはうとはなげかわしいが、孤児《こじ》時代にはお手のものだった。以前、孤児院《こじいん》でターベルディ夫人としゃべっていたとき、おれが自分を〝だれにも気づかれずに好きなところへ移動《いどう》できる芋虫《いもむし》〟になぞらえたら、夫人に〝暗《くら》闇《やみ》の中を自由に走りまわり、明るくなるとぱっと消えるゴキブリ〟だといい返されたことがある。夫人はばかにしたつもりだったが、おれはうまいたとえだと思った。ゴキブリはつかまえにくいので、ほめ言葉だとさえ思った。

おれのベッドの下にもぐりこみ、ローデンのベッドの下を通過《つうか》して、いちばん奥《おく》のトビアスのベッドの下にたどりついた。ところが腕《うで》をのばしてマットレスをさぐろうとして、ぎょっとした。階段《かいだん》をおりてくる複《ふく》数《すう》の足音がしたのだ。

「よし、もう一度この階だ」リーダー格《かく》の男の声がした。

「ジュルストン！　部下をこっちへまわしてくれ！」コナーの部屋の近くの廊下《ろうか》から、だれかが声をはりあげた。「重い家具が多いんだ」

「背中《せなか》を痛《いた》めるのはおれたちで、手柄《てがら》はひとりじめかよ」おれたちの寝室の外で不満の声があがったが、全員が移動した。

おれが動ける時間は数分しかない。マットレスの穴《あな》はすぐに見つかった。穴がかくれるようにうまく切ってあり、マットレスをひっくり返さないかぎり羽毛が落ちてくることはない。おぼえ書きは小さく折りたたまれ、穴の中に入れてあった。それをポケットにつっこみ、床をはってもどり、扉から秘密《ひみつ》の通路に飛びこもうとしたそのとき、声がした。「おい、きこえたか？　壁の中で足音のような音がしたぞ」

おれは天をあおいだ。ローデンかトビアスの不注意のせいで、ばれたのか？

大声でだれかを呼《よ》ぼうとした声がとちゅうで悲鳴に変わった。おれが壁に体をおしつけた直後、イモジェンが寝室にかけこんできた。火かき棒《ぼう》を一本、両手で握《にぎ》っている。その棒でさっきの声の主をなぐりつけたにちがいない。

心臓《しんぞう》がちぢみあがった。イモジェンは秘密の通路からうまく男の気をそらしたが、おれたちを助けたばかりに、とんでもない目にあおうとしていた。

37

「どこだ？」男のどなり声がした。寝室《しんしつ》に入ってきた男を見て、イモジェンは火かき棒《ぼう》を剣《けん》のようにかまえて、あとずさりした。

男は大柄《おおがら》だった。腰《こし》にまいたベルトがちぎれそうだ。おれたちを守るためとはいえ、こんな男を襲《おそ》うのはあまりにも無謀《むぼう》だ。勝ち目はない。

せまってきた男にイモジェンは火かき棒でなぐりかかったが、やすやすと棒をうばいとられ、強引に引っぱられた。「なにをかくしてる？　ベルダーグラスさまに白状《はくじょう》しろ」

イモジェンは男をふりほどこうともがいたが、むりだとわかると男の顎《あご》に向かって顔をあげ、力をふりしぼって足を踏《ふ》みつけ、男の力が一瞬《いっしゅん》ゆるんだすきに逃《に》げようとした。が、またしてもつかまり、肩《かた》をつかまれ、ゆさぶられた。

「来い！」と男がどなる。

そのころには、おれは剣をぬいて、男のすぐ後ろにせまっていた。イモジェンがほんの一瞬、ちらっとこっちを見た。それで勘《かん》づいた男がイモジェンを床《ゆか》につき飛ばし、ふりむきざまにヒュッと火かき棒をふりまわす。

おれはかがんで攻撃《こうげき》をよけ、男の腹《はら》に刃《は》を深くつき刺《さ》した。傷口《きずぐち》から血が流れ、男はうっと息をのみ、ここで初めてまともにおれを見て、声をしぼりだした。「ジャロン王子?」

「ああ、じきにな」おれがそういうと同時に、男がたおれた。

イモジェンがおれの腕《うで》の中に飛びこんできた。しがみつかれ、危《あや》うくたおれそうになった。わなわなとふるえているので、腕をまわして落ちつかせようとしたら、つめが背中《せなか》の傷《きず》に食いこんだ。イモジェンのつめでなかったら耐《た》えられなかっただろう。

そのとき背後《はいご》で音がし、イモジェンがおれから飛びのいた。おれは剣をかまえてふりかえったが、入り口にあらわれたモットを見て剣を下げた。

モットが床にたおれた男から剣へ、おれへと視線《しせん》を移《うつ》し、「剣を捨《す》てて、ここを出ろ」とささやいた。「早く!」

おれは床にそっと剣をおき、イモジェンの手をつかんで秘密《ひみつ》の通路に飛びこんだ。扉《とびら》をしめる直前、モットが死んだ男のナイフで自分の腕を刺すのを見た。モットはよろめきながらナイフを引きぬき、床にたおれた。と、ベルダーグラスの部下が数名、寝室にかけこんできた。「なにがあった?」と、その集団《しゅうだん》のリーダーがたずねた。

モットは横に転がった。本当に痛《いた》いのか、そうでないのかわからないが、迫真《はくしん》の演技《えんぎ》だ。「おまえの仲間に……襲われた」モットは声をしぼりだしていた。「部屋に入ったので……おどろかれたのかもしれない。扉の鍵《かぎ》をあける手伝いをしに……来ただけなのに」

ベルダーグラスの部下のひとりがひざまずき、モットの傷《きず》の具合をしらべた。「深い傷でなくてよかったな。致命傷《ちめいしょう》でもない」

「よけようとはしたぞ。胸《むね》をねらわれて……身を守るしかなかった」

「挑発《ちょうはつ》したんだろ！」

モットは首をふった。「わたしがここに歩いて入るのを……見ただろうが。この男を……襲《おそ》う理由がない。この件《けん》について……コナーさまとベルダーグラスさまに……報告《ほうこく》させてもらう」

「死体を始末しろ」リーダーがいった。「ベルダーグラスさまは、コナー邸《てい》に被害《ひがい》をあたえる気はない。血をきれいにぬぐっておけ」

数名の部下が掃除《そうじ》道具を探《さが》しに行き、死体をローデンのベッドのシーツでくるんでから、ほぼ全員で運びだした。モットは自分で包帯を巻《ま》けるといいはり、ほどなく部下たちはモットを残して出ていった。

おれがのぞいていた秘密《ひみつ》の扉《とびら》のすきまを、モットがちらっと見てうなずく。

おれは扉をきちんとしめ、くずれるように腰《こし》をおろして壁《かべ》にもたれ、ひざを抱《かか》えた。イモジェンもだまってとなりにすわった。イモジェンのことを気にとめるよゆうはない。暗闇《くらやみ》を見つめながら呼吸《こきゅう》をするだけでせいいっぱいだった。

38

ベルダーグラスの一行が家探《やさが》しを終えて出発するまで、おれとイモジェンはそのままかくれていた。そのあとコナー本人が迎《むか》えにきた。先にトビアスとローデンを見つけてから、いっしょに通路内の階段《かいだん》をおりて、おれとイモジェンを見つけたのだった。

ぼうぜんとして床《ゆか》にすわりこんでいたおれに、コナーが手をさしだした。人を殺したのは初めてだ。過失《かしつ》でも、正当防衛《ぼうえい》でも、今夜のような理由でも、殺したことはなかった。イモジェンを守りたかったし、おれたちの存在《そんざい》を知られるわけにはいかないと思ってやっただけだ。結局は知られずにすんだが、とてつもない代償《だいしょう》を支払《しはら》うことになった。

自分とクレガンを重ねあわさずにはいられなかった。クレガンはコナーの罪深《つみぶか》い計画を守るためにラテマーの胸を矢で射《い》ぬいた。そしておれも――。心の中には痛《いた》みしかない。コナーに明るく声をかけられても気づかなかった。

立ちあがる気力はなく、コナーの手を握《にぎ》り、引っぱりあげてもらった。ジャロン王子の剣《けん》の複製《ふくせい》が消えていることは、ここからでもわかった。包帯をとりにいくときにモットが持ちさったにちがいない。コナーにつづいて寝室《しんしつ》に出て、自分のベッドにすわった。ローデンもとなりにすわり、トビアスは椅子《いす》に腰かけ、イモジェンはひとり離《はな》れて立った。モットもすでにもどってきていて、腕《うで》に包帯を巻《ま》き、けわしい表情《ひょうじょう》をうかべている。床《ゆか》には血をぬぐったあとがはっきりと残っていた。

コナーは、まずイモジェンに話しかけた。「おまえがあの通路にいたのは、あの男の死と関係あるとみてよいか？」

イモジェンは、ゆっくりとうなずいた。

「刺《さ》したのはおれです」おれは口をはさんだ。「深手を負わせないよう、低い場所を刺すつもりだったのに」

「正当防衛《ぼうえい》だ」と、モットも声をあげた。「もしおまえが行動を起こさなければ、イモジェンだけでなく、おまえたち全員がどうなっていたかは一目瞭然《いちもくりょうぜん》だ」

それはわかっていたが、だからといって心が軽くなることはない。

「しかし、そもそもなぜ通路の外に出たりしたのだ？」と、コナーがたずねた。「見つかりかねない状況《じょうきょう》だったであろうに」

イモジェンが息を吸《す》って口をあけた。自分のせいだと声に出していうつもりだ。そんなことをしたら、ファーゼンウッド屋敷《やしき》に来て以来、身を守るために保《たも》ってきた秘密《ひみつ》がばれてしまう。

おれはイモジェンをさえぎるようにして、トビアスのおぼえ書きをとりだした。「これがここに残ってたんです。もし見つかったら、おれたちにとってまずい証拠《しょうこ》になる」

モットがおぼえ書きを受けとってコナーにわたし、コナーが紙をひらいて少し読んだ。「うむ。トビアス、おまえが書いたのだな？」

「はい」トビアスの声はふるえていた。いったい、なにが書いてあるのだろう？

「じつにきちょうめんに書きとめておるな。国王よりも書記官のほうが似《に》あっているのではないか」

トビアスは目をふせた。「はい」

つづいてコナーはおれのほうを向いた。顔つきが一変している。これは尊敬《そんけい》の表情？　それとも感謝《かんしゃ》？

好意をよせられたことがないので、表情が読めない。「このおぼえ書きが見つかっていたら、今夜、ひとりとして無事ではいられなかった。ベルダーグラスの捜索《そうさく》は異様《いよう》なまでに徹底《てってい》していたが、モットの勇敢《ゆうかん》な行《こう》為《い》によって、おまえたちの存在《そんざい》をかくしとおすことができた。えんえんと家探《やさが》ししたのに、おまえたちの痕《こん》跡《せき》もエメラルドの箱も見つからず、ベルダーグラスはすっかり面目を失って、立腹《りっぷく》しながら出ていきよった」

「でも、ベルダーグラスのいっていることは正しかった」おれは小声でいった。「あんたは偽者《にせもの》を王子に仕立てようともくろんでる。エクバート王からあの箱を盗《ぬす》んだのもあんただ」

「どちらについても、わびる気はない」コナーの表情が冷たくなった。「セージ、おまえは王座《おうざ》がほしいのか？　わたしに選んでほしいのか？」

言葉を選ぶよゆうはなかった。「ベルダーグラスにうばわれるくらいなら、おれが王座につきますよ」心も声も疲《つか》れきっていた。

「そうではない。気高い名君になるといえ。婚約者《こんやくしゃ》の姫《ひめ》と結婚《けっこん》したい、お膳立《ぜんだ》てをしてくれたわたしに感謝するというのだ。うそでもいいから、王座《おうざ》につきたいといえ」

おれは、うつろな表情《ひょうじょう》でコナーを見つめた。「うそばかりついて、いやにならないんですか？　おれはもう、うそはうんざりだ」

コナーは深いため息をついた。「セージよ、それさえなければ、おまえを選ぶであろうに。生涯《しょうがい》を通じていやになってはならぬものがひとつある。それは、うそだ。わたしに選ばれた者はうそを心に刻《きざ》み、自分は国王なのだと本気で信じ、本名を捨《す》て、ジャロンという名前にのみ反応《はんのう》せねばならん。うそをうそと思わず、実の母親がとなりにあらわれ呼《よ》びかけてきても、息子さんを亡《な》くされたのは気の毒だが自分はエクバート王とエリン王妃《おうひ》の息子だと、涙《なみだ》ひとつこぼさずにつげねばならん。わたしに選ばれた者は、実際《じっさい》には受けたことのない王室の教育を、受けたかのように記憶《きおく》しておかねばならん。これからの人生で日々《ひび》うそをつきとおし、一度たりとも後悔《こうかい》してはならんのだ」

おれはコナーの言葉をほとんどきかず、床《ゆか》の血の痕跡《こんせき》をひたすら見つめていた。イモジェンがおれの目をとらえ、感謝《かんしゃ》と思いやりのこもった笑みをうかべる。ひとまずイモジェンが無事で良かった――。

コナーがローデンのほうを向いた。「ローデン、おまえは一生うそをつきとおせるか？」

ローデンがすわったまま背筋《せすじ》をのばした。「はい、できます」

コナーがイモジェンに合図した。「この部屋にこの子たちの夕食を運べ。明日は朝が早いので、今夜はしっかり眠《ねむ》っておけ。ローデン、おまえが王子だ。明日の朝食後、わたしとともに首都ドリリエドへ出発する」

39

「国王に指名されたら、おまえたちを殺さないよう、コナーに頼《たの》んでみるよ」その晩《ばん》、三人ともベッドで横になってすぐにローデンがいった。「カーシア国には二度ともどらないと誓約《せいやく》させて、別の国かどこかに追放するよう、コナーとかけあってやってもいい」

「コナーと話をするころには、クレガンがとっくにコナーの命令を実行してるよ」と、トビアス。「ぼくのことはさっさと始末すると思うけど、セージ、きみはどうなるかな？」

クレガンがおれを早く始末するはずがない。じっくりやらせてもらうと、地下牢《ちかろう》ではっきりといっていた。

おれはベッドからおり、秘密《ひみつ》の通路の扉《とびら》をおしあけた。

「おい、どこへ行く？」とローデンがたずねた。

「逃《に》げるなら連れていってくれよ」とトビアスもいう。

「逃げるんじゃない。どこへ行こうと勝手だろ！」おれはぴしゃりといった。「ここで寝《ね》そべって死ぬ話ばかりするのはごめんだ！」

しばらくしてもどったら、ローデンはまだ起きていた。ベッドにすわって前を向いているが、なにもまともに見ていない。「なぜ逃げなかったんだ？」ローデンの声には感情《かんじょう》も生気もなかった。「チャンスだったのに」

おれは靴《くつ》を脱《ぬ》いでベッドに腰《こし》かけ、ポケットの中からガーリン硬貨《こうか》を一枚《まい》とりだし、指の関節の上で転がした。「朝になったら、コナーはおれとトビアスを殺すよな？」

ローデンは小声でいった。「セージ、悪く思わないでほしいんだけど、コナーにおまえたちの命乞《いのちご》いをするのはやめにした」

とくにおどろきはしなかったが、それでも理由をたずねてみた。

ローデンがようやくおれを見た。ひたいに深いしわが何本も刻《きざ》まれていた。「わかってるだろ。いまのおれに、おまえとトビアスは危険《きけん》なんだ。おまえたちがおれの正体を暴《あば》きにもどってくるのを確実《かくじつ》に防《ふせ》ぐには、そうするしかない」

「おまえがコナーから身を守る盾《たて》になるのも、おれたちだけだぞ」

ローデンは顔にかかった髪《かみ》をかきあげ、壁《かべ》にもたれた。「それについてはいずれ考えなきゃならないが、それまではおれ自身とカーシア国が最優先《さいゆうせん》だ。おまえたちには、ゆるしてもらいたい」

おれはローデンのほうへガーリン硬貨をはじき、ベッドに寝《ね》そべった。「ゆるしを乞《こ》うってわけか。ならば、神か悪魔《あくま》かコナーかどこかの祭壇《さいだん》にでも頭を下げて乞うてくれ。おれには乞うな」

＊

夜が明ける直前に、エロルとふたりの召使《めしつか》いに起こされた。顔を見あわせた瞬間《しゅんかん》、だれひとりまともに眠《ねむ》れなかったのがわかった。とくにローデンは目の下のくまが濃《こ》い。一睡《いっすい》もできなかったのか。

その日の朝、ローデンの風呂《ふろ》と着がえはじつに念入りで、三人がかりだった。おれとトビアスは放っておかれたが、エロルがローデンの世話からこっそり抜《ぬ》けて、少しだけおれの背中《せなか》を見に来てくれた。

「あと一日か二日で包帯がとれますよ」

「そうしたら、ほかの死体に負けないくらい健康体になれるな」

と軽い口調でいったら、エロルは顔をしかめ、目をふせた。おれがじきに死ぬことを笑いとばす気がないのは、明らかだった。

おれたちの用意が整うと、やはり見た目はジャロン王子にそっくりだ、とエロルがおれをなぐさめてくれた。けれどそのあと大声で、あなたにもジャロン王子を連想させる特徴《とくちょう》がいろいろとある、とローデンにつげるのも忘《わす》れなかった。

今朝のローデンは、朝食をひかえておいたほうがよさそうだ。満腹《まんぷく》で平然としていられるとは、とても思えない。

モットがローデンを朝食に呼《よ》びにきて、おれとトビアスにつげた。「コナーさまは、王子とふたりきりで話をしたいとお考えだ。おまえたちの朝食はここに運ばれる。あとで別れのあいさつのために、おまえたちを迎《むか》えに来るからな」

「この部屋で食べるのは、もうあきた」とおれは文句《もんく》をいったが、モットは眉《まゆ》をひそめただけだった。

ドアがしまると、トビアスは窓《まど》へと移動《いどう》した。「ここから外に出られるんだろ？　逃《に》げよう」

「逃《に》げるってどこへ？　どこに行くんだよ？」

「アベニア国に連れてってくれよ。いっしょにかくれればいい」

おれは目の隅《すみ》で、昨晩《さくばん》ローデンに向かってはじき飛ばしたガーリン硬貨《こうか》を見つけた。硬貨はローデンのベッド脇《わき》の床《ゆか》にぽつんと落ちていた。これがおとといなら、ローデンはどんな硬貨でも放ってはおかなかっただろう。いまは王子になったから、金になど関心はないのだ。

そのガーリン硬貨をひろい、指の上で転がしてからポケットにしまった。トビアスは意気消沈《いきしょうちん》し、すでに自分のベッドにもどっていた。おれはトビアスのとなりにすわった。「逃げはしないけど、まだ一巻《いっかん》の終わりと決まったわけじゃない。コナーにおまえを殺させないといっただろ。いまもそのつもりだ」

トビアスは、うつろな笑みをうかべた。「ありがとう、セージ。でもいまは、きみ自身の首の心配をしたほうがいい」

すぐに朝食が運ばれてきた。おれはいつものように腹《はら》ぺこだったが、トビアスはほとんど食べなかった。

トビアスの食事に手を出してほどなく、モットがもどってきた。

「ぼくたちはどうなるんですか？」と、トビアスがたずねた。

「コナーさまからは、とくになにもいわれていない」と、モット。

「あんたはなにもいわれないかもね。クレガンはどこ？」

というおれの言葉に、モットの表情《ひょうじょう》がくもった。「セージ、なぜうそをつきとおすとコナーさまにいわなかったのだ？　コナーさまは、おまえを王子にしようと考えていたのだぞ。うそをつくといえばよかったものを」

おれは反抗《はんこう》するようにあごをつきだしたが、なにもいわなかった。いいわけをする気はなかったし、まだ手の内は明かせない。

やがてモットが、立て、とおれたちに合図した。「もう、いまさらだな。さあ、行くぞ。王子とコナーさまに別れのあいさつだ」

おれたちはモットについて玄関《げんかん》ホールへと向かった。ローデンは青ざめ、おびえていた。

おれは壁《かべ》によりかかり、ポケットからガーリン硬貨をとりだし、指の上で転がしはじめた。緊張《きんちょう》したときは、よくこうする。そう、おれはまちがいなく、少し緊張している。

トビアスはちがう戦術《せんじゅつ》に出た。コナーの前にひざまずき、命乞《いのちご》いをしたのだ。

「お、お願いです。ぼくたちを殺さないでください。このとおりです。ここを無事に出られると約束してください」

「うそつきに約束しろっていうのか？」おれはトビアスに声をかけた。「命を助けてやるといわれたら、心が軽くなるのかよ？」

トビアスはさらに身をすくめたが、コナーは体をこわばらせておれを見つめ、質問《しつもん》した。「おまえ……その技《わざ》はなんだ？」

「技？」

指の上で硬貨《こうか》を転がすコインロールは、ごく自然にできる昔からの癖《くせ》だ。コナーがはっとし、口をおさえた。「おお、なぜわたしはこんなに愚《おろ》かだったのか？　悪魔《あくま》があざ笑っているにちがいない。あやうく、すべてを台無しにするところだった！」

40

コナーはなにかいいかけたローデンをだまらせ、おれの手の中の硬貨から片《かた》ときも目を離《はな》すことなく近づいてきた。「その技《わざ》をどこで身につけた？」

おれは肩《かた》をすくめた。「スリならだれでもできますよ」コナーの上着のポケットに硬貨を入れ、それを親指と人差し指でつまみだし、指の上で転がして、手のひらへと移動《いどう》させた。「硬貨を握《にぎ》らなくてもこっそり盗《ぬす》める便利な技ですよ」

コナーがローデンのほうを向いた。「おまえもできるか？」

ローデンは首をふった。トビアスもたずねられる前に首をふった。

「いま、左手でやっていたな。フォークを使ったり手紙を書いたりするときも左だった。右手でもその技ができるか？」

とコナーにいわれたので、硬貨を右手に投げ、左手と同じようにすばやくコインロールをやった。

「字を書いたり食べたりするときも右手は使えるか？」

「ええまあ、右手を使えと父親にしつこくいわれたんで。ずっと使ってなかったけど、ここに来てからまた使えるようになりました」

するとコナーは事務室《じむしつ》のほうへ歩きだした。「セージ、おまえに話がある」

来てくれというのではなく、来いという命令だ。事務室へとついていったら、コナーがドアをしめた。

「セージよ、一生うそをつきとおさなくてもよい」コナーの目には見たことのないあせりがうかんでいた。「別の方法がある」

「というと?」

「ひとまずジャロン王子として王位継承権《けいしょうけん》を主張《しゅちょう》しろ。一年か二年か、それなりの期間は王子になれ。そのあとは王座《おうざ》を好きな者にゆずってよい。退位《たいい》して私人《しじん》として生きてもかまわん。裕福《ゆうふく》で豪華《ごうか》な生活を送れるぞ」

「どういうことですか?」わかってはいたが、コナーの口からいわせたかった。

「セージよ、王子になるのだ。王子になれるのはおまえしかいないと、いまは確信《かくしん》している」

「ローデンは?」

「ジャロン王子はコインロールができることで有名だったのだ。今回の計画を考えるにあたって、王子を本物とみとめるかどうか、評議員《ひょうぎいん》たちが思いつきそうな質問《しつもん》をすべて予測《よそく》した。王子の性格《せいかく》や、成長したあとに残りそうな特徴《とくちょう》も考慮《こうりょ》した。ジャロン王子は王室の慣習《かんしゅう》どおりの子ども時代をすごしたので、あるていど、その慣習を身につけていなければならん。しかしさっきおまえを見るまでは、このコインロールはジャロン王子がたまに見せる癖《くせ》で、だれもまねのできない芸当だということを忘《わす》れていた。いずれ評議員たちもやってみせろというであろう」

おれは椅子《いす》に腰《こし》をおろして足を組んだ。「ローデンに教えこめばいいじゃないですか」

「間《ま》にあわんし、おまえほどうまくはできん。つけ焼き刃《ば》だ。セージよ、おまえが王子になるしかない」

おれはすぐには答えなかった。コナーがおれの返事をききたくてたまらない様子だったせいもある。間《ま》をおいて、ようやくコナーに視線《しせん》をもどした。「おことわりします」

コナーはいきりたった。「なんだと！　すべてお遊びだったのか？　わたしに選ばれるかどうかさえためせれば満足で、いまさらことわるというのか？」

「きのうの晩《ばん》、秘密《ひみつ》の通路にいるあいだに、いろいろと考えたんですよ。ベルダーグラスの手下は、もしおれを見つけたら殺してましたよね？　国王と王妃《おうひ》とダリウス皇太子《こうたいし》も、まちがいなく殺されたんですよね。となると、おれもいずれ殺されるわけだ。おれは権力《けんりょく》も金もいらない。生きていたいんですよ」

「王位につきさえすれば、ベルダーグラスはなにもできん。侍従長《じじゅうちょう》のカーウィン卿《きょう》がおまえをジャロン王子としてみとめれば、ベルダーグラスもみとめる。国王一家と同じ目にあうなどと不安がらなくてよい」

「なぜです？」

「国王一家は政治的《せいじ》な理由で殺害されたのだ。政策《せいさく》を変えれば、殺害の動機がなくなる」

おれは不審《ふしん》に思って目を細めた。「なぜそこまで知ってるんです？　犯人《はんにん》を知ってるんですか？」

「わたしを疑《うたが》うのか！」コナーはどなってから、必死にいらだちをおさえ、声をひそめた。「だれが犯人にせよ、国王一家の敵《てき》の正体は知っておる。その者たちがおまえの命をおびやかすことはない。セージよ、もし王位についたら、おまえの身の安全はこのわたしが保証《ほしょう》する。わたしの頼《たの》みをこばんだら、この場で確実《かくじつ》に死ぬぞ」

「あんたはおれを殺しませんよ。なんたっておれは、あんたの計画を成功させるゆいいつの頼みの綱《つな》ですからね。そうじゃないなんていわないでくださいよ」

コナーは頼むからいうとおりにしてくれと目でうったえながら、机《つくえ》の向こうの椅子《いす》にすわった。「セージよ、王座《おうざ》についても危害《きがい》がおよぶことはないのだぞ。いやになったら、いつでも辞めてかまわん」

「あんたに王座を引きわたせってことですか」

コナーが顔を紅潮《こうちょう》させ、またどなりながら立ちあがった。「王座は好きな相手に引きわたせばよい。信頼《しんらい》できる相手にな！　おまえがなんといおうと、わたしは悪役ではない！」

「じゃあ、英雄《えいゆう》ですか？」

「祖国《そこく》のために最善《さいぜん》を尽《つ》くそうとしているだけだ！　万が一あやまちを犯《おか》したとしても、最善を尽くしていることに変わりはない！」

「条件《じょうけん》がある」

「まったく、おまえというやつは！　ずっとこの瞬間《しゅんかん》をねらっておったのか？　おまえの気まぐれな要求に屈《くっ》しなければ、わたしのたゆみなき努力が無になるように？」

「トビアスとローデンも城《しろ》へいっしょに連れていく」

「なぜだ？」

「もしおれが選ばれたら、あんたに殺させないと約束したんだ。約束を守るには、ふたりとも連れていくしかない」

「なにをばかげたことを。いまやあのふたりは、おまえにとって脅威《きょうい》だぞ」

「もしローデンと出発していたら、おれとトビアスは殺される手はずになっていたんですよね？」

コナーはうるさいとばかりに手をふった。「否定《ひてい》はしないし、謝《あやま》るつもりもない。選ばれなかったふたりは知りすぎている。このさき一生、おまえをゆすったり、苦しめたり、脅《おど》したりできるのだぞ。よいかセージ、情報《じょうほう》というものは、あやまった者の手にわたったら命とりとなる。現時《げん》点ではあのふたりこそ、おまえにとって最大の脅威だ」

「でもその脅威をどうするかはおれが決めますよ。それともうひとつ。イモジェンも連れていく」

「ばか者めが！　アマリンダ姫《ひめ》という婚約者《こんやくしゃ》がいることを忘《わす》れたのか？　イモジェンにおまえとの将来《しょうらい》はない」

「王子になったら、すぐにイモジェンの負債《ふさい》をあんたに支払《しはら》って、自由の身にしてやるんですよ。全員いっしょに来るか、それともおれが行かないか、どちらかだ」

コナーは毒づいて、机から小さな大理石の像《ぞう》をひっつかみ、おれに投げつけた。像はおれの肩《かた》の横を飛んで奥《おく》の壁《かべ》に激突《げきとつ》し、木の羽目板にひびを入れた。おれにあてる気はなかったと思うが、もしかしたらその気だったのかも。

「おまえはまだ王ではない！　全員連れていってやるが、それは石頭のおまえを馬車に乗せるためにすぎん。王冠《おうかん》をさずかるまでは、わたしがおまえの主《あるじ》だ。わたしが必要と判断《はんだん》したら、連れは切り捨《す》てる！」

「取引成立ですね」おれはそういい、ちゃめっ気たっぷりににやりとした。「じゃあ、王子のおれに頭を下げるのは、いまにします？　それとも、ドリリエドに着いてから？」

コナーはおれを無視《むし》して玄関《げんかん》ホールへと向かい、六名が乗れる馬車を用意しろとどなった。

「わが人生の災厄《さいやく》の種、陛下《へいか》どのに万歳《ばんざい》だ！」コナーは足音も荒《あら》く階段《かいだん》をのぼりながら、ローデンとトビアスにつげた。「悪魔《あくま》がなんだ！　この屋敷《やしき》に最悪の悪魔がおるぞ！」

41

コナーとモットとローデンだけのはずだった旅の一行が総勢《そうぜい》七名にまでふくれあがったので、出発の支度《したく》が整うまで時間がかかると知らされた。今回はクレガンが御者《ぎょしゃ》だ。トビアスはほっとしてうれしそうだったが、憤然《ふんぜん》と去っていったローデンは見るからに殺気だっていた。どこへ行ったのか知らないが、出発するときはきっともどってくる。ひとり残される危険《きけん》などおかせるはずがない。

おれは二階で乗馬服に着がえ、馬に乗りたいとモットにつげた。「本当の意味でひとりきりになれるチャンスはこれが最後かも。ひとりでいろいろと考えたいんだ」

モットはいいだろうとうなずいた。「無茶をするな。いまのおまえはコナーさまの宝物《たからもの》だ」

「おれに無茶をするなというほうが無茶だ」とにやりとしたが、モットはほほえみ返してくれなかった。

台所を通り抜《ぬ》け、馬小屋に行ける裏口《うらぐち》から出た瞬間《しゅんかん》、何者かに腕《うで》をなぐられた。それほど強烈《きょうれつ》じゃないが、怒《いか》りのこもった一撃《いちげき》だ。

裏口のすぐ外にイモジェンが立っていた。乗馬服を着たおれを見て、外で待ちかまえていたらしい。

「なんのまねだよ?」おれは、腕をさすりながらたずねた。

イモジェンはあたりにだれもいないことをたしかめてから、ひそひそ声でいった。「なんてことをしてくれたのよ？　あたしの人生をひっかきまわして！」

おれは心底とまどい、イモジェンのひじをとって、人目につきにくい高い生け垣《がき》の脇《わき》へ移動《いどう》した。「なんの話だ？　おれがなにをしたっていうんだ？」

「あなたが王子になったのよね？」

「らしいね」

イモジェンは必死にこらえているようだが、目に涙《なみだ》があふれてきた。「あたしを……ドリリエドに連れていくのね？」

「この屋敷《やしき》できみにつらくあたるやつから、逃《に》がしてやろうと思って」

「そのあと、どうなるの？　ドリリエドで、あたしはどうなるのよ？」

なぜそこまで怒《おこ》っているのか理解《りかい》できず、おれは肩《かた》をすくめた。「自由の身さ。王子になったらすぐに王室の財宝《ざいほう》が手に入る。きみの借金を肩代《かたが》わりするよ。そうしたら、きみは自由だ」

イモジェンは、ぎこちなく首をふった。「あなたの施《ほどこ》しは受けない。孤児《こじ》のあなたからも、王子のあなたからも」

「施しじゃない。きみはぼくの友だちだから助けたいんだ」

この一言がなぜかイモジェンをさらに怒らせてしまった。「助ける？　あたしのいるべき場所はここなのに。これがあたしの人生よ」

「ここじゃ自由に生きられないだろ。自由に生きられるようにしてあげたいんだ」

「うそつき。わかってるんだから」

おれはイモジェンのほうへ向きなおり、腕《うで》を組んだ。「わかってる？」

「あなた、ドリリエドに行くのがこわいんでしょ？」

たしかに少し不安だが、それでなぜイモジェンが怒るのかわからない。「だとしたら？　きみは、わかってない――」

「わかってるわよ、いやというほど。あなたはコナーのゲームを勝ちぬいて、みごと選ばれた。けれど今度は、うそを信じてもらえないいんじゃないかとこわくて、宮廷《きゅうてい》を説得するための手助けがほしくなった。あたしをドリリエドに連れていくことで恩《おん》を売って、手助けさせる気でしょ」

おれの胸《むね》の中に、ある感情《かんじょう》がわきあがってきた。怒《いか》りというほど強い感情ではなかったが、口をついて出たのは怒っているような声だった。「おれが下心からいってると思ってるのか？　きみをそんなふうに利用すると？　そこまでひどい男だと思われていたなんて、おどろいたよ」

イモジェンの表情《ひょうじょう》がいくぶんやわらいだ。「あなたはひどい男じゃないわ。でも、あなた、コナーのせいで変わったのよ。わからない？　あなたが友だちになれそうな孤児の男の子から偽《にせ》の王子へと変わるのを、あたしはこの目で見てきた。りっぱな衣装《いしょう》を着せられても、結局は召使《めしつか》いでしかないのよ」

「おれは、だれの召使いでもない」

「ううん、召使《めしつか》いよ」イモジェンは悲しそうに首をふった。「あなたはコナーに屈《くっ》した。コナーに負けたのよ。あなたが負けるなんて思ってなかった」

「イモジェン、きみが知らないことがいろいろとあるんだ」

「なにがあるか知らないけれど、あなた自身が自由に生きるより大切なことなの？」イモジェンは少しためらってから、つけくわえた。「あなたにはがっかりしたわ。いっそ逃《に》げてくれればよかったのに。そのほうがまだましだった」

「逃げる？」おれは本気で腹《はら》を立てて立ちさろうとしたが、がまんできずにふりかえった。「じゃあトビアスが殺され、ローデンがあやつり人形の王になり、きみは一生ここで暗い人生をすごすことになってもいいんだな。コナーにえんえんと支配《しはい》されて、自由な空気がどんなものか忘《わす》れちまったんだな」

「そういうあなただってコナーに人生をゆだねたくせに。自由な空気を吸《す》えないのは同じでしょ」

なにかいい返そうとした。説明して、わかってもらいたい。けれど言葉が見つからず、コナーの支度《したく》が整う前に荷物をまとめておけとしかいえなかった。

イモジェンは首をふり、屋敷《やしき》の中へ小走りにもどった。追いかけたかったが、かえって事態《じたい》を悪化させるだけだと本能《ほんのう》がつげていた。イモジェンにどう思われようがかまわない。とにかくドリリエドに連れていく。

数分後、馬小屋についたときは数人の馬番の少年しかおらず、クレガンの姿《すがた》はなかった。旅の支度をしているのだろう。クレガンとはできるだけ顔をあわせないほうがよさそうだ。ローデンが選ばれるように願いつづけてきたのに、土壇場《どたんば》でおれが勝ちのこったので、頭にきているにちがいない。

ポコという名の短距離《たんきょり》用の競走馬を選んだ。馬番がコナーからの指示《しじ》なしに馬を貸《か》すのをいやがったので、鞍《くら》を自分で用意しはじめたら、おれが乗馬服をやぶってこっちまでしかられるのは迷惑《めいわく》だといって、しぶしぶ代わってくれた。

広びろとした野原をポコに乗って走るのは気持ちがよかった。この二週間でひとりきりになれる時間は何度かあったが、自由にはなれなかった。ポコは優秀《ゆうしゅう》な馬だ。騎手《きしゅ》の望みを本能的に感じとり、挑戦《ちょうせん》を受けて立つ気概《きがい》がある。ほどなくファーゼンウッド屋敷は緑豊《ゆた》かな丘《おか》のかげにかくれ、近くの川のせせらぎと、頭上でさえずる鳥の声しかしなくなった。背《せ》の高い木々《きぎ》の葉が、そよ風にゆれてカサカサと音を立てる。空を見上げ、風と陽光を顔に受けた。これぞ自由だ。

たぶん、最後の自由なひとときだろう。さっきイモジェンにいわれたことの中に真実があるとしたら、これがそうだ。

ポコの背中《せなか》からすべりおり、川のほとりに近づいた。つい先日、牝馬《ひんば》のウィンドストームにおきざりにされた場所からそう遠くない。あのときのことを思いだして苦笑した。友だちか父親に話をして、笑ってもらえたらよかったのに。いっしょに笑ってくれるのでも、おれのことを笑うのでもいいのに。川岸にはつるつるの小石がいくつもあった。それをひとつかみして、ひとつずつ川にはじき、川面に一、二回はねてから沈《しず》むのをながめた。けれどひとつだけ、手元にとっておいた。

わずか数分後、背後《はいご》から別の馬の荒《あら》い鼻息がきこえたときは、少しおどろいた。モットが追いかけてきたにちがいない。おれが馬小屋にいたときには遠くから見ていたし、東の丘《おか》の頂上《ちょうじょう》に着くころには馬小屋の中にいた。おれがひとりになれるよう、わざわざ時間をおいて追いかけてくるなんて、さぞもどかしかったにちがいない。

「少しいいか？」モットに声をかけられた。

「いいよ」

モットが馬をおりて寄《よ》ってくる。川をながめながら、かなり長いこと、ならんで立っていた。とうとうモットが口をひらいた。「コインロールをすればコナーさまに選ばれるとわかっていたのか？」

「コナーがどうするかなんてだれにもわからない。だから危険《きけん》なんだろ」

「しかし予想ぐらいはしていただろう。でなければ、今朝逃《に》げていたはずだ。秘密《ひみつ》の通路を使えば、かんたんに逃げられただろうが」

「逃げようとしたラテマーがどうなったか、知ってるだろ」

と指摘《してき》したら、気まずい沈黙《ちんもく》が流れ、しばらくしてモットがまた口をひらいた。「出発の準備《じゅんび》が整ったとコナーさまがおおせだ。エロルが着がえのために待っている」

「旅行用の服はもっと着心地がいいんだろうな」おれはつぶやいた。「国王になったらまっさきに、好きな服を着るべし、って命じるよ」

モットがくすくすと笑った。「服装《ふくそう》か。初の命令がそれとは型やぶりだな」また間《ま》をおいて、つけくわえた。

「セージよ、おまえはどのような国王になるのだろうな？　もしベルダーグラスが王となったら専制的《せんせい》で横暴《おうぼう》な王になるだろうが、おまえもその口か？　それとも、父上のように無頓着《むとんちゃく》で無関心な王か？」

おれはモットのほうを向いた。「父上ってエクバート王のこと？」

「もちろんだ」モットはせきばらいをして、つけくわえた。「慣《な》れろ。エクバート王は父上だ……おまえがジャロン王子ならば」

「そうだ」

おれはききながした。「もしおれが王子なら、あんたはコナー以上におれに忠誠《ちゅうせい》を誓《ちか》うんだよな？」

「じゃあ教えてくれよ。コナーはおれの家族を殺したのか？」

「それには答えられない」

「答えられないのか？　答える気がないのか？」

「おまえはまだ正式に王子とみとめられたわけじゃない」

おれはモットに向かって腕《うで》を広げた。「いまのおれはどっちに見える？　セージ？　ジャロン？」

モットはおれをしげしげと観察してから答えた。「それよりも、おまえ自身がどちらと思っているかのほうが重要なのではないか？」

「わからないよ。ぜんぜんちがう人生を必死に生きてきたのに、いまさら変われといわれても困《こま》る」

モットの次の言葉はあまりにも早かった。ひょっとして、この話題を切りだすきっかけをずっとうかがっていたのか。「ではきくが、セージよ、おまえのいうぜんぜんちがう人生とは、どちらの人生だ？　孤児《こじ》か？　それとも王子か？」

モットは乗ってきた馬のほうへ引き返し、馬の背《せ》にくくりつけてあった荷物を運びながらほどき、中身をおれの手にのせた。ジャロン王子の剣《けん》の複製《ふくせい》だ。おれは柄頭《つかがしら》のルビーを親指でなぞった。

「そのルビーを市場で売ったらいくらになるかと考えているのか？」

「いや」おれは剣をモットのほうへさしだした。「どういうこと？」

「おまえがほしがるにちがいないと思ってな。前に盗《ぬす》んだのはおまえだな？」返事はもとめていない。答えは、おたがいわかっていた。「となると、おまえはクレガンからあたえられた暴《あば》れ馬を乗りこなし、だれにも見られずに剣術《けんじゅつ》の稽古場《けいこじょう》を行き来したことになる」

「ずっと乗りこなしたとはいわないよ」おれはにやりとして白状《はくじょう》した。「最後には疲《つか》れきって、本当に川へ落とされたんだ」

モットはほほえみ、剣を軽くたたいた。「ドリリエドに発つ前にとりもどしたいのでは？」

「おれにくれるの？　おれのものってこと？」

モットがうなずくのを待って、おれは複製の剣をろくに見ないまま、川へ放りなげた。

モットはとっさにとりもどそうとして身を乗りだしてから、おれのほうをふりかえった。「なぜ投げた？」

おれはあごをつきだしてモットを見た。「カーシア国の王子は安っぽい複製の剣など身につけない。あんな剣は王子への侮辱《ぶじょく》だ」

「盗んだのは、そのせいか？」モットは、おれの返事を待たずにつづけた。自分からはみとめたくなかったので、ありがたい。「本物の王子らしく見せる道具となっただろうに」

「このおれがあんなものに頼《たよ》らなければならないと、本気で思ってるのか？」

モットはゆっくりとうなずいた。それはおれの質問《しつもん》への答えではなく、心の中にずっとひっかかっていた疑問《ぎもん》が、ようやく解《と》けたことをしめすうなずきだった。「いいえ。あなたさまにあのようなものは必要ありません、殿下《でんか》」

「じゃあ、おれが王子だと宮廷《きゅうてい》を説得できると思うか？」

モットは深呼吸《しんこきゅう》し、片《かた》ひざをついて頭を下げた。「この目が節穴《ふしあな》だったことをおゆるしいただけるのであれば、いままでわたしが見てきたのは、けっして孤児のセージではありませんでした。いま、わたしがひざまずいているのは、カーシア国の生きている王子。あなたさまはジャロン王子です」

42

　カーシア国のジャロン・アトーリアス・エクバート三世は、エクバート王とエリン王妃《おうひ》の次男として生まれた。評議員《ひょうぎいん》は全員、息子ではなく娘《むすめ》だったらよかったのにと思っていた。娘だったら、平和を守る手段《しゅだん》としてジェリン国に嫁《とつ》ぐこともできたからだ。

　若《わか》きジャロン王子は、王族としてとくに秀《ひい》でたところもなかった。兄よりも背《せ》が低く、さわぎを引きおこす才能《さいのう》があり、王族として左利きはみとめられないのに好んで左手を使いたがった。

　エリン王妃は本音をいうと、この次男がかわいくてしかたなかった。長男のダリウス皇太子《こうたいし》は将来《しょうらい》の国王として帝王学《ていおうがく》を学んでおり、生まれた瞬間《しゅんかん》から国のもので、性格《せいかく》も皇太子らしかった。決断力《けつだんりょく》があり、自制《じせい》心《しん》もあり、つねに冷静で、母親に対しても距離《きょり》をとっていたのだ。しかしジャロン王子はそれほど期待されないぶん、いつでもよけいにかわいがることができた。

　エリンはカーシア国の王妃という立場を心地よいと感じたことが一度もなかった。本心をかくさなければならないし、冒険《ぼうけん》好きの性格を知られてもいけないからだ。エリンにとって若きエクバートとの恋愛《れんあい》は人生最大の冒険で、落ちついて将来を考えたときには、すでに恋《こい》に落ちていた。

　かつてエリンは、父親が航海中に大病をわずらったあとにこしらえた借金を返済《へんさい》するため、一年ほど、田舎町《いなかまち》パースの小さな酒場で給仕をしていた。それは屈辱《くつじょく》的な仕事だった。一家は社会的な地位があり、エリンも教育を受けていたため、没落《ぼつらく》ぶりが身にしみたのだ。しかしエリンが屈辱に耐《た》え、いろいろと工夫したおかげで、酒場は繁盛《はんじょう》しはじめていた。

そんなある晩《ばん》、従者《じゅうしゃ》たちと旅をしていたエクバートはエリンと出会い、その美しさ、魅力《みりょく》、家族を強く思う気持ちにすっかり魅《み》せられ、翌日《よくじつ》の晩も変装《へんそう》して酒場をおとずれた。三日目にはエリンに正体を見抜《みぬ》かれたが、エクバートはこのままエリンと会いつづけたい一心で、秘密《ひみつ》を守ってくれとうったえた。

その週の終わりにエクバートはエリンの父親の借金を清算したうえ、酒場の主人に余分《よぶん》に金をわたし、エリンの素性《すじょう》をけっして明かさないようにと国王として命令した。そしてエリンを首都ドリリエドに連れてかえり、王妃に迎《むか》えたのだった。

エクバートとエリンの結婚《けっこん》生活は幸せだったが、国の統治《とうち》については意見があわなかった。エリンは、エクバートが貿易《ぼうえき》法で譲歩《じょうほ》してなだめようとした相手や、明らかな協定違反《いはん》を見逃《みのが》してやった相手の顔に、いやらしい下心を読みとっていた。長男のダリウスはいずれ、衝突《しょうとつ》を恐《おそ》れるエクバートの尻《しり》ぬぐいをしなければならない。いっぽう次男のジャロンはもっと自由に生きられる。そんなジャロンをエリンは愛していた。

ジャロンが母親似《に》であることは、幼《おさな》いうちにはっきりした。謁見室《えっけんしつ》に火をつけたのは、悪意からではなかった。友だちになった城内《じょうない》の召使《めしつか》いに、タペストリーが燃《も》えるかどうか、賭《か》けを持ちかけられたのだ。ジャロンとしては、タペストリーの目立たない隅《すみ》を少し燃やすことで燃えると証明《しょうめい》するつもりだったが、三百年以上の歴史が織《お》られたタペストリーは、召使《めしつか》いたちが火を消す前に燃《も》えつきてしまった。

十歳《さい》のジャロンがメンデンワル国王に決闘《けっとう》をもうしこんだ逸話《いつわ》も大衆《たいしゅう》に人気があった。だがメンデンワル国王がエリン王妃《おうひ》を王族にふさわしくないと非難《ひなん》するのをジャロンが立ち聞きしたことは、いっさい知られていない。大衆は、十歳の少年が四倍以上の年齢《ねんれい》の国王と対決するさまを想像《そうぞう》して笑っただけだ。メンデンワル国王はおどけてジャロンの願いをききいれ、決闘では明らかに手抜《てぬ》きをした。その決闘は国王が苦もなく勝利したが、ジャロンは国王の太ももに深い切り傷《きず》を残せただけで満足だった。それ以降《いこう》、ジャロンは剣《けん》術《じゅつ》に倍の努力をするようになった。

ジャロンが成長するにつれて、エクバート王はジャロンのいたずらにますます腹《はら》を立て、恥《は》じるようになった。いっぽうジャロンも父親の望む模範《もはん》的な王族になろうとせず、いっそう反抗《はんこう》するようになり、夜、天気が良ければしょっちゅう、やる気をそぐような悪天候でもたびたび、寝室《しんしつ》の窓《まど》からこっそり抜《ぬ》けだした。高さにひるむことは一度もなかった。ある塔《とう》から三メートル以上落ち、屋根の端《はし》の飾《かざ》りにひっかかって命びろいしても懲《こ》りなかったほどだ。石造《いしづく》りの外壁《がいへき》を素手《すで》と素足《すあし》でよじのぼる方法も身につけたが、そのことを知る者はほとんどいなかった。現場《げんば》を目撃《もくげき》したことがあるのは、ジャロンの兄のダリウスだけだったのだ。

なぜ数かずの悪さを知っていながら兄がだまっているのか、ジャロンはとうとう理解《りかい》できなかった。いずれ自分が王を継《つ》いだとき、ジャロンが父親にしているようないやがらせをしないよう、おもねっているのか？　いちいちさわぎたてたら、自分の息子すらおさえられない国王が国を治められようかと、カーシア国内外で噂《うわさ》がひろまってしまうからか？　じつは兄ダリウスはジャロンを愛していて、王を継ぐ者にはゆるされない人生を弟が送れるようにかばっていたのだが、ジャロンはこれっぽっちも気づいていなかった。それどころか、母親だけでなく兄や父親からも本気で愛されていると実感したことがなかった——家族が全員死んで手《て》遅《おく》れとなるまでは。

十一歳の誕生日《たんじょうび》をひかえたある日、ジャロンは両親にひそかに呼《よ》びだされた。当時、ジェリン国とアベニア国は戦争をも辞さずとカーシア国の国境《こっきょう》におしよせていて、カーシア国の評議員《ひょうぎいん》たちは、もしエクバート王が敵軍《てきぐん》をしりぞけないのなら退陣《たいじん》させるといきまいていた。この状況《じょうきょう》では、王家の足を引っぱりかねないジャロンを野放しにはできない。そこでエクバート王は、北方のバイマール国の学校にジャロンを行かせることにした。その学校に行けば、すばらしい教育を受けられるうえ、王子にふさわしい礼儀作法《れいぎさほう》も身につくはずだった。

ジャロンは声を荒《あら》らげて抗議《こうぎ》し、自分をバイマール国に追いやるなら、逃《に》げて行方をくらますと毒づいた。それに対しエクバート王は、もしジャロンが行かなければ、カーシア国は終わりを迎《むか》えるかもしれないとまでいった。エクバート王は祖国《そこく》にも、国境にせまった敵国《てきこく》にも、こうと決めたことはやりぬく力があることを見せつけなければならず、実の息子を追いはらうことで優柔不断《ゆうじゅうふだん》という汚名《おめい》を返上しようとしたのだ。

エリン王妃もエクバート王の決断《けつだん》を受けいれるよう、ジャロンに切々《せつせつ》とうったえ、カーシア国とわたしのためにバイマール国に行ってほしいと頼《たの》みこんだ。

「母上のためなら受けいれる」とうとうジャロンはいった。「母上のために行くよ。ただし、永遠《えいえん》にさよならだ」

本気でいったわけではなかった。腹《はら》の虫がおさまらず、自暴自棄《じぼうじき》になっただけだ。いっぽうで、いいようのないやるせなさも感じていた。国境《こっきょう》に敵国《てきこく》がおしよせてきたのは、ジャロンのせいではない。あまりにも長く見て見ぬふりをしてきたエクバート王のせいだ。エクバート王が呼《よ》びかけさえすれば、国内の味方はこぞって立ちあがるのに――。

翌日《よくじつ》、ジャロンは静かに出発した。送別の夕食会もなければ、イゼルの港まで大勢《おおぜい》の従者《じゅうしゃ》がつきしたがうこともない。ほんの数名が、アベニア国からエランボール海をわたってバイマール国まで同行するだけだ。

ジャロンは船に乗ってすぐに、出航してもいないのに船酔《ふなよ》いしたと文句《もんく》をいって鎮静《ちんせい》作用のある薬を受けとり、船内の自室へ休みに行った。

だがジャロンは薬を飲まなかった。船室のせまい窓《まど》からすり抜《ぬ》けるのは至難《しなん》の業だったが、十歳《さい》にしては小柄《こがら》だったので、肩《かた》を通したあとはかんたんだった。船はジャロンがおりたことに気づかないまま出港し、その日の午後遅《おそ》く、海賊《かいぞく》たちに襲撃《しゅうげき》された。

その一報《いっぽう》がカーシア国にとどいた時点で生存者《せいぞんしゃ》の捜索《そうさく》が行われたが、海賊と戦って殺されたか、あるいは海でおぼれたかして、全員死亡《しぼう》していた。ジャロンの遺体《いたい》が発見されなかったので、一縷《いちる》の望みをかけてアベニア国とカーシア国全土に捜索がひろげられたが、ほどなくジャロンもほかの大勢の乗客とともに海の底に沈《しず》んだのだとだれもが信じるようになった。

いっぽう無事に陸にもどったジャロンはすぐに、自分がアベニア国にとけこめることを悟《さと》った。アベニア風の発音ができるし、外国の文化を学んでいたのでアベニア国民のようにふるまえる。金は他人から盗《ぬす》むか、あるいはかたっぱしから臨時《りんじ》の仕事を見つけてかせいだ。

それでもひもじい思いをする日もあり、夜は闇《やみ》の中をうろつく凶悪《きょうあく》な強盗《ごうとう》に見つからないようにと祈《いの》りながら、物陰《ものかげ》でちぢこまってすごした。

最初にジャロンを見つけたのは兄のダリウスだった。ジャロンがたまたまある教会の献金《けんきん》皿に一枚《まい》の硬貨《こうか》を入れたとき、その教会の司祭がジャロンの正体に気づき、近くの町でジャロンを探《さが》していたダリウスに知らせたのだ。司祭は時間をかせぐため、食料があまっているとジャロンにやさしく声をかけ、教会の階段《かいだん》を掃除《そうじ》してくれれば一晩《ひとばん》泊《と》めてやろうといった。翌朝《よくあさ》早く、ダリウスはひとりきりでやってきて、ジャロンとささやかな朝食をとりながら、自分たちのせいで息子を失ったとなげき悲しむ両親の様子を語ってきかせた。

ジャロンはさめざめと泣き、両親さえゆるしてくれるのなら喜んで城《しろ》にもどるといった。ダリウスはジャロンに教会に残るようにいい、父親にきいてみるとつげた。

ダリウスはジャロンを残して部屋を出ると、司祭に礼をいい、残念ながらあの子はカーシア国の行方不明の王子ではないとつげた。それでもあの子があわれだから、あと一週間面倒《めんどう》を見てくれと司祭に金をわたした。

そして一週間後、ジャロンはようやく、カーシア国の将来《しょうらい》において自分が果たすべき役割《やくわり》を理解《りかい》することになるのだった。

43

一週間後、教会にいたジャロンに、ひとりの男が会いにやってきた。もし司祭がその男についてたずねられたら、身元は知らないが、とても高貴《こうき》な人物という印象を受けたとしか答えなかっただろう。しかし司祭にたずねる者はなかった。世間の知るかぎり、少年はだれにも見向きもされない孤児《こじ》でしかなかった。

男はおおげさに変装《へんそう》していたが、ジャロンは父親だとすぐに気づいた。父と子は抱《だ》きあわなかった。そういう親子ではなかったのだ。それでも父親の目には涙《なみだ》がうかんでおり、ジャロンは初めて父親を国王としてではなくひとりの男として見た。

ふたりは、教会の信者席の中央にすわった。その日やってきた信者はごく少数で、ふたりが注目をあびることはなかった。すぐ近くにすわっているのに、最初はぎこちなく、父と子の心の距離《きょり》はだいぶあいていた。

「わたしがおまえくらいのころには、演奏家《えんそうか》になりたかった」と、エクバート王がいった。話のきっかけを探《さが》したのだが、不器用でそれしか思いつかなかったのだ。「知っていたか?」

ジャロンはうなずいた。演奏家になりたかったという話は母親からきいていたし、ジャロンが幼《おさ》なかったころ、ときどきお気に入りの楽器をとりだして教えてくれることもあったのだ。だが父親は楽器の演奏《えんそう》を恥《は》じていて、召使《めしつか》いたちがそばにいるときは演奏しないように気をつけていた。

エクバート王は若《わか》き日々《ひび》を思いだしてほほえんだ。「フィップラーを吹《ふ》くのは楽しかった。お世辞にも上手とはいえなかったが、楽しくてしかたなかった。小さかったころのことをおぼえているか？　一、二曲教えたと思うが」

「一曲おぼえてるよ」ジャロンは小声でいった。「母上のお気に入りの曲」

エクバート王は腕《うで》を組み、教会の長椅子《ながいす》によりかかった。「わが父上は……つまり、おまえの祖父《そふ》だな。父上はわたしの奏《かな》でる曲のかんだかい音にがまんできず、わたしに演奏をやめさせた。将来《しょうらい》の国王に音楽の教育など必要ない、時間のむだだといってな。そのときは意味がわからなかったが、たしかに父上のいうとおりだった」

ジャロンはだまってきいていた。父親にも子ども時代があったことや、王座《おうざ》とは関係のない夢《ゆめ》があったことなど想像《そうぞう》がつかなかった。

「ジャロンよ、おまえとわたしは、おまえが思うほどにはちがわない。子どものころはしょっちゅう、皇太《こうたい》子《し》以外の人物になれたらよかったのにと思ったものだ」

「おれは王位を継《つ》ぐ皇太子じゃない」と、ジャロンは指摘《してき》した。「ただの王子だ。次の王はダリウス兄さんだよ」

「そうだな。ダリウスは、いずれりっぱな国王となろう。では、おまえは？　どのような人生を送りたいのだ？　おまえに王子は似《に》あわんようだが」

エクバート王がつたえたかったのは、たとえ城《しろ》にもどれなくても自由な人生を送れるというはげましだった。しかしジャロンは自分が王子にふさわしくないといわれたと思い、返事がわりに肩《かた》をすくめた。

「この数週間、平民としてどのように生きてきた？」エクバート王がたずねた。

「まあ、なんとかなったよ」

「そうだろうと思っていた。おまえならできるとわかっていた」

ジャロンはさぐるような目でちらっと父親を見た。いまのはどういう意味だろう？

エクバート王はため息をついた。「だが、これからも苦労するであろう。王子でなくなれば、ただの子どもだ。腹《はら》をすかそうと、寒かろうと、なぐられて路上にたおれていようと、だれも気にかけてくれん。わたしとしてはできるかぎりのことはするつもりだが、限界《げんかい》があるのはわかってくれ」

「家にもどりたい」ジャロンは、そっといった。みとめたくはなかったが、王子にふさわしいかどうかは別にして、もう一日たりともひとりでは生きられなかった。母親ならもどってきてほしいといってくれそうだった。たぶん兄のダリウスもいってくれる。だが父親はわからない。

「もどってはならん」父親はおごそかにいった。

ジャロンは反抗《はんこう》するようにあごをつきだした。怒《いか》りをこらえているときによくやる癖《くせ》だ。「逃《に》げだした罰《ばつ》？　勘当《かんどう》ってこと？」

「勘当でも罰でもない。目下、おまえの祖国《そこく》が、おまえにそう要求しているのだ」

ジャロンはあきれて天をあおいだ。そうあっさりと責任逃《せきにんのが》れをさせるものか。「じゃあ平民になれってこと？　エクバート王とお呼《よ》びいたしましょうか？　それとも父上の名前そのものを忘《わす》れたほうがいい？」

その言葉にエクバート王は傷《きず》ついた。だがジャロンも家にもどるなといわれて傷ついていたので、当然のことをいったまでだと思っていた。

「ジャロンよ、おまえはこれからもずっとわたしの息子だ。しかし海賊《かいぞく》に襲《おそ》われたせいで、すべてが変わってしまった。おまえは死んだとだれもが信じているのだ。いまさら生きていることにはできん」

数秒間、ふたりとも沈黙《ちんもく》したあと、ついにジャロンがいった。「もしおれが帰国したら、船を沈《しず》めたという理由で、アベニア国に宣戦布告《せんせんふこく》せざるをえないってこと？」

エクバート王は大きなため息をついた。「そうだ。王族が乗った船を攻撃《こうげき》したのがアベニアの海賊だと、おまえが証言《しょうげん》できるからな。もしアベニア国と戦争を始めたら、ジェリン国はかならずやアベニア国と手を組む。そうしたらわがカーシア国は敵国《てきこく》に囲まれ、この戦争を生きのびられん」

「もしおれが行方不明のままでも宣戦布告《せんせんふこく》する？」

「行方不明のままなら、おまえが死んだという証拠《しょうこ》が見つからないかぎり戦争はしないと国民にいえる」

「じゃあ、おたがい、どうするべきかは明らかだね」ジャロンは淡々《たんたん》といった。その可能性《かのうせい》は頭をかすめてはいたが、そうならないようにと願ってもいたのだった。「ダリウス兄さんと母上はどうなのかな？」

「ダリウスはおまえを恋《こい》しく思っているが、カーシア国のために犠牲《ぎせい》をはらわねばならないこともわかっておる。エリンはおまえが見つかったことを知らん。見つかったと知れば、なにがなんでもおまえをとりもどそうとするだろうが、エリンは敵国《てきこく》の包囲網《ほういもう》が見えておらん」

「これまでだって敵《てき》はつねに国境《こっきょう》にいただろ」

「しかし、いっせいにおしよせてきたことはなかった。おまえが行方不明になってからは、死を悼《いた》むわれらに敬意《けいい》をはらって、いったん国境から撤退《てったい》しておるが。しかし、敵はそれだけではない。カーシア国内のわが城《しろ》の中にもおる。王座《おうざ》を虎視眈々《こしたんたん》とねらっている評議員《ひょうぎいん》たちだ。もし息子の仇《かたき》などという理由で宣戦布告《せんせんふこく》したら、支持《しじ》をえられないかもしれん。恐《おそ》ろしい連中だ」

「危害《きがい》をくわえられるってこと？」

エクバート王はむりやり笑みをうかべた。「国王にとって評議員はつねに最大の脅威《きょうい》だ。しかし、わたしにはダリウスがいる。たとえわたしがやられても、王家の血筋《ちすじ》を絶《た》やすわけにはいかん。さもなくばカーシア国は内戦で自滅《じめつ》してしまう。血筋を守るのがダリウスの義務《ぎむ》なのだ。ジャロン、おまえは自分の義務を理《り》解《かい》しておるか？」

ジャロンは、わずか十歳《さい》の少年にしてはあまりにも深く理解していた。「おれの義務は、永遠《えいえん》に行方不明のまま、城にもどらないこと」

「世間に身分を明かしてはならんとわかっておるか？　己《おのれ》にまつわるすべてを、できるかぎり変えねばならん。染料《せんりょう》で髪《かみ》の色を明るくし、髪をのばして顔の印象を変えよ。アベニア国のなまりでしゃべっているそうだな。それでよい」

「左手も使っていいんだよね。昔から左手のほうが使いやすかったんだ」

「城で学んだことはすべて忘《わす》れろ。学問も文化も技能《ぎのう》もだ。ここからそう遠くないカーチャーという町に孤《こ》児院《じいん》がある。国境を越《こ》えたカーシア国内の町だ。孤児院を経営《けいえい》するターベルディ夫人は評判《ひょうばん》がいい。夫人に直接金《ちょくせつ》をわたしておまえの世話を頼《たの》むわけにいかないのは、わかってくれ。なにも恵《めぐ》まれていないただの孤《こ》児《じ》として、そこに行くのだ。成人して自立するまでは苦労するであろうが」

ジャロンは涙《なみだ》で目がちくちくしたが、ぐっとこらえた。自分が苦しむ姿《すがた》をさらして、父親を満足させるものかと思ったのだ。

エクバート王はジャロンのつらそうな様子に気づいていたとしても態度《たいど》には見せず、ジャロンにひと握《にぎ》りの銀貨をわたした。「銀貨の出所について話をでっちあげて、孤児院にもぐりこめ。盗《ぬす》んだことにしてもよいし、ほかでもよい。銀貨があれば正面から入れるだろう」

「銀貨がなくなったら、仮病《けびょう》を使うよ。熱にうかされて本当のことを白状《はくじょう》したふりをする」

エクバート王はほほえんだ。「家庭教師《きょうし》たちにもよく同じ手を使っていたな。それが生きる術《すべ》となるとは皮肉なものだ。ターベルディ夫人がいつおまえを奴隷《どれい》として売りとばそうとするかわからんが、まず買い手がつかないだろう」

「そうだね。おれはやっかい者だから、だれもほしがらないよね」

「そうだな」

自分はやっかい者だから親にも捨《す》てられたのだ、とジャロンは暗にいっているのだが、おそらくエクバート王はそこまでわかっていなかっただろう。

エクバート王は腰《こし》に結びつけていた小袋《こぶくろ》をはずし、ジャロンの手におしつけた。「中に贈《おく》り物がある。わたしにしてやれるせいいっぱいの贈り物だ。使い方を書いた手紙も入れてある」

ジャロンは小袋の中をのぞき、すぐに袋《ふくろ》の口をしめた。いまのジャロンにはどうでもいい物だった。

エクバート王が話を切りあげて立ちあがると、ジャロンはその腕《うで》に手をおいてささやいた。「もう少しいてくれよ」

「司祭に不審《ふしん》がられる」

「じゃあ、これが現実《げんじつ》なんだね？」ジャロンの心臓《しんぞう》ははげしく脈打っていた。悲しみのせいか、将来《しょうらい》への不安のせいかは、自分でもわからなかったが。「父上がここを離《はな》れたら、おれはもうジャロン王子じゃない。ただの平民、ただの孤児《こじ》になるんだね」

「心の中はつねに王族でいてよい」と、エクバート王はやさしくいった。「祖国《そこく》のためにふたたびジャロン王子とならなければならないときが、いずれ来るかもしれん。そのときがきたら、おまえにはきっとわかる」

「おれは……ひとりきり？」

エクバート王は首をふった。「毎月末日に変装《へんそう》してターベルディ夫人の孤児院《こじいん》にいちばん近い教会をおとずれよう。わたしにどうしても会いたくなったら、そこに来ればよい」

エクバート王は、そういいのこして去っていった。

その瞬間《しゅんかん》からジャロンは、アベニア国のしがない演奏家《えんそうか》と酒場の女給を親に持つ、カーシア王室とは関係のない、天涯孤独《てんがいこどく》の孤児セージとなったのだった。

44

路上の石に乗りあげて馬車がゆれた瞬間《しゅんかん》、はっとして顔をあげた。真正面にすわっていたコナーが、嫌悪《けんお》感《かん》をあらわにおれを見た。おれを王子に選ばざるをえなくなったのが、くやしくてしかたないのだ。とはいえ、おれの右どなりで眠《ねむ》っているトビアスは完全な失敗作だし、左どなりに背筋《せすじ》をのばしてすわっているローデンでは評議員《ひょうぎいん》たちに納得《なっとく》してもらえない。

イモジェンはコナーの左にすわっていた。目の前の光景をいっさい受けいれようとせず、ひたすら前を向いている。コナーの右どなりのモットは、おれと視線《しせん》があって、かすかにうなずいた。

これ以上モットにうそをついても意味がなかった。あの川岸で、モットはおれに王子かどうかたずねなかった。わざわざたずねなくても、おれの反応《はんのう》から自分の考えが正しいことを悟《さと》っていたのだ。たずねたいことは山ほどあるはずだし、おれもモットにつたえたいことが山ほどある。どうどうと話せる相手がいるだけでいい。しかしコナーが一刻《いっこく》も早く出発したがっていたので、モットにはふたりだけの秘密《ひみつ》として胸《むね》の中にしまっておくように頼《たの》んだ。苦りきった顔からすると、守ってくれているようだ。

座席《ざせき》にもたれ、また目をとじた。眠るためではなく、考えごとをするためだ。四年間、セージという孤児《こじ》になりすましてきたあとで、ジャロンとして登場してまわりを納得させられるのか？

最後の一週間、コナーにきびしく鍛《きた》えられたのは、正直とても助かった。宮廷《きゅうてい》の役人たちの名前はもちろん、王子ならば当然知っているはずの先祖《せんぞ》の名前すら忘《わす》れていた。剣術《けんじゅつ》と乗馬は幼《おさな》いころに訓練を積んでいたので、いまでも呼吸《こきゅう》と同じくらい本能《ほんのう》的にこなせた。しかし孤児院《こじいん》でもひまを見つけて練習はしてきたが、この四年で腕《うで》がなまっていたので、稽古《けいこ》しなおせたのはありがたかった。

眠っているふりをしていたが、乗馬で挑発《ちょうはつ》したときの怒《いか》りくるったクレガンを思いだすと、つい口元がゆるんでしまう。クレガンが馬小屋から連れてきた野生の暴《あば》れ馬は、たしかにおれには手なずけられなかった。みんながほかに気をとられているあいだに、馬をあやつって複製《ふくせい》の剣《けん》を盗《ぬす》みだすのがやっとだった。

ほかの授業《じゅぎょう》はすべて時間の無駄《むだ》だった。読み書きはまわりが思うよりはるかに得意だったが、それをばらしたら変装《へんそう》が台無しになってしまう。字が読めないふりをしたことは、あとでトビアスに謝《あやま》らなければならないだろう。トビアスが眠っている夜におれがおぼえ書きをすべて読んでいたと知っていたら、もっと厳重《げんじゅう》にかくしていたはずだ。といってもトビアスに切られた背中《せなか》はまだ痛《いた》いし、そっちのほうがはるかに重大な犯罪《はんざい》だ。よし、もしトビアスがゆるしてくれるのなら、おれもトビアスをゆるしてやろう。

ほかにもゆるしを請《こ》わなければならないことはいろいろあるが、半分もゆるしてもらえないのではないかと不安だ。

たとえば、イモジェン。おれをすっかり信用し、じつは声を出せるという人生最大の秘密を明かしてくれたのに、おれはイモジェンになにひとつ秘密を明かしていない。

アマリンダ姫《ひめ》もゆるしてくれないだろう。姫は失意の中、婚約者《こんやくしゃ》の愛しいダリウスが生きているかどうか教えてくれとわらにもすがる思いでおれにうったえ、ジャロンの生死についても必死にたずねた。もしダリウスが本当に死んでいるとしたら、姫はいずれ後継者《こうけいしゃ》のジャロンと結婚《けっこん》せざるをえなくなるのだ。

母上にゆるしを乞《こ》うことは、永遠《えいえん》にできなくなった。母上はおれがアベニアの海賊《かいぞく》に襲《おそ》われて死んだと信じたまま、世を去ってしまった。

父上にゆるしを乞うことも、もうかなわない。

この四年間、おれが城《しろ》から遠ざけられているのは父上のせいだと、父上をうらんですごしてきた。行方不明のまま城に戻《もど》ってくるな、という父上の頼《たの》みをすんなりと引きうけたのは事実だが、この四年でここまでつらい思いをするなんて、あの時点でわかるはずがない。父上はおれの今後を予測《よそく》できたにもかかわらず、己《おのれ》の息子より祖国《そこく》の平和のほうを優先《ゆうせん》した。おれにはたしかなことはわからないし、もしかしたら正しい判断《はんだん》だったのかもしれないが、両親にやっかいばらいされたことへのわだかまりは消えなかった。教会で再会《さいかい》したとき、すでにおれを遠ざける計画を立てていた父上への怒《いか》りも消えなかった。毎月末日、父上の姿《すがた》を一目見ようと孤児院《こじいん》のそばの教会に行ったが、おれがいることをけっして知らせず、あれ以来二度と言葉もかわさなかった。

けれど両親も兄も殺されたとコナーにきいてようやく、父上をちがう視点《してん》から理解《りかい》するようになった。

父上は、国王にとって評議員《ひょうぎいん》はつねに最大の脅威《きょうい》だといっていた。そしてコナーは、王室の三人は評議員のだれかが王座《おうざ》につくために殺されたのだといった。

父上は四年も前から家族全員が殺される可能性《かのうせい》について考えていたことが、ファーゼンウッド屋敷《やしき》にいるあいだにだんだんわかってきた。父上がおれを遠ざけたのは、世間体のためでも、アベニア国へのやむなき宣戦布告《せんせんふこく》をさけるためでもなかった。おれを生かしておくために、遠ざけていたのだ。おれが海賊に命をねらわれたあと、父上は残りの家族の命もねらわれていると不安になったにちがいない。あの日教会で父上はおれに、カーシア国を救うためには王家の血筋《ちすじ》を絶《た》やしてはならないといった。つまり最悪の事態《じたい》が起きて父上たちが殺されても、おれが生きのこっていれば王位継承権《けいしょうけん》を主張《しゅちょう》できるということだ。父上は城にもどる手段《しゅだん》まで用意してくれた。まさかそれが必要になるとは、夢《ゆめ》にも思っていなかったが。

初めてファーゼンウッド屋敷に連れてこられたとき、コナーはジャロン王子が生きているのを知っていて、本物の王子を探《さが》しだし、王子を楯《たて》に金を巻《ま》きあげるつもりなのだと思っていた。だから正体を知られてなるものかと身がまえていた。だが身代金をねらう計画もひどいが、コナーの計画ははるかに悪質《あくしつ》だった。偽《いつわ》りの王子をたてて、王国全体をだまそうともくろんでいたのだ。

そうと気づいた時点で、最善《さいぜん》の策《さく》はコナーの計画に乗ったふりをし、思いどおりの条件《じょうけん》でコナーにおれを選ばせたうえ、首都ドリリエドにもどって本当の正体を明かすことだと考えた。コナーにはコナーの、おれにはおれの計画があるわけだ。まだ、どちらが成功するかはわからないが――。

コナーがおれの両足を蹴《け》とばした。「もうすぐだ。背筋《せすじ》をのばし、王子らしく見えるよう、努力ぐらいしろ」

「こんな夜遅《おそ》くに城《しろ》に入るんですか?」窓《まど》から外の暗闇《くらやみ》をのぞきながら、おれはつぶやくようにたずねた。

「もちろん入らん。宿屋に泊《と》まる。新国王の就任《しゅうにん》祝いは明日の夜だ」

「宿屋に泊まるなら、このままでいいですよね」おれは座席《ざせき》の背《せ》にだらしなくもたれかかった。

孤児《こじ》のセージに扮《ふん》するのもあと少しだ。セージでいられるかぎりは、その役割《やくわり》を楽しんでやる。

45

〈旅宿〉という、じつにわかりやすい名前の宿の前でとまった。城からそう離《はな》れていない場所にあり、城に泊まることをゆるされなかった貴族《きぞく》はたいていここに泊まる。おれはコナーに、ここは金持ちの権力者専《けんりょくしゃせん》用《よう》の宿だから、おれたちは場ちがいだとつげた。皮肉をいって楽しんだのだが、コナーには通じなかったようだ。

「わたしは金持ちの権力者だ!」コナーはいらついていた。「顔を知られているから、なぜわたしがここに泊まっているのかなどと疑問《ぎもん》に思う者もおらん。おまえは静かにさえしていれば、だれも見向きもせん」

コナーが三部屋を予約しに行き、モットはおれとローデン、トビアスとイモジェンとともに残った。イモジェンは個室《こしつ》をあたえられたら逃《に》げだすだろうかと本人を見つめながら思ったが、すぐに打ち消した。見知らぬ町でひとりで生きていくだけの金がないし、逃げだすなんて恥《はじ》だと考えそうだ。

「なぜおれたちまで連れてきた?」コナーが馬車をおりたあと、ローデンがおれに質問《しつもん》した。「おれたちの目の前で王位について、屈辱《くつじょく》を味わわせたいのか?」

「命を救ってくれたんだ」と、トビアス。「いっしょに連れてくることで、ファーゼンウッド屋敷《やしき》で殺されないようにしてくれたんじゃないか」

「トビアスのいうとおりだ」と、モットもいった。「屋敷《やしき》に残されたふたりを始末するように命じられたと、クレガンがいっていた」

ローデンは腕《うで》を組み、あごをつきだした。「クレガンがおれを殺すはずがない。おれを王子にしたかったんだから」

「それを決めるのはクレガンじゃない」とトビアスがいい、「それに」とモットもつけくわえた。「コナーさまの判断《はんだん》は正しかったといずれわかる」

おれはモットをすばやくにらみつけた。いいすぎだ。モットは目をふせ、それ以上はいわなかった。

「なぜこの子まで？」と、トビアスがイモジェンのほうへあごをしゃくってから、にやりとした。「あっ、そうか。姫《ひめ》の説得に利用するのか。アマリンダ姫もまさか下女がうそをつくとは思わないし」

イモジェンが顔を紅潮《こうちょう》させ、憎《にく》しみをこめた目でにらみつけてきた。きのう、イモジェンも同じことをいって、おれを責《せ》めたのだった。

「おれが王位についたら、全員自由の身だ」とおれはいった。「おれたちのあいだの秘密《ひみつ》を守ってくれさえすればいい」

「そんな言葉、だれが信じるかよ」と、ローデンが吐《は》き捨《す》てるようにいった。「おれたちは知りすぎている。おまえの寛大《かんだい》さをたたえるのは、まちがいなく無罪放免《むざいほうめん》となるかどうか、見きわめてからにさせてもらう」

「かまわないよ」おれはそういい、目をとじた。

けれど長く目をつぶる間《ま》もなく、コナーがすぐにもどってきた。「ドリリエドにはどこも空きがない。到《とう》着《ちゃく》が遅《おく》れている男の部屋を横どりするのに法外な金がかかった。宿屋の主人に金を握《にぎ》らせ、その男の使者が予約をしに来なかったことにしてもらったぞ」

「つまり、一部屋だけってこと？　イモジェンはどうするんです？」と、おれはたずねた。

「この馬車に泊《と》まらせる」

「いや、馬車にはおれたちが泊まる。レディーにそんな思いはさせない」

「レディーではない」と、コナー。「おまえがわたしから盗《ぬす》もうとしている、うちの台所女中だろうが！」

「イモジェンはあんたのものじゃないし、おれのものにもならない！　部屋はイモジェンに使わせる！」

といったら、コナーが目にいやらしい光を宿してにやりとし、イモジェンにむかって手をさしだした。「よかろう。では、いっしょに来てくれ」

コナーの手をはらいのけたら、モットが身を乗りだしていった。「宿できゅうくつな思いをしないよう、わたしとクレガンがローデンとトビアスとともに馬車に残ります。イモジェンに予《よ》備《び》のベッドをつかわせ、シーツをつるして仕切ればいい。コナーさまとセージは、部屋の残り半分をいっしょに使ってください」

がまんできる妥《だ》協《きょう》案《あん》だ。イモジェンはいい顔をしなかったが、それが最《さい》善《ぜん》の策《さく》だった。イモジェンはおれの手もコナーの手もこばみ、助けをかりずに馬車をおりて、おれたちのあとから宿屋に入った。

宿屋の中を歩きながら、なぜ満室なのかとたずねたら、「顔をあげるな」と、コナーに小声で注意された。「王族が死んだという噂《うわさ》は、すでに国中にひろまっている。明日の晩《ばん》だれが新国王となるのか、こぞって見に来ておるのだ」

「自分の計画がうまくいくと、まだ自信満々《じしんまんまん》ですか？」

「以前ほどの自信はない」と、コナーはささやいた。「これほどの競争になるとは思っていなかった。明日はみなを納得《なっとく》させるために、そうとうがんばってもらうぞ」

おれは満面に笑みをうかべた。「ご心配なく。お任《まか》せを」

46

広い部屋ではなかったが、清潔《せいけつ》で快適《かいてき》なので、三人で一晩《ひとばん》泊《と》まるにはじゅうぶんだった。壁《かべ》ぎわに小さなベッドが二台ならんでいたので、コナーといっしょにイモジェン用のベッドを反対側の壁へおして移動《いどう》させ、おれは床《ゆか》で寝《ね》るともうしでた。

「おれはまだ孤児《こじ》だし、あんたはまだ貴族《きぞく》さまだ。もうひとつのベッドを使ってください」

「あたりまえだ。しかも、まだ貴族さまとはなんだ！　口のきき方に気をつけろ。わたしを貴族にしておかなければ、王子の座《ざ》にはとどまれんぞ」

おれとイモジェンは、イモジェンのベッドのシーツをはがして天井《てんじょう》からつるした。きっちり仕切られたとはいえないが、これがせいいっぱいだ。イモジェンが床で寝るおれのために毛布《もうふ》を一枚《まい》ゆずってくれ、おれはふたつのベッドのあいだに陣《じん》どって横たわった。

コナーが気づいて不機嫌《ふきげん》にいった。「このわたしがそんな女に手を出すとでも？　母親もろくでもない女だった。わたしといてもイモジェンは安全そのものだぞ。それよりおまえのほうを心配するべきだ」

おれはききながした。

イモジェンがベッドからおりる音をきいたのは、夜もかなりふけたころだった。コナーは野獣《やじゅう》なみのいびきをかいていて、イモジェンの足音など耳に入らず、起きもしない。イモジェンは天井《てんじょう》からつるしたシーツをめくっておれの肩《かた》にふれ、起きあがったおれにしーっとくちびるに指を一本あて、ついてきてと身振《みぶ》りで合図した。

万が一、コナーが目をさましたらまずいので、床《ゆか》に人がいるように見えるよう、毛布《もうふ》を丸めておいた。だが夜中に数回コナーの部屋にしのびこんだ経験《けいけん》から、目をさまさないことはわかっていた。

シーツをめくってイモジェンのベッドがある側に入ったら、イモジェンが窓《まど》を指さした。

「暑いのか？」

「外に出ない？」と、イモジェンがささやいた。「だいじょうぶかしら？」

少しずつ窓をあけ、月明かりをたよりに外壁《がいへき》を調べてうなずいた。典型的なカーシア建築《けんちく》の建物で、窓の真下に出っ張《ぱ》りがある。先におれがゆっくりと窓をまたいで外に出て、イモジェンが窓をまたぐのに手を貸《か》した。

ひんやりとした夜だ。風がやや強い。いまのイモジェンは、おれをきらっているようには見えない。ふたりきりで話すのは、たぶんこれが最後だ。ふたりで出っ張りにすわり、足をぶらぶらさせながら壁《かべ》によりかかった。

「夜、よくこんなふうに外に出るのか？」

「それはあなたでしょ。前に一度、屋敷《やしき》の外壁をつたっているのを見たわ」イモジェンは肩をすくめた。「あなたは、あたしに気づかなかったみたいだけど」

ぜんぜん気づかなかった。地上からだれかに見られやしないかと、つねに気をつけていただけにおどろきだ。

「眠《ねむ》れなくて」と、イモジェンはつづけた。「ここに来るまでのことばかり考えてしまって。ローデンは、あなたにそうとう腹《はら》を立ててるわ」

「そうかな？　すごく陽気な旅で気づかなかったよ」

イモジェンはおれの言葉を無視《むし》した。「あなたに連れだされた理由がわかってないんじゃない？　おきざりにされたら、どうなっていたかしら？」

おれはだまっていた。他人の怒《いか》りを買うのはいまに始まったことじゃないが、ローデンの怒りは気になっていた。なぜあそこまで怒《おこ》っているのだろう？

「ファーゼンウッド屋敷では、あなたにひどいことをいったわ。なぜあんなことをいったのか、自分でもよくわからないの」

「あたっているものもあったよ」

「ううん、そんなことない。あたしね、慣《な》れ親しんだ屋敷を離《はな》れてドリリエドに来るのが不安で、あなたをうらんだ。でもこうして離れてみると、もどるなんて考えられない。屋敷での生活に比《くら》べれば、なんだってましよ」イモジェンは目をふせた。「ごめんなさい。あなたのことを信じるべきだった」

偽《にせ》の身分を名乗っているおれは信じてもらえる立場じゃないのに、ごめんなさいだなんて――。いまの言葉にどれだけ心をえぐられたか、おれを見てわからないのか？　それともおれは、心も魂《たましい》もなくなってしまったのか？　前にコナーは、ジャロンを王座《おうざ》につけるためには魂を犠牲《ぎせい》にする覚悟《かくご》がいるとおれたちにつげた。そう、おれは魂を犠牲にしたのだ。

「セージ、明日が心配なの？」

「うん」真実を明らかにすればいいだけなのだが、いつどこで計画がくるってもおかしくない。

「心配しなくてもだいじょうぶ。あなた、あの絵の王子にうりふたつだから、きっと信じてもらえるわ。馬車の中でずっとあなたを見てきて思ったの。このあたしでも、うっかりジャロン王子って呼《よ》んでしまいそうになるって」

「そう呼んでくれるのか？」自分にもうまく説明できないが、だれかに本名で呼んでもらいたくてたまらなくなった。孤児《こじ》のセージはもうたくさんだ。最近はセージのいやな点ばかりが目につく。

イモジェンは一瞬《いっしゅん》ためらってからほほえんだ。「いますぐに？　なんて呼べばいいの？　ジャロン？　王子？　陛下《へいか》とか？」

おれは首をふった。「どれもピンとこないな。でも明日からセージはいなくなるんだ。ジャロンだけになる」

イモジェンの顔から笑みが消えた。夜空の月明かりで口元が見えた。「ジャロン王子とは友だちになれないのよ。セージを忘《わす》れろなんて、まだいわないで」

おれには返す言葉がなかった。イモジェンの後れ毛が夜風にふかれる。おれはそれを耳の後ろにかけてやった。イモジェンはほほえみ、髪《かみ》をピンで留《と》めなおした。つねに召使《めしつか》いらしく、髪をきちっとまとめている。イモジェンが自分自身をただの召使いとしてではなく、ひとりの人間として見られる日が来るのだろうか？

「そろそろ中にもどりましょう」とイモジェンは背筋《せすじ》をのばした。「コナーに見つかったら、どうなるかしら」

「べつに悪いことをしてるわけじゃないし、コナーをこわいとも思わないよ」

「あたしはこわいわ。手を貸《か》してくれる？」

おれは立ちあがり、足元をたしかめてから、イモジェンに手を貸して立たせた。だがイモジェンは窓《まど》のほうではなく、おれのほうへ向きなおった。「あなた、屋敷《やしき》でいったわよね。あたしの知らないことがいろいろあるって。どういうこと？」

おれはくちびるをきつく結んでからいった。「王子のようにふるまうのと王子になるのとでは大ちがいってことさ。おれが王位についたあと、もし会う機会があれば、友だちのセージとして話しかけてくれないか？できるかな？」

イモジェンは答えずに窓のほうへかがみこんだが、部屋にもどる前にとまっていった。「明日あなたはこの国で最強の権力者《けんりょくしゃ》になるけれど、あたしはあいかわらず召使い。明日からは、あたしがあなたに話しかけることなんてありえないわ」

47

朝になるのが早かった。まともに眠《ねむ》った気がしない。いろいろな考えが頭の中をよぎってすっかりとまどい、眠れなかった。これまで四年間、一生セージだと自分にいいきかせてすごしてきた。それをやめてまたジャロンにもどるのは、思っていたよりもむずかしい。

コナーがおれを蹴《け》って起こそうとしたが、すでに起きていたので、手を蹴られただけですんだ。コナーはイモジェンにも起きろと声をかけ、下におりて朝食を注文してこいと命じた。おれたちの食事をここへ運んでから、馬車にいる三人に食事を運べという。イモジェンがいつ食事するかは、いっさい指示《しじ》しなかった。

「出発する時間まで、この部屋にいる」と、コナーはいった。「あとわずか数時間で、おまえの初舞台《はつぶたい》の準《じゅん》備《び》をしなければならん」

「準備ならできてますよ」

小声でぼやくようにいったら、コナーはせせら笑った。「はっ、今日のおまえは、もっとへりくだるとばかり思っていたぞ。今夜の行動の予行練習が最優先《さいゆうせん》だ。わかっているなどというな」

そこまではいっていない。「じゃあ、教えてください」

「着がえと部屋のかたづけが先だ。さもないと、昨晩《さくばん》のカーテンの仕切りを女中たちにけげんに思われる。

わたしはモットの仕事について、朝のうちに本人と話をしてくる」

着がえをすませ、カーテン代わりのシーツと毛布《もうふ》をイモジェンのベッドにもどすころ、コナーがイモジェンを連れてもどってきた。イモジェンが運んできた盆《ぼん》をテーブルの上におく。おれたちの朝食を注文するのに、危険《きけん》を覚悟《かくご》で声を出したのか？ そうでないとしたら、どうやって注文をつたえたのだろう？

「イモジェンを連れてきたのは正解《せいかい》だったかもしれん」と、コナーがいった。「旅先で召使《めしつか》いがいると便利だな」

「そのためにモットがいるんじゃないんですか」

「モットはただの召使いではない。おまえも、さすがに気づいているだろうが」

イモジェンがそそくさと部屋を出ていき、おれはコナーからパンケーキと卵《たまご》と厚切《あつぎ》りのベーコンが山盛《やまも》りになった皿をわたされた。

「朝から豪勢《ごうせい》ですね」空腹《くうふく》をおぼえながらいった。

「これからの食事に比《くら》べればなんでもない。国王になれば、食べたいものをいえばなんでも出てくる。望めば、食べさせてもくれるぞ」

「望みませんよ、そんなこと。餌《えさ》をちらつかせるようなことをいわなくたっていいです。ちゃんと王子を演《えん》じますから。さあ、今夜の宮廷《きゅうてい》について教えてください」

「総勢《そうぜい》二十名の評議員《ひょうぎいん》は、五時に謁見室《えっけんしつ》に集まることになっている。国王の側近中の側近である侍従長《じじゅうちょう》のカーウィン卿《きょう》も同席する予定だ。全員の名前を知っておく必要はない。ジャロン王子も全員を知っていたとは思えないから、だれもそこまでは期待しない」

たしかに全員の名前は知らなかった。だが王子として知らなければおかしい者もいる。おれのことをだれよりもよく知っているのは、カーウィン卿だろう。家族だけでなくカーウィン卿も、幼《おさな》かったころのおれにさんざん手を焼いた。しかしこんなにひさしぶりで、おれのことがわかるだろうか？　この四年でおれはかなり変わってしまったので、自信がない。

コナーがつづけた。「評議会《ひょうぎかい》の冒頭《ぼうとう》で、国王と王妃《おうひ》とダリウス皇太子《こうたいし》の死亡《しぼう》が正式に発表される」

おれはひるんだが、コナーは気づかなかった。いままでも気づいたことは一度もない。

「この発表はあくまで形式的なものだ。大半の評議員《ひょうぎいん》たちは最初から知っているし、それ以外の者もさんざん噂《うわさ》を耳にしたので、やはりそうかと思うであろう。つづいて、ジャロン王子の生死を調べにアベニア国へ行った三名の評議員から報告《ほうこく》を受ける。その者たちは、ジャロン王子が死んだと証言《しょうげん》するであろう」

「なぜ死んだといえるんです？」

「死んでいるからだ！」と、コナーが声を荒《あら》らげた。「いったいだれが海賊《かいぞく》をやとったと思う」

まさか——。

衝撃《しょうげき》で息が苦しくなり、いままでコナーに見せてきた演技《えんぎ》がいっぺんにふっ飛んだ。「なぜだ？」声がかすれた。それ以上しゃべったらなにをいいだすか、自分でもわからない。その場で襲《おそ》いかからなかったのは、今夜、城《しろ》でコナーがまだ必要だとわかっていたからにすぎない。

「アベニア国との戦争に突入《とつにゅう》すると思ったからだ。アベニア国がカーシア国の領土《りょうど》にじわじわと入りこんでいるのに、エクバート王は何年たっても指をくわえて見ているだけだった。もしアベニア国の海賊に息子を殺されたら、さすがに行動を起こすと思ったのだ。しかしあの船の乗客はひとり残らず海にしずんだと海賊たちが断言《だんげん》したにもかかわらず、残念ながらジャロン王子の遺体《いたい》は見つからなかった。その結果エクバート王は、襲撃《しゅうげき》の証拠《しょうこ》となるジャロン王子の遺体が見つからないかぎり戦争はしないと反対派《はんたいは》をなだめてしまった。とはいえ、アベニア国はジャロン王子の死との関連を疑《うたが》われて以来、国境《こっきょう》から下がっているので、わたしの計画は予想外の成果をあげたわけだ。おかげで国境はより安全になり、戦争は不要となったからな」

コナーはおれがなにかいうのを期待するように、一息入れた。なにをいえというのだ？　さすがですねとか？　おれの不快《ふかい》な表情《ひょうじょう》に気づいたらしく、つけくわえた。「この秘密《ひみつ》がおまえから漏《も》れることはあるまいな。ばらしたら、おまえの正体もばれるぞ」

「ええ」おれは、ぼそぼそといった。「正体を明かすわけにはいきません」そう、いまはまだ。

これで一件《いっけん》落着とばかりに、コナーは両手をこすりあわせた。「では、つづけるぞ。三名の評議員がジャロン王子は死んだと報告したら、いよいよ待従長《じじゅうちょう》のカーウィン卿が立ちあがり、新国王を決めると宣言《せんげん》する。そのとき、わたしが前に進みでて、ジャロン王子が死んだというのはまちがっているとつげる。そして、おまえのお披露目《ひろめ》だ。最初は少しさわぎとなろうが、おまえはきっとカーウィン卿に呼《よ》びだされ、じっくりと念入りに調べられる。時間はかかるだろうが、なにをいわれても、落ちついて自信を持って答えるのだ。毒《どく》舌《ぜつ》はおさえろ。たったひとつのあやまちもゆるされん。どうだ、できるか？」

「できますよ」

と答えたら、コナーは満足したようだ。「よかろう。今日はこれから質疑応答《しつぎおうとう》の練習をし、すべてにきちんと答えられるようにする。万が一困《こま》ったことになれば、もちろんわたしが助け船を出してやる」

おれは食欲《しょくよく》が失せ、皿を脇《わき》にのけたが、コナーにもどされた。「今日は力をつけておけ」

おれは椅子《いす》を乱暴《らんぼう》にどけて立ちあがった。「王子の身分を証明《しょうめい》する品があるって、いってましたよね。なんです？」

「それはあとだ。今夜、おまえがまちがいなく王子になれると確信《かくしん》するまでは見せん。必要事項《じこう》をすべて頭にたたきこむまであと数時間しかない。食事を終えたのなら始めるが、心の準備《じゅんび》はいいか？」

目をとじ、呼吸《こきゅう》をしずめた。今日これからのことを思うと、心臓《しんぞう》がどきどきする。コナーがなにをいおうと、なにを教えこもうと、ひとつだけたしかなことがあった。心の準備など、いまもこれからも整わないということだ。しかしコナーはそんなことをききたいわけじゃないので、おれはコナーを見ていった。「いいですよ。始めましょう」

48

それから四時間、コナーは休憩《きゅうけい》なしでおれに知識《ちしき》をつめこんだ。だれかがドアをノックしてもすべて「失せろ!」とはねつけ、気分転換《てんかん》に外に出たいといってもみとめてくれなかった。まともにきく気はなかったが、一語一語くりかえさせられるので、おぼえたふりをしておいた。

午後になってようやく、宮廷《きゅうてい》に出せるようになったとコナーが胸《むね》をはった。短時間でこれだけおぼえさせられたのは教え方がすばらしいからだなどと、自画自賛《じがじさん》している。生徒役のおれがすでにほとんど知っていたからだとは夢《ゆめ》にも思っていない。だが、知らない事実も少しはあった。城《しろ》を離《はな》れたときは幼《おさな》すぎて理解《りかい》できなかった事実だ。コナーが幼いころのジャロンについてあまりにもくわしく語るので、なぜそんなに知っているのかとたずねてみた。

「王妃《おうひ》の日記を読んだのだ。王妃はジャロン王子についてよく書いていた」

「えっ、本当に?」母上は心の中でおれをどう思っていたのだろう? 好奇心《こうきしん》をおさえきれず、どうでもいいふりはできなかった。母上に愛されていた自信はある。子どもを愛さない母親はいない。それでも母上は、おれを他国へと追いやる父上の味方をした。それは、まだ心のしこりとなっている。

「ジャロン王子はあつかいにくい子どもだったんですよね。王妃は王子をゆるしたことがあるんですか?」

とたずねたら、コナーは笑みをうかべた。「セージよ、おもしろい言葉を使うのだな。王妃《おうひ》が王子をそのように見ていたというのか。王妃はな、ジャロン王子が自分にそっくりだと思っていた。あつかいにくい子だったかもしれんが、だからこそ王妃はよけい王子を愛していたのだ」

おれはすぐに話題をそらした。切なすぎて、あまりにもつらかった。

海賊《かいぞく》からどう逃《に》げのびたかについて、コナーは都合のよい話を用意していた。海賊船《かいぞくせん》にいちはやく気づき、救命ボートで逃げたあと、こわくてアベニア国の孤児院《こじいん》にかくれていたが、エクバート王とエリン王妃が死んだという噂《うわさ》をきいてようやく名乗りでた、という筋書《すじが》きだ。

おれは少し話を変えたほうがいいと提案《ていあん》した。「ターベルディ夫人の孤児院だと名前を出すんです。そうすれば、万が一おれを知っているというやつがあらわれても、ずっと身分を偽《いつわ》っていたっていえますよ」

コナーの顔が輝《かがや》いた。「おお、おまえはそうやって宮廷《きゅうてい》を説得するのだな。いざというとき頭の回転が速くて、じつに助かる」

こんな調子だったので、これで宮廷に出られるとコナーが胸《むね》をはったとき、おれは次の展開《てんかい》をまったく予想していなかった。コナーはモットを部屋に呼《よ》んだ。モットは片手《かたて》にロープを、もう片方《かたほう》の手に長い布《ぬの》を持っていた。顔が青ざめ、部屋に入ってきてもほとんどこっちを見ない。

「どうした、モット、具合でも悪いのか？」コナーがたずねた。

「いえ。ただ……こんなことをしてはなりません」と、モットは涙《なみだ》ぐんだ目でコナーをちらっと見た。それでおれにも事情《じじょう》が飲みこめた。モットは首をふった。「もし、ごぞんじならば……じつはこの子は――」

「いいからやれよ」と、おれはモットのほうを向いた。なにをされるか予想がついたので、声を出すのに勇気がいった。「あんたは、コナーのみじめな飼《か》い犬なんだろ?」

コナーがいきなりおれの首をつかみ、そのあいだにモットが手首を後ろでしばった。ゆるくしばったのはわかったが関係ない。胃がむかついたが、コナーに好きにやらせるしかない。コナーの手が離《はな》れ、モットが猿《さる》ぐつわをかませた。いまだに目をあわせないが、眉間《みけん》のしわが深くなっている。モットもいやでしかたがないのだ。

「よいか、モット、傷《きず》を残すでないぞ」とコナーが命じる。

モットが肩《かた》に手をおいて、初めておれの目をのぞきこみ、謝罪《しゃざい》のつもりで肩をやさしく握《にぎ》ってから、腹《はら》に拳《こぶし》をめりこませた。

おれは後ろによろめき、床《ゆか》にたおれた。息が苦しい。口につめものをされているから、なおさらだ。立ちなおる間《ま》もなく、モットに乱暴《らんぼう》に立たされ、背後《はいご》からひじをとられ、手をおさえつけられた。動きを完全に封《ふう》じられ、肩と背中《せなか》に痛《いた》みを感じてうめいた。

コナーが鞘《さや》からナイフを引きぬいて近づき、切っ先をおれの胸にあてて手をとめた。「おまえを殺そうとしたのはトビアスだな。しかしトビアスは弱くて殺せなかった。セージよ、指導者《しどうしゃ》たる者は強くあらねばならん。そのとおりだと信じるか?」

おれは反応《はんのう》しなかった。ナイフの切っ先しか目に入らない。

「おまえは信じるに決まっておる。なにせイモジェンが襲《おそ》われそうになったとき、ベルダーグラスの手下を殺したからな。だからこそおまえは強くなれるし、そこは高く評価《ひょうか》しておる。しかし強くなるべきときと主導権《しゅどうけん》をゆずるときとを、わきまえねばならん。ほどなくおまえはカーシア国の指導者《しどうしゃ》となる。その前にわれらのあいだのとりきめについて、はっきりさせておかねばなるまい」

「コナーさま、傷《きず》を残さないように」モットが口をはさむ。

コナーはいらついてモットをにらんだが、ナイフの切っ先にこめた力を少し抜《ぬ》いて、おれにいった。「国王として決断《けつだん》を下すときは、いかなる場合もおまえが国王だ。しかしわたしが折にふれていろいろと助言するから、おまえはつべこべいわず、ためらうことなく、それにしたがえ。さもなくば、おまえを裏切《うらぎ》り者の国王として告発する。いっておくが、わたしにはいっさい害がおよばぬようにできるのだぞ。もしわたしの命令にしたがわなければ、おまえは反逆罪《はんぎゃくざい》に問われ、民衆《みんしゅう》のいる広場で拷問《ごうもん》にかけられ、絞首刑《こうしゅけい》となる。そのころまでにアマリンダ姫《ひめ》を妻《つま》に迎《むか》えていたら、姫は国外追放となり、一生恥辱《ちじょく》にまみれて生きる。子どもがいれば、その子たちは恥《はじ》をさらして飢《う》え死にする。どうだ、わたしにそれだけの力があると信じるか？」

おれは、なおも反応しなかった。コナーは怒《いか》りのあまり顔をゆがませ、後ろへ下がり、あいているほうの手でまたしてもおれの腹《はら》に拳《こぶし》をめりこませた。モットに羽交いじめにされたままなので、口の中の布《ぬの》をかみしめ、うめくことしかできなかった。コナーはさらに胸《むね》と肩《かた》を一発ずつ拳でなぐると、モットからおれを引きはなして床《ゆか》につき飛ばし、耳元でささやいた。「わたしのお膳立《ぜんだ》てがなければ、おまえはただのクズだ。国王の一家もさんざん脅《おど》してやった。おまえの妻や子も脅しぬいてやる。わたしを裏切ろうとしたら、全員地獄《じごく》行きだ。わかったか？」

うなずいたら床に乱暴《らんぼう》にすわらされ、コナーがつづけた。「国王としての初仕事はベルダーグラスの罷免《ひめん》だ。国王一家の死に関与している恐《おそ》れがあると宮廷《きゅうてい》につげ、評議《ひょうぎ》員職《いんしょく》を免職《めんしょく》しろ。第二の仕事は、わたしを首席評議員にすえることだ。ベルダーグラスの後釜《あとがま》はだれでもよいが、よくわからないのであれば、首席評議員として適任者《てきにんしゃ》を推薦《すいせん》してやろう。よいな、この案にしたがうな？」

おれはまたうなずいた。コナーがナイフで手首のロープを切断《せつだん》し、猿《さる》ぐつわも切り落とす。次の瞬間《しゅんかん》、コナーにつばを吐《は》きかけてやった。コナーは顔からつばをぬぐい、おれの横っ面《つら》を張《は》りとばした。

「おたがいのためになる話だと思えばよい。カーシア国において下等きわまる立場のおまえを、このわたしが王にしてやろうといっているのだ。セージよ、わたしにあらがうのはやめ、友になろうではないか」おれが反応しないので、コナーは不機嫌《ふきげん》になり、立ちあがってモットにつげた。「セージの体を洗《あら》い、着がえさせろ。すぐにイモジェンに食事を運ばせる。わたしがもどるまで、セージをひとりにするな」そして両手をぬぐい、上着のしわをのばして出ていった。

49

　コナーがいなくなるとすぐにモットが寄《よ》ってきて、ベッドに寝《ね》かせてくれた。おれはあおむけになり、脇《わき》をおさえてうめいた。

「たぶん、あばら骨《ぼね》に……ひびが入った。コナーの拳《こぶし》は……あんたの拳より……はるかにきつかった」

「殿下《でんか》、わたしは力を抜《ぬ》いておりましたので」

　声をあげて笑いたかったが、この二週間で笑うと激痛《げきつう》が走りかねないことを学んでいたので、目をとじるだけにした。そのあいだにモットがシャツのボタンをはずし、おれがほかに怪我《けが》を負っていないかどうか手《て》探《さぐ》りで調べた。

「なぜ真実をいわせてくださらなかったのです？　コナーさまもじきに真実を知ることになりますし、こんな痛《いた》い思いをしなくてもすみますのに」

「いったところで信じないだろ。おれの正体にまっさきに気づいてもおかしくないのに、孤児院《こじいん》出身の子どもとしか見ないんだ。これからも、コナーにとっておれは孤児《こじ》のままさ」

「かもしれませんな。胸《むね》に小さな切り傷《きず》がひとつありますが、それをのぞけば傷は見あたりません」

「いや、そんなはずはない。コナーをとめられなかったのか？」

「それができるのは殿下だけです」モットがおれからシャツを脱《ぬ》がしはじめたので、着がえを任《まか》せることにした。「なぜ最後につばを吐《は》いたのです？　もっとなぐってみろという意味ですか？」

モットに左腕《ひだりうで》を後ろに大きく引っぱられた瞬間《しゅんかん》、返事がわりに「ううっ」とうめいた。モットは謝《あやま》り、仕草がていねいになった。

「殿下ほど愚《おろ》かな少年は見たことがありません」といってから、モットは声の調子をやわらげた。「ですが殿下なら、カーシア国のために力を尽《つ》くされるでしょう」

「その自信があるといいきれたら、どれだけいいか。勝負のときが近づくにつれて、自分の性格《せいかく》の欠点ばかり気になって。そもそもそれで両親に追いはらわれたわけだし」

「わたしがきいた話ですと、ご両親が追いはらった王子は自分勝手でわんぱくで手に負えない子どもでした。ですが王としておもどりになったのは、勇敢《ゆうかん》で気高く強いお方です」

「ばか野郎《やろう》でもあるよね」

といったら、モットはくすくす笑った。「ええ、そうですね」

コナーが用意した服は着るのにかなり手間がかかり、ファーゼンウッド屋敷《やしき》で着ていた服よりもはなやかで、かつての城《しろ》の暮《く》らしの中でゆいいつ恋《こい》しいと思わないものを思いだした。チュニックは長くて黒く、胸元《むなもと》から裾《すそ》まで金のサテンのリボンが垂《た》れ、その下の白い長袖《ながそで》のシャツは手首ですぼまり、首まわりはきつい。肩《かた》には濃《こ》い紫色《むらさきいろ》のマントがついていて、見た目よりも重い金の鎖《くさり》でとめてある。

「これって純金《じゅんきん》？」

というおれの問いにモットはうなずき、新品の革《かわ》のブーツと、長くて白い羽根が一本ついたこっけいな帽《ぼう》子《し》をさしだした。ブーツは受けとったが帽子は無視《むし》した。

鏡の前にすわったら、すぐにモットがおれの髪《かみ》をとかし、リボンで結んだ。「コナーさまになぐられたほおが、まだ赤いですな。まあ、城《しろ》に着く前にはきっとうすくなりますよ」

「このままのほうがいい。赤いほおを見れば、おれの運命は自分しだいだとコナーに思わせておけるだろ」

鏡に映《うつ》ったモットの目をとらえた。「あんたは、おれに忠誠《ちゅうせい》を誓《ちか》ってくれるか？」

モットはうなずいた。「ジャロン王子、あなたさまに命をささげます」仕上げにおれの上着の襟《えり》を折ってから、モットはさらにいった。「いまのご自身のことを、どう思われます？」

「見てくれに見あう気分かな」

ノックする音にモットがドアをあけたら、イモジェンが食事の盆《ぼん》を運んできた。目は赤かったが涙《なみだ》はない。言葉をかわせるよう、モットに席をはずしてほしかったが、モットがコナーの命令にそむけるはずがないし、イモジェンにつたえたいことはすべてつたえてある。今回の計画でいちばん心を踏《ふ》みにじられるのはイモジェンだろう。せっかくの信頼《しんらい》を裏切《うらぎ》ることになるのだ。できることなら謝《あやま》りたいが、どう謝ったらいいかわからない。

イモジェンは、部屋の中央の小さなテーブルに盆をおいた。盆をおれのところへ直接《ちょくせつ》運べとモットが命令しかけたが、おれは手をあげてとめ、テーブルで食べるとつげた。歩くのもつらいおれの様子からなにか察したらしく、イモジェンが眉《まゆ》をひそめて物問いたげにおれを見た。おれはほほえみかけたが、安心してくれたとは思えなかった。

「食事のあいだ、イモジェンは下がらせたほうが？」と、モット。

おれは無視し、イモジェンに問いかけた。「食事はしたのか？」イモジェンが横目でちらっとモットを見たが、おれはかまわずにつづけた。「イモジェン、質問《しつもん》しているのはおれだぞ。モットじゃない」

イモジェンは、おずおずと首をふった。盆にかぶせてあったふたをはずしたら、深皿焼きのミートパイと厚切《あつぎ》りのパンがひとつずつあらわれた。「じゅうぶんふたり分あるぞ」イモジェンはいらないと声を出さずにいったが、おれは見なかったふりをし、スプーンでイモジェンに多くとりわけてパン皿にのせ、スプーンごとイモジェンにわたし、スプーンを使いおわったら貸《か》してくれとつげた。

「モットは？　もう食べた？」

「その食事からさらにひとり分をひねりだすのは、さすがにいかがなものかと」と、モット。

イモジェンはいったん食べはじめると、ひさしぶりの食事のようにがつがつとむさぼった。ミートパイを食べおえると、ナプキンでスプーンをていねいにぬぐい、おれに返した。

「もっと食べる？　おれは腹《はら》が空いてないから」

イモジェンは首をふって立ちあがり、頭を下げてテーブルからあとずさった。

「今夜、イモジェンも城《しろ》に連れていく」おれはモットにいった。

「いや、それは、コナーさまの計画には──」

「おれの計画では連れていくんだ。トビアスとローデンは今日一日なにをしてる？」

「昨晩《さくばん》、コナーさまがある噂《うわさ》をききつけて、トビアスとローデンを町に送りこみ、情報《じょうほう》を集めさせているところで……」

「どんな噂？」

「殿下《でんか》……のほかにもジャロン王子がいるという噂で。同じ計画を思いついたのは、どうもコナーさまだけではなかったらしく」

「なるほど。でもコナーには、ほかの連中にはない強みがあるよな？」といったら、モットがほほえみ返してくれた。イモジェンはおれとモットの意味ありげなやりとりをきいていたが、もちろん無言だった。

おれがちょうど食事を終えたときにコナーがもどってきて、イモジェンに盆《ぼん》を下げるように命じ、モットに部屋の外で待つようにいって追いだして、ドアをしめた。左右の脇《わき》にひとつずつ、包みを抱《かか》えている。

「見た目は元気そうだな」

「ええ、中身よりはましですよ」おれは冷ややかに応《おう》じた。

コナーは同情《どうじょう》のかけらもない目でおれを見た。「あざのおかげで、わたしの言葉が長きにわたっておまえの頭に残ると信じておるぞ」

まちがっても忘《わす》れません、などといっておいたほうが無難《ぶなん》だが、コナーのいまいましい言葉を思いだすたびに苦いものがこみあげてくるので、包みのほうへ頭をかたむけてたずねた。「その包みは？」

コナーは小さいほうの包みを先にほどきはじめ、「これは前に見たことがあろう」と、エメラルドがちりばめられた箱をとりだした。「エリン王妃《おうひ》のものだ。王妃にはほとんど人に知られていないことがある。わたし自身、王妃の死後にこの箱を手に入れ、中身を見るまでは知らなかった」と、青銅製《せいどうせい》の細長い鍵《かぎ》を鍵穴《あな》に差しこみ、箱をあけた。中には、数枚《すうまい》の折りたたんだ紙しかなかった。

「その紙は？」

とたずねたら、コナーが紙をさしだした。「ポケットにしまっておけ。おまえが王子だと納得《なっとく》させる証拠《しょうこ》は十二分にそろっていると思うが、予備《よび》を用意しておくにこしたことはない」

おれは紙をひろげ、思わず息をのんだ。母上に芸術《げいじゅつ》のセンスがあるのは知っていたが、幼《おさな》いころはここまですごいとは思っていなかった。その紙には、父上と母上に追いはらわれたころのおれが、かんたんにスケッチしてあった。

母上が描《えが》いたおれの目に視線《しせん》をすいよせられた。宮廷《きゅうてい》画家が決まって描《か》いた生意気な目や反抗《はんこう》的な目ではなく、ほかの人が見のがした本当の姿《すがた》が見えるとでもいいたげな、母親だけにわかる細かいところまで描きこまれた目――。おれ自身を母上の視線で見つめ、親指でそっとスケッチをなでながら、母上の愛情《あいじょう》をひしひしと感じた。

ふとおれを見つめるコナーの視線《しせん》を感じ、いそいでスケッチを折りたたみ、チュニックのポケットにつっこんだ。

コナーは、なおもおれを見つめていた。「もしや……ジャロン王子？」

おれは顔をかいた。「そう呼《よ》ばれるのに慣《な》れなきゃいけないんですよね。将来《しょうらい》、あだ名でセージと名乗れますかね？」

「いや、むりだ」コナーはにやりとし、ほっとした表情《ひょうじょう》をうかべた。「だが慣れさせるために、ジャロン王子と呼びはじめるべきかもしれん」と、ためらいを見せる。「一瞬《いっしゅん》、もしや本人かと——」

「もうひとつの包みは？」

コナーの気をそらすには、この一言でじゅうぶんだった。「おお、そうだった」コナーはエメラルドの箱をおき、もう片方《かたほう》の包みをほどきはじめた。「これは、おまえが本物の王子だとしめすなによりの証拠《しょうこ》だ。四年前のあの日、船に乗った王子は王冠《おうかん》をかぶっていた。その王冠はずっと行方不明で、海底に沈《しず》んだものとされていた。たとえ何者かが偽《いつわ》りの王子を世に出すために海にもぐって見つけたとしても、衝撃《しょうげき》でこわれていただろう。しかしだ、ほら、自分の目で見てみろ」コナーが包みを最後までほどき、あの船でおれがかぶっていた王冠をとりだした。

純金製《じゅんきんせい》で、アーチごとにルビーがはめこまれ、金の編目模様《あみめもよう》の飾《かざ》りがついた王冠。おれの成長を見こして作ってあったので、昔よりいまのほうがぴったりあうだろう。その昔、王冠をつけたまま木から落ちたときのへこみをのぞけば、完璧《かんぺき》な状態《じょうたい》だ。

「船が沈む前に海賊《かいぞく》たちが持ちだしたのだ」と、コナーは説明した。「ジャロン王子が死んだ証拠として、海賊たちからわたされた」

そう、あのとき、おれは王冠を船に残して抜《ぬ》けだしたのだった。王室には永遠《えいえん》にもどらないという意思表示《ひょうじ》のつもりで。

「鏡の前に立て」

命令どおりにし、コナーがおれの頭に王冠をおくのを鏡で見た。王冠の重さに、さまざまな記憶《きおく》が一気によみがえる——。

この瞬間《しゅんかん》、おれは王子にもどった。ほどなくカーシア国も、ジャロン王子がもどったことを知ることになる。

50

コナーの計画では、本番に間《ま》にあうよう、クレガンがおれとコナーを馬車で直接城《ちょくせつしろ》に送りとどけることになっていた。おれはトビアスとローデンとイモジェンも連れていくと抵抗《ていこう》したが、コナーががんとしてゆずらないので、やむなくイモジェンに会釈《えしゃく》し、ローデンと握手《あくしゅ》した。

「いまならまだ手を引ける」ローデンの手には力がこもっていた。「一度も望んでなかったんだろ」

「ああ、一度も」そこは同意見だ。「でもこれはおれの将来《しょうらい》だ。おまえの将来じゃない」

ローデンは一瞬怒《いっしゅんいか》りの表情《ひょうじょう》を見せたが後ろへ下がり、おれはトビアスと握手した。

「おまえが王になるだろうと思ってた」トビアスは笑顔でいった。「今夜はおまえのために空で星が輝《かがや》いてるよ」

握手したとき、トビアスは手のひらにおしつけられたメモに気づいたはずだ。手をはなした瞬間《しゅんかん》、うまくメモをかくしてくれた。

城に向かう馬車の中では、ほとんど口をきかなかった。コナーは馬車に乗ってすぐに最後の確認《かくにん》をしようとしたが、おれは必要なことはすべておぼえたといいきり、静かにすごさせてくれとことわった。

近づくにつれて、そびえたつ城が視界《しかい》に入った。四年ぶりの城。離《はな》れたときは、二度と見ることはないと覚悟《かくご》していた城だ。カーシア国の城は周辺の国より歴史が浅く、そのぶん他国の建築《けんちく》様式をいろいろとりいれていた。メンデンワル国の山やまから切りだした御影石《みかげいし》で建てられ、塔《とう》は他の国のように質素《しっそ》な四角い小《しょう》塔《とう》ではなく、バイマール様式の華美《かび》に飾《かざ》りたてた丸い小塔を用い、城はジェリン様式で、本丸は高層《こうそう》建築、本丸からつづく翼面《よくめん》は横に細長い建物だ。窓《まど》の下には小さな出っ張《ぱ》りが横にのびている。カーシア国の民にとってこの城は政府《せいふ》の中心であり、王の権力《けんりょく》の象徴《しょうちょう》であり、これまで誇《ほこ》ってきた繁栄《はんえい》のあかし。おれにとっては家だ。

　しかし城の門を通ろうとしているのは自分たちだけでないことが、すぐに明らかになった。おれたちの前に十数台の馬車が列をなしていて、城の門番が順番に話をしている。城内《じょうない》にはほんの数台しか入れず、ほとんど追い返されていた。

　コナーは馬車のドアから顔を出し、入城を拒否《きょひ》された馬車に合図して、乗っていた者にたずねた。「どうしたのです？」

「よくわからないんですよ。門番になにをいっても追いはらわれてしまって。こんな無礼、考えられます？はからずも長年行方不明だったカーシア国のジャロン王子をお連れしたというのに！」

おれは〝ジャロン王子〟をこの目で見たくて身を乗りだしかけたが、コナーにおしもどされた。

「どの馬車にも、行方不明の王子が乗っているのですかな？」コナーがたずねた。

「残念ながら偽者《にせもの》がまじっているようですね。今夜指名される新国王を祝うために城へ招《まね》かれた貴族《きぞく》が乗っている馬車もありまして、そういう馬車は入城《にゅうじょう》を許可《きょか》されていますが、肝心《かんじん》の少年は……いやその、王子はここにいるのですから、選別をあやまっていますね」

「では今夜、正しい少年が王冠《おうかん》をいただくよう、祈《いの》るとしましょう」おれたちの馬車が前進したので、コナーはそうあいさつして別れ、ふたりきりになってからいった。「はっ、さきほどの少年はジャロン王子にまるで似《に》ていなかった。門番たちは入り口でふるいにかけ、本物の可能性《かのうせい》が高い候補《こうほ》だけを通しているのだろう。心配するな、セージ。おまえはこれだけ似ているのだから、きっと通過《つうか》できる」

だれが心配などするものか。

だがコナーも列の先頭に来た時点で、門番のふるいわけの真相を知ることとなった。門番はおれを見て、眉《まゆ》をつりあげた。とりあえず、おどろいてはくれたようだ。「こちらは、どなたで？」と、コナーにたずねた。

「見てのとおり、カーシア国のジャロン王子だ。新国王が指名される前に宮廷《きゅうてい》に披露《ひろう》せねばならん」

「あいにく今夜はジャロン王子だらけでして。ほかに、なにかいうことはありませんか？」

これは合い言葉を求めているのだった。偽者《にせもの》が城《しろ》に入りこもうとしたり、王家の者がやむなく変装《へんそう》して入城したりする場合、王室では合い言葉を使うのがならわしで、その存在《そんざい》を知っているのは王室以外では城の門番だけだ。もしコナーが合い言葉を知っていたら、門番にこうたずねただろう――〈緑色の服しか持ってきていないのですが、王妃《おうひ》は晩餐《ばんさん》で緑のドレスをお召《め》しになる予定ですか〉。少なくとも四年前はこれだった。

しかしコナーは首をふることしかできなかった。

「ではもうしわけありませんが、今夜、城には入れません」

「わたしはベビン・コナーだぞ。二十名いる評議員《ひょうぎいん》のひとりだ」

「ならば、あなたさまは入城できます」門番はおれをきっとにらみつけた。「ですが、お連れの少年は入れません」

「こちらはジャロン王子だ！」

「みなさん、そうおっしゃいます」

コナーはクレガンに引き返せとどなり、「たわけが！」とののしって、馬車のドアに帽子《ぼうし》をたたきつけはじめた。「こんなにあっさりと負けが決まるのか」

おれは椅子《いす》の背《せ》にもたれた。「城に入る秘密《ひみつ》の方法がありますよ」

コナーが帽子をたたきつける手をとめた。「なに？　なぜ知っておる？」

「前に使ったことがあるんで」

「城の中に入ったことがあるというのか？　なぜいわなかった？」

「一度もきかれなかったんで。厨房《ちゅうぼう》の下を川が流れているんです。食事の支度《したく》のときに、生ゴミを川に捨《す》てて流すんですよ。ときどき大きなゴミをとりのぞけるよう、川の門には鍵《かぎ》がついてるんです」

「その鍵を持っておるのか？」

おれは上着からピンを一本とりだした。昨晩《さくばん》、本人が気づかないうちに、イモジェンの髪《かみ》から引きぬいたものだ。「こじあけられますよ」こうなるだろうと予想して、事前にピンを用意しておいた。

コナーがおれの悪知恵《わるぢえ》に感心して笑みをうかべた。が、さらに考え、顔をくもらせた。「そのルートで入《にゅう》城《じょう》したら汚《よご》れてしまい、謁見室《えっけんしつ》にはとても入れん」

「ついさっき門番がいってたじゃないですか。あんたは門から入れるって。おれは厨房《ちゅうぼう》から入りますよ」

コナーは首をふった。「それは、だんじていかん。いっしょでなければだめだ」

残念ながらコナーがこういうことも予想していた。そこでおれは肩《かた》をすくめ、さらにいった。「川のルートでもなんとかなりますよ。川岸に泥《どろ》道があるんです。一列になれば歩けるくらいの幅《はば》はあるから、そこをたどっていけば厨房に入れる。見張《みは》りはいませんが、おれたちが城《しろ》の中へ向かうあいだ、だれかに厨房の使用人たちをとめてもらわないと」

「モットとトビアスとローデンだな」コナーはあやしむように目を細めた。「こうなるとわかっておったのか？　だから、あの者たちを――」

「あんたに殺されないよう、連れてきただけですよ。それと、条件《じょうけん》がひとつ。クレガンには残れと命令してください」

「しかし、クレガンは役に立つ――」

「クレガンは抜《ぬ》きだ」

「よかろう」コナーは一瞬《いっしゅん》考えこんだ。「しかし、なぜそこまで城のことを知っておるのだ？」

「幼《おさな》いころ、城の厨房でよく食べさせてもらったんで」

コナーはおれの返事の意味を誤解《ごかい》した。「セージよ、孤児《こじ》のどろぼうを王子にして正解《せいかい》だったと初めて思ったぞ」

51

おれとコナーが城《しろ》に入れる川に到着《とうちゃく》したとき、モットとトビアスとローデンとイモジェンはおれのメモの指示《しじ》どおりにそこで待っていた。コナーはおどろいた顔をしたが、勝手に理由をつけて納得《なっとく》したらしく、クレガンに声をかけた。「この馬車を宿屋にもどし、宿屋で待て。馬車をここに残して人目を引きたくない」

「トビアスにやらせてくださいよ。役立たずですし」

「ならば馬車をもどす役にも立たんだろうが。さあ、急げ。われらも急がねば遅刻《ちこく》する」

おれは先頭に立って川沿《ぞ》いの道を進んだ。その後ろにイモジェン、コナー、トビアス、ローデンとつづき、最後尾《さいこうび》はモットだ。すぐに城の地下に通じるトンネルに入った。天井《てんじょう》は土と岩だ。城までそう遠くない。

この出入り口を見つけたのは八歳《さい》のときだ。おれがここを通ってしょっちゅう城の内外を行き来しているのを、厨房《ちゅうぼう》の使用人たちはみんな知っていたが、おれのことが好きだったのでだまっていてくれた。けれどあるときおれが川に落ち、腐《くさ》った果物とかびた肉のにおいをぷんぷんさせて城にもどって、ついにばれたのだった。

「ひどいにおいだな」と、トビアス。

「快適《かいてき》だなんて一言もいってませんよ」おれはいい返した。

暗くなるにつれて、背後《はいご》のイモジェンがおれに近づいてきた。落ちそうになったらおれの腕《うで》につかまれるよう、片手《かたて》を軽くのばしている。

門に到着した。すぐにでも掃除《そうじ》をしないとまずい状態《じょうたい》だ。腐りかけた残飯が大量につまって水がせきとめられ、強い悪臭《あくしゅう》を放つ泥《どろ》がうず高く積もっている。

「おお、吐《は》きそうだ」と、コナーがハンカチで鼻をふさいだ。「くさい！」

おれは笑みをかくしたが、コナーがつらい思いをしていると思うと痛快《つうかい》だった。ピンを使って門の鍵《かぎ》をものの数秒であけた。古い錠前《じょうまえ》でタンブラーがゆるんでいた。国王になったら、ここの警備《けいび》を強化するよう、すぐに命令しなければ。

門を通り抜《ぬ》けてさらに数分歩き、城の地下にもぐったことを全員につげた。ここまで来ればところどころに石油ランプがあって、ほのかに照らしてくれる。使用人たちがここにおりてくるときはたいてい両手がふさがっているので、道を照らす明かりが必要なのだ。たいした光ではないが、おれたちにはありがたかった。

「あとどのくらいだ？」コナーがたずねた。

「そう遠くないですよ」ここは道が広く、数人ならんで歩けるので、コナーがおれとイモジェンに追いつき、その後ろにトビアスとモットがならんだ。ローデンは遅《おく》れがちだ。

「ローデン、遅れるな！」とコナーがしかった。「時間がない」

ローデンが返事がわりにさけび声をあげた。なにごとかと全員でふりかえったら、クレガンがローデンの首にナイフをつきつけていた。

「クレガン！」コナーがさけんだ。「なにをしておる？」

おれたちは円形にひろがった。モットは剣《けん》に片手《かたて》をかけているが、抜《ぬ》こうとはしない。コナーの命令がなければ抜けないのだ。しかも二日前の晩《ばん》、おれがベルダーグラスの手下を殺したときに体を傷《きず》つけている。戦うことになったとしても体力が弱っているだろう。

「計画変更《へんこう》だ」クレガンはくちびるをゆがめ、いやらしく笑った。「そいつを国王にさせるものか」

おれは一歩前に出て、ローデンのほうへあごをしゃくった。「じゃあ、なぜあんたが王に選んだやつを脅《おど》すんだ？」

クレガンが意地の悪い笑みをうかべてローデンを放し、剣をわたした。ローデンは、もはやおどろいたふりさえしない。クレガンが尾行《びこう》してくると最初から知っていたのだ。

「裏切《うらぎ》り者めが！」と、コナー。「この計画とカーシア国とわたしに対する裏切りだ！　クレガン、なぜだ？」

「自力で身を立てることにした。ローデンが王になったら、おれは貴族《きぞく》にしてもらい、あんたに代わって評《ひょう》議員《ぎいん》になる。すぐにあんたからすべてをうばってやる」

コナーはローデンへ怒《いか》りの視線《しせん》を向けた。「さんざん良くしてやったのに、恩《おん》を仇《あだ》で返すのか？」

「おれをファーゼンウッド屋敷《やしき》におきざりにして、殺そうとしたくせに」ローデンの口調はかたかった。「なにが恩だ」

「ならば、おまえたちに死を宣告《せんこく》しても、やましさはない。モット、ふたりとも始末しろ」

モットが剣を引きぬく前に、クレガンがナイフを手に前に出た。「モットがおれとローデンを殺す前に、おれかローデンが、あんたかあんたの偽《にせ》の王子を殺す。ローデンはあんたが思うより剣の腕《うで》がいい。なにせこのおれが鍛《きた》えたからな」

ローデンがあごをつきだした。「おれが王子に選ばれた短いあいだに、評議員たちを説得するために必要なことは、すべて教わった」

「すべてではない」と、コナー。「おまえではうまくいかん」

「いや、いくとも。ここから先はおれとクレガンだけが行く。セージ、王冠《おうかん》をよこせ。協力すれば全員無事に解放《かいほう》してやる」

ローデンは本気でそう思っているのかもしれないが、クレガンの表情《ひょうじょう》はひとりも生きて解放するつもりはないといっている。

「コナーさま？」とモットがたずねた。クレガンとローデンをのぞけば、武器《ぶき》を持っているのはモットだけだ。

「どうしたものか」出会って以来初めて、コナーが弱気な声を出した。「まさか、こんなことに――」

「どっちもどっちだろ」おれはクレガンに冷静にいった。「あんたとローデンは、たぶんおれとコナーのどちらかを殺せる。でもな、クレガン、あんたの小さな脳《のう》みそでも、モットもあんたたちのどちらかを殺せることくらいわかるはずだ。それがあんただろうとローデンだろうと、これじゃあ勝てないね」

クレガンの顔がくもった。ひらきなおるとは予想していなかったのだ。

「どちらか強いほうが王座《おうざ》につくべきだ。その点はいいよな？」というおれの問いにローデンがうなずき、クレガンとコナーもおずおずとうなずく。「じゃあ、おれとローデンが戦って、勝ったほうが城《しろ》へ行く。ローデン、挑戦《ちょうせん》を受けてたつか？」

「まだ背中《せなか》の怪我《けが》が治っていないのに」モットがおれに注意した。

「いいことをいうね。もしローデンがまともに戦いたいなら、おれだけが剣《けん》を持つっていうのはどうかな？」

おれはじょうだんをいってにやりとしたが、だれも笑ってくれなかった。

クレガンはおれがやられるのを見られると期待し、くちびるをなめた。「まともな戦いになるわけがない。ローデンのほうがはるかに強い」

ローデンが、クレガンのほうをふりかえってからおれを見る。「よし、勝ったほうが王座へ進むんだな。なあ、セージ、頼《たの》むから王冠《おうかん》をわたしてくれよ。おまえを殺したくはない」

「おや、偶然《ぐうぜん》だな。おれも殺されるのはごめんだね」

この一言がローデンの怒《いか》りに火をつけた。「ふざけるな！　おれがこわくないのか！　おまえが思うより剣術《けんじゅつ》は上手だぞ。おまえの腕《うで》は知ってる！」

おれは王冠を脱《ぬ》ぎ、モットにわたした。「汚《よご》すなよ。あんたの剣を貸《か》してくれ」

「前に持った王子の剣より重いですぞ」

おれはモットと視線《しせん》をあわせた。「モット。剣を」モットが素直《すなお》にうなずき、剣をさしだす。

まだモットと向きあっている最中に、ローデンがすかさず襲《おそ》ってきた。むりやり右利きに矯正《きょうせい》された左利きの強みをいかして、おれはつきだされた剣を左手ではたいてローデンにつめより、すきのある脇腹《わきばら》を強打した。

ローデンはおれの技《わざ》におどろきの表情《ひょうじょう》をうかべてよろめいたが、すぐにまた向かってきた。前回戦ったときよりもだいぶ腕を上げている。しかも前回はあくまで稽古《けいこ》だが、今回はおれをしとめる気で、ささいなミスを虎視眈々《こしたんたん》とねらっている。

「下手なふりをしていたな」ローデンがおれの切っ先をかわしながらいった。「稽古を受けたことがあるんだろ」

「おれの父親を知っていたら、形だけの稽古だとわかるさ。おれに本気で戦わせる気などなかった」

ローデンがにやりとし、低いところをねらって切りつけてきた。「それでも、おれのほうが上だ」

「かもな。でも顔はおれのほうが上だろ？」

この一言でローデンが油断《ゆだん》したすきに、脇《わき》を回し蹴《げ》りにした。ローデンは地面にたおれたが、剣はかまえたままだ。おれは切っ先をローデンに向けて近づいた。すばやく切り裂《さ》けば勝負がつく。だが、おれはためらった。王子に選ばれなかったら助けてやると約束したのに殺すのか？　まだ約束はいきているのか？　結局、川岸の高くなっている場所へと下がった。ローデンの死で幕引《まくひ》きにはできない。

「しとめられたのに」と、ローデンがすばやく立ちあがって、せまってきた。「なぜ殺さなかった？　ああ、そうか」勝手に答えを見つけ、また刃《やいば》をまじえながらにやりとする。「ベルダーグラスの手下を刺《さ》した時点で気づくべきだった。人を殺す度胸《どきょう》がないんだろ。悪いが、おれにはあるぜ」次の瞬間《しゅんかん》、剣《けん》をふりおろした。刃《は》がぶつかりあった衝撃《しょうげき》で、おれは姿勢《しせい》をくずしてよろめいた。

壁《かべ》と川のあいだのかぎられた空間で、じりじりと川のほうへ追いつめられた。川には落ちたくない。剣で負けて死ぬだけでなく、くさい最期になるのはごめんだ。

たがいの剣がスピードと勢《いきお》いを増《ま》したが、ローデンの自信はゆらがなかった。もしクレガンがローデンの生まれもった才能《さいのう》を見抜《みぬ》いて選んだのだとしたら、たいしたものだ。ローデンがおれの側についてくれたらどれだけいいか。警護隊《けいごたい》の総《そう》隊長として力を発揮《はっき》してもらえるのに。

とうとうブーツが岩にぶつかり、おれはバランスをくずして剣を落とした。あわてて手をのばしたが、剣は川へすべり落ちた。ローデンの背後《はいご》でクレガンが勝ちほこった声で笑い、ローデンが剣を下げておれののど元に切っ先をつきつけ、あごをそらしてしゃがんだおれを切っ先で追った。

「ローデン、情《なさ》けをかけてくれないか？」

「この決闘《けっとう》はおれの勝ちだとみとめろ。負けをみとめて王冠《おうかん》をゆずるなら、全員解放《かいほう》してやる。情けをかけてやるよ。おれがジャロン王子だ」

「ジャロン王子なら、こんなにかんたんにはだまされない」おれは横から蹴《け》りを入れてローデンの足をはらい、かすれた声をあげてあおむけにたおれたローデンの剣をつかんでもぎとり、立ちあがってのど元に切っ先をつきつけた。

ローデンが目をとじ、「おまえ、初日にいってたよな」とつぶやいた。「命乞《いのちご》いをし、油断《ゆだん》させてだますんだって。すっかり忘《わす》れてた」

「だめだ、そいつじゃ！」とクレガンが絶叫《ぜっきょう》し、ナイフをつきだして突進《とっしん》してきたが、モットがクレガンの手をつかんで背中《せなか》にひねり、ナイフをとりあげた。クレガンは体勢《たいせい》を立てなおそうとモットが持っていた王冠をつかんだが、背中をナイフで刺され、王冠もろとも川へ落ちた。クレガンの死体と王冠は、血で赤くそまった川を流れていった。

「降参《こうさん》だ」とローデンが頭を垂《た》れた。「さあ、やれよ」

おれはローデンの肩《かた》に手をおき、剣をどけた。「おまえを宮廷《きゅうてい》に連れていきたかったよ。友だちになれたかもしれないのに」

ローデンは首をふった。「友だちなんていらない。おれがほしいのは王座《おうざ》だけだ。さあ、さっさと殺してくれ」

おれは本気で友だちになりたかったから、ローデンから手を離《はな》すのはつらかった。「ならば失せろ。二度とおれの前にあらわれるな」

まただます気かと、ローデンがおれのほうへ顔をあげる。おれは、行け、と顔を動かして合図し、剣を下げた。ローデンは無言ですばやく立ちあがってかけだし、トンネルに響《ひび》く足音が外へ遠のいて消えた。

「お、王冠《おうかん》！」コナーが黒ずんだ川の縁《へり》に立った。

「クレガンの体に乗って門に流れつくかも」とトビアスがいい、

「きっともう沈《しず》んでいる」とコナーもいい、

「探《さが》してみる」と、トビアスがおれのほうを向いた。「セージ、国王になったら、ぼくを家来にしてくれないか」

「家来じゃなくて友だちになってくれよ。王冠を探してきてくれ」トビアスはおれに頭を下げ、川下へと走っていった。

そのとき、頭上からかすかに鐘《かね》の音がきこえてきた。「おお、評議会《ひょうぎかい》が始まる！」と、コナーがさけんだ。「急がねば。あと数分しかない！」

おれは前に進もうとしたが、すぐに、うっとよろめいてひざをついた。「怪我《けが》か？」モットがさけび、コナーに声をかけた。「お待ちを！」

「あたしに任《まか》せてください」イモジェンは、声をきいて愕然《がくぜん》とするコナーとモットにひるむことなくつづけた。「おふたりは厨房《ちゅうぼう》をおさえ、評議会を引きのばしてください。あたしがセージを連れていきます」

コナーの緊張《きんちょう》した声には内心の狼狽《ろうばい》があらわれていた。「セ、セージ？」

「とにかく……評議会に……」おれは、モットをまっすぐ見た。「さあ、早く！」

モットがうなずき、コナーの腕《うで》をとった。「ジャロン王子はきっと来られます。さあ、行きましょう」

「間《ま》にあうように行くから」おれはコナーにつげた。「おれたちのために……モットに厨房を……おさえてもらってくれ」

モットとコナーが走りさり、イモジェンがとなりにひざまずいた。「ローデンとクレガンのことを知ってたのね。なぜわかったの？」

「ローデンを王子にすえる最後のチャンスだったからさ」

イモジェンは布《ぬの》を細長くやぶりとって包帯にしようと、スカートの裾《すそ》に手をのばした。「どこを怪我したの？」

「ううん、どこも。問題ないよ。ほら」おれはにやりとし、両腕《りょううで》を大きくひろげてみせた。「コナーと離《はな》れ離《ばな》れになりたかったんで。モットはもう厨房をおさえたかな？」

「さあ。どういうこと？　怪我したふりをしたの？」

「もう行かないと。時間があまりないんだ」

と立ちあがったが、イモジェンに腕をつかまれた。「王冠は？」

「いらない」

「ちょっと、セージ――」

「イモジェン、ひとつ約束してくれないか？」

イモジェンはくちびるをきつく結んでからいった。「なに？」

思ったよりもいいにくかったが、むりやり言葉をしぼりだした。「次に会うときは、ぜんぜんちがう状況《じょうきょう》になってると思う。おれをゆるしてもらえるかな？」

「ゆるすってなにを？　王子になることを？　それなら、わかってるからもういいのに」

「いや、わかってない。でも、あとでわかる。そのときがきたら、ゆるしてくれるかな？」

イモジェンはうなずいた。その目はおれを信じきって澄《す》んでいた。イモジェンは、ゆるすという言葉の意味をわかっていなかった。

おれはイモジェンのほおにキスして、いった。「トビアスが王冠《おうかん》を持ってもどるまで、ここで待っていてくれ。王冠があれば、トビアスはきみを連れて謁見室《えっけんしつ》に進める。おれが連れていけたらいいんだけど、最後の仕上げはひとりでやらなきゃならないんだ」

「じゃあ行って。悪魔《あくま》が味方してくれるように祈《いの》ってるわ」

悪魔などどうでもよかった。味方につけなければならないのは評議員《ひょうぎいん》たちのほうだ。

52

コナーが息せききって謁見室にかけこんだとき、評議会《ひょうぎかい》はすでに進んでいた。遅刻《ちこく》したのはコナーだけで、評議員たちは会議を中断《ちゅうだん》されて気分を害した。

「コナー卿《きょう》、定刻《ていこく》どおりに到着《とうちゃく》すべき会合があるとしたら、今回がまさにそうですぞ」と声をあげたのは、エクバート王の侍従長《じじゅうちょう》をつとめたジョス・カーウィン卿だ。エクバート王に一生をささげてきたカーウィン卿は、レンガやしっくいと同じように城《しろ》の一部といっても過言《かごん》ではない。大柄《おおがら》でも屈強《くっきょう》でもなく、むしろそれとは正反対なのに、カーウィン卿は手をひとふりするだけで部屋にいる一千人もの人間に命令できる。カーウィン卿ほどエクバート王に忠実《ちゅうじつ》でカーシア国を愛した者はいない。その年老いた顔に刻《きざ》まれたしわは、長年の気苦労と、王族のむずかしい相談にのってきた重圧《じゅうあつ》を物語っている。さらにいまは侍従長として最大の難関《なんかん》に直面していた。カーシア国の新国王を平和的に選ぶという仕事だ。もし王位をねらう派閥《はばつ》のあいだで内戦が勃発《ぼっぱつ》したら、敵国《てきこく》がチャンスと見ていっせいに攻《せ》めこみ、カーシア国を滅《ほろ》ぼしてしまうだろう。

コナーは、カーウィン卿にていねいにおじぎをした。「侍従長どの、ここに来るまでに難儀《なんぎ》いたしまして。どうか、おゆるしを」

謁見室には残り十九名の評議員が地位に応《おう》じて、細長いテーブルについていた。コナーの席は下座《しもざ》に近かったが、本人はこの夕べが終わるころにはベルダーグラスに代わって上座《かみざ》につくつもりでいた。評議員《ひょうぎいん》たちはうぬぼれの強い役立たずの集団《しゅうだん》で、一日でもまともに働いた者はまずいない。コナーが偽《にせ》の王子を王座《おうざ》につけるべく、危険《きけん》を覚悟《かくご》で金を使ったと知っても、その勇気をたたえることはけっしてない。カーシア国を救うのは自分の役目だと、コナーはずっと思っていた。しかし絹《きぬ》の衣装《いしょう》に身を包んだ傲慢《ごうまん》な俗物《ぞくぶつ》の評議員たちに、自分の思いは一生理解《りかい》できまいとも思っていた。

「いつもの席にすわりなさい」と、カーウィン卿《きょう》。「エクバート王と王妃《おうひ》と皇太子《こうたいし》のご逝去《せいきょ》を正式に宣言《せんげん》したところだ。じきに死者をとむらう弔鐘《ちょうしょう》が、王家ひとりにつき一度ずつ鳴らされよう」

ほぼすぐに、鐘《かね》の音が城中《じょうちゅう》に響《ひび》きわたった。弔鐘は首都ドリリエドの町はずれのさらに向こうまで響き、王族の死を平民に知らせた。三パターンの弔鐘は、世間の噂《うわさ》が本当だったと裏《うら》づけることになるだろう。王族はまちがいなく全員死んでしまったのだ。

弔鐘が鳴りやんでから、カーウィン卿がつづけた。「四年前の海賊《かいぞく》による襲撃《しゅうげき》でジャロン王子が亡《な》くなったと思われることは、先週イゼルへ行っていたミード卿とベケット卿とヘンタワー卿がすでに確認《かくにん》した。その結果、ほかに選択肢《せんたくし》がない以上、われわれとしては――」

「いや、その話にはつづきがありますぞ」コナーの言葉は、ひとりよがりな響きがあった。頭の中でくりかえし練習し、寝言《ねごと》でもいえるほどになっていたのだ。「カーウィン卿、発言してもよろしいですか？」

カーウィン卿がうなずいて許可《きょか》し、コナーは立ちあがった。「ジャロン王子の死の証拠《しょうこ》を探《さが》しに行かれた評議員のみなさまは、失礼ながらまちがっておられます。四年前、ジャロン王子は海賊の襲撃を生きのび、いまも生きておられます。ジャロン王子こそ正当な王位継承者《けいしょうしゃ》であり、今夜、カーシア国の国王として王冠《おうかん》をいただくべきなのです」

首席評議員のベルダーグラスが長い指をコナーにつきつけて立ちあがった。「やはり！　屋敷《やしき》に王子をかくしていたのだな！」

「ベルダーグラス卿、それはひとえに王子の身をお守りするためです。王子が生きているとなれば、今宵《こよい》、新国王の座《ざ》をねらっている者たちがどれだけおびえるか、当然おわかりでしょう」

「貴様《きさま》、非難《ひなん》する気か？」コナーを口汚《くちぎたな》くののしるベルダーグラスを両どなりの評議員たちがとめ、テーブルを囲んでいる他の評議員たちもざわめく。

とうとう侍従長《じじゅうちょう》のカーウィン卿が進みでた。「ではコナー卿、その王子とやらはいずこに？」

「いま、こちらに向かっています。さきほどもうしあげたとおり、ここに来るまでに難儀《なんぎ》いたしまして」

「もちろん、そうであろうとも。ここに来るのに難儀したジャロン王子が複数《ふくすう》いたときいておる」

コナーは、評議員たちの嘲笑《ちょうしょう》に負けじと声をはりあげた。「門番がだれも通さなかったのです。ジャロン王子はかならずや、自分に気づかなかった門番たちを罰《ばっ》することでありましょう」

「その者が本物の王子ならば、門を通り抜《ぬ》ける方法を知っていたはずだ。王家の者はつねに知っている」

「失念したにちがいありません」コナーの顔から血の気が引き、テーブルに手をついて体をささえた。「し、しかし、ジャロン王子はここに来ますぞ。そうしたらわかります」

コナーは廊下《ろうか》の足音をききつけ、謁見室《えっけんしつ》のドアのほうへ期待の目を向けた。と、タイミングを見はからったように何者かが入ってきた。だがそれはコナーが待ちわびていた人物ではなかった。

「モットか？」

「この会合に出られるのは評議員《ひょうぎいん》だけだ」と、ベルダーグラス。「他の招待客《しょうたいきゃく》や貴族《きぞく》とともに、大広間で待つがよい。新国王が国民にあいさつするのも大広間だ」

モットは、コナーしか目に入らないようだった。「まだ来ておりませんか？　だいぶ前に厨房《ちゅうぼう》を通過《つうか》しましたが」

「おまえの偽《いつわ》りの王子どのは、たぶん城内《じょうない》で迷子《まいご》だな」別の評議員がいい、部屋中の笑いをさそった。

「この城《しろ》で育ったのですぞ。迷子になどなるものですか」コナーは自信をしめそうとしたが、かくしようのないあせりがにじみ出ていた。

「では、会議をつづけるとしたい」ベルダーグラスは全員の視線《しせん》が自分に集まるのを待って、つづけた。「国民を待たせるわけにはいかん。だれが選ばれるにせよ、新国王は反逆罪《はんぎゃくざい》についてコナー卿《きょう》と話をすることになろう」

そのとき、となりの部屋で——新国王の声明をきこうと、数百名の民がひしめく大広間で——なにかが起きた。さきほどまでのざわめきが、とつぜん、ぴたっと消えたのだ。

モットの背後《はいご》から、ひとりの使用人が飛びこんできた。「評議員のみなさま、失礼します」しきたりのおじぎを忘《わす》れている。「みなさま、大広間にお集まりを。できるだけ早く」

男女二十名の評議員たちは地位も権力《けんりょく》もあり、礼儀《れいぎ》や作法をたたきこまれているのに、謁見室からあわてて出ていく様子を見るかぎり、とてもそうは見えなかった。ただひとりカーウィン卿だけは人をおしのけて出ようとはせず、謁見室と大広間をつなぐ秘密《ひみつ》のドアにすべりこみ、大広間の群集《ぐんしゅう》を沈黙《ちんもく》させた原因《げんいん》をまっさきに確認《かくにん》することとなった。

大広間の正面には、ジャロン王子が立っていた。

53

あわてることはない。重要なのはこの計画をやりとげる順番だ。おれは大広間の正面の演壇《えんだん》に立った。正式な場で演壇に上がれるのは、王族か、王族のそばにひかえる廷臣《ていしん》たちだ。背後《はいご》には国王の王座《おうざ》と、王妃《おうひ》と皇太子《こうたいし》ダリウスの椅子《いす》がおいてある。ジャロン王子の椅子はない。おれの椅子は、おれが行方不明になったあと、どのくらいたってから運びだされたのだろう?

大広間には数百名もの民がつめかけていた。知った顔はひとつもないが、民は明らかにおれがだれかわかっている。ここへは王室専用《せんよう》の個室《こしつ》を通って直接《ちょくせつ》来た。まだ名乗っていないが、どうやら必要ないようだ。いっせいに見ひらかれた目と、おれを見つめて静まり返った様子を見ればわかる。

カーウィン卿《きょう》が、評議会《ひょうぎかい》の会場である謁見室《えっけんしつ》のドアから入ってくるのが見えた。カーウィン卿のことは一目でわかった。この四年でほとんど変わっておらず、あいかわらず強烈《きょうれつ》な存在感《そんざいかん》がある。おれが昔からずっと一目おいてきた相手だ。その表情《ひょうじょう》からすると、おれが何者か明らかにわかっているが、自分の目を疑《うたが》っているらしい。

「何者だ?」カーウィン卿が、いつものように用心深くたずねた。

最初にやるべきは、剣《けん》を引きぬくこと。ジャロン王子の所有物である本物の剣だ。その剣は、四年前、城《しろ》を出る前に、おれの部屋のぐらつく床板《ゆかいた》の下にかくしておいた。ベッドの下にもぐらないと手がとどかない場所だ。部屋は城を出た晩《ばん》となにひとつ変わらず、剣もそこにあった。うっすらとかぶったほこりをのぞけば、剣も元のままだ。

剣を両手で水平に持ち、近づいてきたカーウィン卿の前にひざまずいた。

「カーウィン卿、おれがだれかわかりますよね。謁見室に火をつけ、メンデンワル国王に決闘《けっとう》をもうしこんだ、カーシア国の二番目の王子。ジャロンです」大広間をざわめきがかけ抜《ぬ》けた。カーウィン卿は表情ひとつ変えない。

おれは立ちあがり、刃《は》についた傷《きず》を指さした。「メンデンワル国王との決闘に負けたあと、腹立《はらだ》ちまぎれにこの剣を投げつけ、城の壁《かべ》にぶつけました。そのあと、あなたはこっそり剣を返してくれ、自分の剣を尊《そん》重《ちょう》しないような者はだれからも尊重されないといってから、わびてくれましたよね。あなたもあの国王が母上についていったことをきいたのに、決闘をもうしこむ勇気がなかったといって」

カーウィン卿は一瞬《いっしゅん》ひるんだが、持ちなおしていった。「そのくらいなら、盗《ぬす》み聞きして知った可能性《かのうせい》もある」

「まあ、そうですね。でもあの日あなたが話した相手は、このおれですよ」カーウィン卿を見つめたまま、ポケットから小さな石をひとつとりだした。それは父上が教会で小袋《こぶくろ》に入れてわたしてくれた最後の贈《おく》り物だった。コナーからとり返してからは、ことさらかくそうとはしなかった。ファーゼンウッド屋敷《やしき》の外壁《がいへき》の出っ張《ぱ》りを危険《きけん》を覚悟《かくご》でのぞきさえすれば、だれでも見つけられただろう。そのあとは敷地《しきち》のはずれを流れる川の岸に移《うつ》し、ありふれた小石の中にうまく混《ま》ぜておいた。「これをどうぞ」と、小石をカーウィン卿《きょう》の手におしつけた。

カーウィン卿は無表情《むひょうじょう》で小石を両手の中で転がした。「ただの石か？　なんの価値《かち》もない」

「いや、本物の金《きん》です。おれは本物ですよ、カーウィン卿」

するとカーウィン卿は目に涙《なみだ》をため、ポケットからしわだらけのすりきれた紙を一枚《まい》とりだしてひろげ、両手をはげしく震《ふる》わせながら読むと、群集《ぐんしゅう》のほうを向いていった。「このおぼえ書きは、四年前、ジャロン王子の乗った船が襲撃《しゅうげき》されてから約一カ月後にエクバート王からわたされたものだ。つねに持ちあるき、ジャロン王子を名乗る者があらわれた場合にのみ読むようにと指示《しじ》されていた。内容《ないよう》は以下の通りだ」と、おぼえ書きを読みあげた。「〈いずれカーシア国の行方不明の王子を名乗る者がおおぜいあらわれるかもしれん。周到《しゅうとう》に準備《じゅんび》した者ばかりだろうし、中には似《に》ている者もいるかもしれん。ジャロン王子かどうかを見きわめる決め手はただひとつ。ジャロン王子本人ならば、そなたに質素《しっそ》きわまる石をわたし、金だとつげるであろう〉」カーウィン卿は紙をたたんで群集につげた。「カーシア国のみなの者、こちらはエクバート王とエリン王妃《おうひ》のご子息だ。カーシア国の行方不明だった王子が、いま、姿《すがた》をあらわしてくださった。ジャロン王子、万歳《ばんざい》！」

カーウィン卿はこっちへ向きなおってひざまずき、おれにおぼえ書きを握《にぎ》らせ、その手の甲《こう》にキスした。

カーウィン卿にならって、大広間の群集もいっせいにひざまずいた。「ジャロン王子、万歳！」

おれを見あげたカーウィン卿のほおに一筋《ひとすじ》の涙がこぼれおちた。「ズボンが汚《よご》れておりますぞ。ここに来る前に泥《どろ》の中を転げまわったみたいに。まさに、わたしの記憶《きおく》の中にある王子そのものだ」

おれはほほえんだ。「ただいま。いまは、おれだとみとめてくれる？」

「ジャロン王子を名乗る若者《わかもの》が千人ひしめいていたとしても、こんなやんちゃな目をした者はひとりしかいないでしょうな。あなたさまを二度と忘《わす》れないとお約束します」

すべて計画どおりにいったいま、おれはとつぜん途方《とほう》にくれた。全員に立てというべきか？　それとも、なにか命令したほうがいいのか？　みんな、おれが次になにをするかとこっちを見つめている。

この部屋でひとりだけ、ひざまずくことができなかった人物がいた。ベビン・コナーだ。部屋の奥《おく》で身動きできず立ちつくしている。おれが群集の中に入っていったら、次つぎと人びとが立ちあがり、魔法《まほう》にかかりでもしたように道をあけてくれた。

コナーが言葉を探《さが》し、ゆっくりと話した。「まさか、そんな。一度か二度はもしやと思ったが……わが目はふしあなだったのか？」

「コナー、あんたは自分の見たいものだけ見て、それ以上は見ようとしなかったんだ」

「コナーが見ているのは偽者《にせもの》だ。わたしが見ているのも偽者だ！」背後《はいご》からベルダーグラスの声がした。「こいつは明らかに詐欺師《さぎし》だ！」

おれはふりかえり、ベルダーグラスにほほえみかけた。「ベルダーグラス卿《きょう》、首席評議員《ひょうぎいん》の任《にん》を解《と》く」そしてコナーに向かっていった。「これで約束どおりだろ？　いまからはあんたが新しい首席評議員だ」

コナーは笑みを返さないどころか、さらにすくみあがっている。

「そうはさせぬ！」と、ベルダーグラスは冷笑した。「貴様《きさま》、何者だ？　コナーはカーシア国中の孤児院《こじいん》をくまなく調べたときいたぞ。ノミと害虫だらけの孤児院で、おまえを見つけたにちがいない」

「ああ、そうだ。おれは孤児院をわたりあるき、セージという名で呼《よ》ばれていた。おれの経歴《けいれき》をできるだけさかのぼるがいい。最初に孤児院にあらわれたのは四年前、ジャロン王子が行方不明になった直後だとわかるだろうよ」

というおれの言葉を、ベルダーグラスはあざ笑った。「ほーう、孤児院にいたとみとめるのだな？　そんなおまえに、このわたしが頭を下げるとでも？」

おれは、にやりとした。「たしかに。笑えるな」そして、ベルダーグラスといっしょに声をあげて笑った。じょうだんをわかちあおうと、大笑いしながらベルダーグラスの肩《かた》に手をおいたほどだ。それが気にさわったらしく、ベルダーグラスはハサミムシを服からはらうように、おれの手をふりはらった。

おれはもう片方《かたほう》の手でベルダーグラスのベストから硬貨《こうか》を一枚《まい》とりあげ、指の関節の上で転がした。ベルダーグラスの笑い声がやみ、群集《ぐんしゅう》がまたざわめいた。

「おれのことは知ってるよな、ベルダーグラス卿？」ベルダーグラスが不安そうに顔をくもらせ、銀の指輪をこする。おれはその指輪のほうへあごをしゃくった。「以前、その指輪を盗《ぬす》ませてもらった。あんたがはめていたものを。もちろんおぼえてるよな。あんたは何時間もたってから盗まれたことに気づき、おれは救いがたい子どもだと母上につげ口した」

「どうやら、ほとんど変わっておらんようだ」ベルダーグラスがぼそりという。

おれはさらに声をはりあげ、「ここに護衛《ごえい》はいるか？　ベルダーグラス卿を城《しろ》の外にお連れしろ」といい、硬貨をベルダーグラスにはじき返した。「おれの身元をたしかめたければ、なんでもきいてくれ。近いうちに会う機会を作って、かならず満足させてやる」

二名の護衛がベルダーグラスをはさんで立ち、片方が腕《うで》をつかんで引っぱっていこうとしたが、ベルダーグラスはその手をふりはらった。「いいえ、殿下《でんか》。こうして間近で拝見《はいけん》しますと、おききすることなどなにもありません」そして、しかられた犬のようにとぼとぼと護衛の先に立って出ていった。

「わたくしには質問《しつもん》が山ほどありますわ」またしても背後《はいご》で声がした。この声はききおぼえがある。さけられないとはいえ、いちばん会いたくない相手だ。

さっき群集の中をつっきってできた道の真ん中に、アマリンダ姫《ひめ》が立っていた。前回会ったときよりもしゃれた髪型《かみがた》で、髪《かみ》を頭のてっぺんで高く結いあげ、くるくるとカールさせてリボンを巻《ま》いている。ドレスは四角い襟《えり》ぐりでクリーム色。金色の繊細《せんさい》な模様《もよう》が描《えが》かれ、髪のリボンと同じ色の飾《かざ》りがつけてある。王家の死を意味する弔鐘《ちょうしょう》はすでにきいただろう。想像《そうぞう》でしかないが、カーシア国の新国王にだれが選ばれたのか、その国王が自分をどうするつもりかと悩《なや》み、今夜はさぞつらい思いをしていたにちがいない。どのような想像《そうぞう》をしていたにせよ、まさかおれが新国王になるとは夢《ゆめ》にも思っていなかったはずだ。

姫《ひめ》に近づき、ていねいに頭を下げた。「姫、またお会いできてなによりです」

姫のこわばった表情《ひょうじょう》を見れば、姫がそう思っていないのは一目瞭然《いちもくりょうぜん》だった。

注目の的となっているのを意識《いしき》し、姫にさらに近づいてささやいた。「いま、話せますか？」

姫の口調は冷たかった。「だれと話すの？　恥知《はじし》らずの召使《めしつか》い？　みすぼらしい孤児《こじ》？　それとも王子？」

「おれとです」

「こんな人前で？」ためらうおれに姫はいった。「話だけだとけんかになるわ。ダンスして」

反対しかけたが、姫のいうとおりだ。会話をきかれないようにするには、ダンスがいちばんかもしれない。

そこで、大広間の隅《すみ》にいた楽団《がくだん》にうなずいて合図した。姫は反感をかくそうともせず、おれの手をとり、ステップを踏《ふ》みはじめた。

「ほおの傷《きず》はまだ残っているのね。前よりはだいぶましだけど」ようやく姫が口をひらいた。

「あの晩《ばん》、姫の気をひくつもりはなかったんです」

「ならば、あんなふうに話しかけなければよかったのに」

「口をひらくときとつぐむときが、ときどきわきまえられなくなるんですよ」

「うそよ」姫はぴしゃりといってから深呼吸《しんこきゅう》し、またダンスのステップにもどった。「重大なことを打ちあける機会はいくらでもあった。いいわけはやめて。あなた、わざとやったのよ」

「あの晩、姫にうそはひとつもついてませんよ」

「あれほど頼《たの》んだのに、真実を話してくれなかったじゃないの。あのときのあなたの言葉がうそだなんて、見抜《みぬ》けるのは悪魔《あくま》だけ。あなたは、わたくしを傷つけ侮辱《ぶじょく》した」

返す言葉がなく、こういうしかなかった「あなたに対し、二度と不誠実《ふせいじつ》な態度《たいど》はとりません」

「そう願いたいわね。おたがい傷つかないために。いまのあなたはどう呼《よ》べばいいの？　もうセージじゃないでしょ」

ダンスのステップで体を右にかたむけたとき、あばら骨《ぼね》の痛《いた》みでひるんだ。姫は気づいたかもしれないが、そぶりには見せない。体を起こしてようやく、まともに話せるようになった。「ジャロンと呼んでください」

「王室の人間のように踊《おど》れるのね、ジャロン。お兄さんより上手よ」

「兄上と比《くら》べないでください」

姫は体をこわばらせた。「ほめたつもりだったのに」

「おれと兄上はまったくの別人です。もしつねに兄上と比べるのなら、おれはいつまでたってもできそこないですよ」

アマリンダ姫は目をしばたたき涙《なみだ》をおさえた。まだいいたいことはたくさんあるが、おたがい口をつぐみ、結局そのままダンスを終えた。

演奏《えんそう》が終わると同時に姫《ひめ》は離《はな》れた。「わたくしは、これからどうなりますの？」

「どうぞ、お好きなように」

「幸せになれればそれでいい」姫は小声でいった。「でも、むりな注文よね」

姫に弱よわしく、わびるようにほほえんだ。おれが兄上を殺したわけじゃないのだが。「あとで話をしましょう。ふたりだけで」

姫は承知《しょうち》してくれたが、その顔にはふたたび反感がうかんでいた。「そろそろ失礼してもいいかしら？ 気が動転していて、ひとりになりたいの」

うなずいたら、姫は群集《ぐんしゅう》の中に消えた。こうしておれはまたしても、見知らぬ人びとの中にとり残された。大広間の正面に残っていたカーウィン卿《きょう》が、声をかけてきた。「殿下《でんか》、新国王の就任式《しゅうにんしき》をとりおこなわねば。元の王冠《おうかん》が行方不明のままなのが、悔《く》やまれます」

そのとき、「王冠ならここに！」と、トビアスが厨房《ちゅうぼう》のタオルに包まれた物を両腕《りょううで》に抱《かか》え、群集をかきわけて近づいてきた。ずぶぬれで、おぞましい悪臭《あくしゅう》を放っている。この状態《じょうたい》で、よく城《しろ》の奥《おく》まで来られたものだ。トビアスはおれを見て足をとめ、おじぎをした。「本物の王子だったんですね。なぜわからなかったんだろう？」つづいて顔から血の気が引いた。「あっ……ぼく、ひどいことを、いろいろと……」

「おまえがひどいことをした相手はセージという名の孤児《こじ》だ。ジャロン王子にはなにもしていない」

トビアスはうなずき、タオルをひろげた。「王冠です、王子さま」

すると急にコナーがとなりにあらわれ、王冠をひったくった。「わたしは首席評議員《ひょうぎいん》だ。新国王に王冠をさずけるのは、わたしの仕事だ」

そしておれとともに前へ進みながら、ささやいた。「いま、この場でゆるしてくださるのなら、一生お仕えします。あなたさまの意のままに動きますぞ……ジャロン王子」

おれは、なにもいわなかった。コナーは思いえがいていたものとはちがうが、自分の計画をやりとげた。

だがおれの計画は、まだ終わっていない。

54

新国王の就任式《しゅうにんしき》は、あれよあれよという間《ま》に始まった。侍従長《じじゅうちょう》のカーウィン卿《きょう》が持参した教義書《きょうぎしょ》をコナーが読みあげ、国王就任《しゅうにん》を宣言《せんげん》した。そのあとカーウィン卿がコナーに指輪をわたし、コナーがおれの指にはめていった。「これはエクバート王の指輪。お父上がはめていたものです」

「王の指輪か」意外と重かった。純金製《じゅんきんせい》で家紋《かもん》が刻《きざ》まれている。おれの指には大きすぎた。相続したというより盗《ぬす》んできたようで変だ。

つづいてコナーが、深紅《しんく》の台から王冠《おうかん》を持ちあげた。洗《あら》ったばかりで、まだぬれている。「これは王子の王冠です。新しい王冠をすぐに作らせますが、いまのところはこれで用が足りるでしょう」と、おれの頭に王冠をのせた。宿屋でかぶせたときより、はるかに謙虚《けんきょ》でていねいだ。

そして、ふたたびひざまずいた。「ジャロン王、万歳《ばんざい》！」

「ジャロン王、万歳！」群集《ぐんしゅう》の声が響《ひび》きわたった。

「お父上をしのぐ国王におなりなさい」コナーがそっといった。「激動《げきどう》の時代に国王になられたのですから」

「時代はいつだって激動している。もめごとの原因《げんいん》がちがうだけだろ」

「あなたさまには婚約者《こんやくしゃ》がいます。姫《ひめ》がささえてくれるでしょう」

「姫はおれをきらってる」

「それはわたしも同じですよ。それでも、王冠をさずけたではありませんか」

コナーはじょうだんめかしてほほえんだが、たぶん本音だろう。

「あんたとの約束は守った」おれはコナーだけにきこえるよう、声を落としていった。「念願の地位を手に入れただろ」

「あなたさまは正真正銘《しょうめい》の国王です。わたしをいかようになさってもかまいません」

「じゃあ、そうさせてもらう」そして大声でいった。「首席評議員《ひょうぎいん》のベビン・コナー卿を四年前のジャロン王子殺人未遂《みすい》の罪《つみ》で捕《つか》まえてくれ。ラテマーという名の孤児《こじ》を殺害した罪と、エクバート王、エリン王妃《おうひ》、ダリウス皇太子《こうたいし》を殺害した罪でも捕まえろ」

大広間全体が騒然《そうぜん》となり、コナーが恐慌《きょうこう》をきたした目でおれを見た。「いいや、そういう意味では――」

おれは上着のポケットから一本の小瓶《こびん》をとりだした。

「これはダバーニスという花から抽出《ちゅうしゅつ》したオイルだ。おれの家族がどんな毒にやられたのか、つきとめるのにだいぶ時間がかかった。何日も徹夜《てつや》であんたの図書室の本をかたっぱしから探《さが》したよ。おれは読書家じゃないが、興味《きょうみ》のある題材ならかなり早く綿密《めんみつ》に調べられる。意外にも、答えはあんたの寝室《しんしつ》の本で見つかった。ダバーニス・オイルは味がなく、ほんの一滴《いってき》で致死量《ちしりょう》になるが、すぐに効果《こうか》は出ない。オイルを盛《も》られた人物はとくに何事もなく眠《ねむ》りにつき、そのまま二度と目ざめない。ダバーニス・オイルはなかなか手に入らないのに、この小瓶《こびん》があんたの事務室《じむしつ》の金庫にしまってあった」

コナーは首をふり、左右にすばやく目を配ってから、上着の中に手をつっこんだ。「セージよ、前にもいったが、わたしがたおれるときはおまえも道連れだ！」だが目あての物を見つけられず、たじろいで上着を調べた。

おれはシャツの袖《そで》のカフスをはずし、コナーが上着にかくしておいたナイフをとりだした。「これを探《さが》しているのなら、あんたへの罪《つみ》を追加しないとな」

二名の護衛《ごえい》にはさまれ、腕《うで》をつかまれて、コナーは憎《にく》にくしげにいった。「さぞ痛快《つうかい》でしょうな、この瞬間《しゅんかん》が」

おれはかっとなった。「痛快？　目の前に家族を殺した男がいるんだぞ。痛快だなんて、だれが思うか！」

「わたしの王子になるといいましたな。それは、このために？」

「おれは、いまもあんたの王子だ。でもカーシア国の国王でもある。あんたの負けは決まりだ」

「なぜ最初にいわなかったのです？　もし、正体を明かしていれば――」

「そうしたらあんたの化けの皮をはがせなかったし、おれの王位は泡《あわ》と消えただろうよ。おれの家族が消されたように」

背後《はいご》でカーウィン卿《きょう》がため息をつき、コナーにつげた。「もしジャロンさまがただの孤児《こじ》だとしたら、どうするつもりだったのだ？　まさか宮廷《きゅうてい》を長くだましおおせたとは、思っておるまいな」

「そんなに長くだます必要はなかった」おれは、コナーを見つめたままいった。「偽《にせ》の王子に首席評議員《ひょうぎいん》に指名されればよかったんだ。そのあとはなにがあろうと、カーシア国の実権《じっけん》を握《にぎ》っただろうよ」

「みごとですな」とコナー。「ジャロンさまは賢《かしこ》い子だとずっといわれていたのに、見くびっていた」おれはコナーを追いだそうと手をふりかけたが、コナーは早口でつけくわえた。「陛下《へいか》も人のことを責《せ》められませんぞ」

おれはコナーをまっすぐ見つめ、眉《まゆ》をつりあげた。「というと？」

「王位など望んでいないといっておきながら、ずっとねらっていたではありませんか。うそをつきましたな」

おれは全身をかけ抜《ぬ》けた怒《いか》りをかくそうともせず、コナーのほうへ身を乗りだして、ののしった。「たしかにうそをついたよ、コナーさま。だが、重大なうそはひとつもない。国王になる気は本当になかった！もしだれかがこの国を崩壊《ほうかい》させずに王座《おうざ》を代わってくれるなら、喜んでゆずるとも。あんたが孤児院《こじいん》から強引に連れだした孤児にもどれるなら、いますぐここを出て二度とふりかえらない。国王がどういうものか、もしあんたがわかっていれば――」ため息をついて、首をふった。「カーシア国の全国民の中で、おれほど自由のない者はいないんだ」

「では、わたしの自由はどうなるのです？」コナーがたずねた。「情《なさ》けを乞《こ》うてもよろしいか？」

「悪魔《あくま》にでも乞うんだな」おれは落ちつきをとりもどした。「この計画のために悪魔に魂《たましい》をさしだしてもよいといったよな。あんたの計画は成功したから、悪魔に魂を乗っとられたんじゃないのか」

「だとしたら、おまえが悪魔の王だ！」と、コナーがおれに向かってつばを吐《は》いた。「おまえと出会った日を一生のろってやる！」

「牢獄《ろうごく》に連れていけ」おれは護衛《ごえい》に命じた。「しばらく牢獄に入れておく。コナー、あんたは首席評議員《ひょうぎいん》としての義務《ぎむ》を果たせそうにない。よって首席評議員の任《にん》を解《と》き、貴族《きぞく》の称号《しょうごう》も剥奪《はくだつ》する」

コナーが大広間から引きずりだされると、すぐに楽団《がくだん》に演奏《えんそう》を指示《しじ》し、おれは父上の王座《おうざ》にぐったりとすわりこんだ。いや、いまはおれの王座。おれが国王だ。実感はまるでないが。

順番にあいさつしに来る者があらわれた。きいたことのある名字もあったが、大半は知らなかった。十歳《さい》だったころのおれもいまのおれも、あまり関心のない連中だ。

「おもどりになった祖国《そこく》は、この四年間、あなたさまの死を悼《いた》んでいたのです」と、侍従長《じじゅうちょう》のカーウィン卿《きょう》がとなりに立った。「国民があなたさまの帰還《きかん》を祝っていますよ。いっしょに祝ってはいかがです？」

そう単純《たんじゅん》には祝えない。「気持ちのうえでは、まだ孤児院《こじいん》の少年のままさ」とつぶやいた。「途方《とほう》にくれてるよ」

「しかし、ここはあなたさまの家ですぞ」

おれは王座のひじ掛《か》けの彫刻《ちょうこく》を指でなぞった。「家族あっての家だろ。いまはひとりぼっちだ。どこから始めたらいいのかわからない」

「ジャロンさまはまだお若《わか》い。後見人として宰相《さいしょう》を立てられるのがよろしいかと――」

「国王はこのおれだ。ほかのだれでもない」

カーウィン卿は了解《りょうかい》したしるしに頭を下げ、おれとともに群集《ぐんしゅう》を見わたし、静かにいった。「あなたさまの帰還を歓迎《かんげい》している者ばかりではありません。国境《こっきょう》にいる敵国《てきこく》は死んだはずの王子がじつは生きていたと知って、いきりたつことでしょう」

「ああ、わかってる」

「戦争になりますぞ、ジャロンさま」

それはいやというほどわかっていたが、おれはカーウィン卿のほうへ顔をあげ、眉《まゆ》をつりあげた。「でも敵《てき》のスパイも、まさか今夜を台無しにするほど早くは知らせにもどれない。笑ってすごす時間が少しはあるさ」カーウィン卿は反対しようとしたが、おれは立ちあがった。「カーウィン卿、国民におれが笑うところを見せないと。少なくとも今夜は」

そして、群集の中へ入っていった。またしても群集がおれのために道をあけ、今度はずっと探《さが》していた人物が見つかった。

イモジェンが部屋の隅《すみ》にちぢこまるようにして立っていた。近づいていくと深ぶかとおじぎをし、顔をあげようとしない。

「顔をあげてくれよ。おれは、おれなんだから」

イモジェンは顔をあげたが、首をふった。「いいえ、そんなことはありません」

「どこまで見た？」

「全部です、陛下《へいか》」

「陛下って呼《よ》ばないといけないのか？」

イモジェンの声には、ためらいがあった。「はい……いけません」

「おれをゆるしてくれるか？　ゆるせるか？」

イモジェンは視線《しせん》を落とした。「はい……ご命令とあらば」

「命令でないとしたら？」

「その質問《しつもん》は、どうかご容赦《ようしゃ》を」

カーウィン卿《きょう》がとなりに来た。「ジャロン王、この者は？」

おれはイモジェンの手をとり、群集《ぐんしゅう》の中央に連れていった。「この女性《じょせい》は、見かけとちがってじつはレディーだ。四年間おれが孤児《こじ》に変装《へんそう》していたようにな。名前はイモジェン。家族がコナーに借金をしていたんだが、この二週間おれを完璧《かんぺき》に看護《かんご》し、思いやりを見せることで、借金をきれいに清算した。父親はすでに死んでいるが、国王としての権限《けんげん》で父親をカーシア国の貴族《きぞく》に任命《にんめい》する。よって、彼女《かのじょ》は貴族の娘《むすめ》だ。今後はそのようにあつかうように」

イモジェンはまたしても首をふった。「やめてください。とてもご恩《おん》を返せません」

おれはイモジェンのほうを向き、声を落とした。「イモジェン、おれに負い目を感じなくていい。きみは自由だ。良い人生を送ってくれ」そしてイモジェンの手をカーウィン卿にわたした。「快適《かいてき》な部屋と貴族の娘《むすめ》にふさわしい服を用意してやってくれないか？　好きなだけこの城《しろ》にいてかまわないし、本人が望めばいつでも故郷《こきょう》に帰れるように手配してくれ」

イモジェンは涙《なみだ》をうかべてほほえみ、おれに頭を下げた。「ありがとうございます……ジャロン王」

おれはイモジェンにほほえみ返した。「ありがとう、イモジェン。この二週間を生きのびられたのは、きみのおかげだ」

イモジェンを連れていくカーウィン卿《きょう》がふりかえったとき、その肩《かた》に新たな重圧《じゅうあつ》がかかるのが見えた気がした。カーシア国にとってもおれにとっても道はけわしい。しかしたとえ戦争がさしせまっていても、楽しい夕べを台無しにはさせない。

おれは笑みをうかべ、群集《ぐんしゅう》のほうを向いていった。「カーシアの民よ、今宵《こよい》おれはもどってきた。祝おうではないか。さあ、踊《おど》ろう！」

著者・訳者紹介

ジェニファー・A・ニールセン　Jennifer A. Nielsen
米国の作家。ユタ州に生まれ、現在も夫と３人の子どもたちと犬とともに、ユタ州北部に住んでいる。小学生のときからお話を書きはじめ、2010年に"Elliot and the Goblin War"（未訳）でデビュー。本書は５作目。

橋本 恵　はしもと めぐみ
東京生まれ。東京大学教養学部卒。翻訳家。主な訳書に「ダレン・シャン」シリーズ、「デモナータ」シリーズ、「スパイスクール：〈しのびよるアナグマ作戦〉を追え」（以上、小学館）、「アルケミスト」シリーズ（理論社）、「１２分の１の冒険」シリーズ（ほるぷ出版）など。

カーシア国３部作Ｉ
偽りの王子

作…ジェニファー・Ａ・ニールセン
訳…橋本恵
2014年10月25日　第１刷発行
2017年４月20日　第３刷発行

発行者…中村宏平
発行所…株式会社ほるぷ出版
〒169-0051　東京都新宿区西早稲田2-20-9
電話03-5291-6781／ファックス03-5291-6782
http://www.holp-pub.co.jp
印刷…共同印刷株式会社
製本…株式会社ハッコー製本
NDC933／360P／209×139mm／ISBN978-4-593-53492-0

日本語版装幀：城所潤